书史译丛

莎士比亚与书

〔美〕戴维·斯科特·卡斯顿 著

郝田虎 冯伟 译

郝田虎 审校

商务印书馆
The Commercial Press

2012年·北京

Shakespeare and the Book
By David Scott Kastan
©David Scott Kastan 2001
（根据剑桥大学出版社2001年版译出）

图书在版编目(CIP)数据

莎士比亚与书/〔美〕戴维·斯科特·卡斯顿(David Scott Kastan)著. 郝田虎，冯伟译. —北京:商务印书馆，2012
（书史译丛）
ISBN 978-7-100-08813-8

Ⅰ.①莎… Ⅱ.①卡… ②郝… ③冯… Ⅲ.①英国文学－戏剧文学史 Ⅳ.①I561.073

中国版本图书馆 CIP 数据核字(2011)第267500号

所有权利保留。
未经许可，不得以任何方式使用。

莎士比亚与书
〔美〕戴维·斯科特·卡斯顿
（David Scott Kastan） 著
郝田虎 冯伟 译
郝田虎 审校

商 务 印 书 馆 出 版
（北京王府井大街36号 邮政编码100710）
商 务 印 书 馆 发 行
北 京 市 艺 辉 印 刷 厂 印 刷
ISBN 978-7-100-08813-8

2012年6月第1版　　开本 787×1092 1/16
2012年6月北京第1次印刷　印张 16
定价：35.00元

献 给

斯蒂芬·奥格尔和基思·沃克

目 录

致谢 1

中文版序：十年之后 5

译者序：莎士比亚何以成为莎士比亚 15

绪论 31

第一章　从剧场到印刷厂；或曰，留下好印象／印数 49

第二章　从四开本到对开本；或曰，尺寸之类的重要 85

第三章　从当代到经典；或曰，文本修复 115

第四章　从抄本到电脑；或曰，思想的在场 149

注释 175

附录

一、致读者（本·琼森）................209

二、《莎士比亚戏剧集》献辞（赫明和康德尔）................210

三、致形形色色的读者（赫明和康德尔）................212

四、《莎士比亚戏剧集》题词（本·琼森）................214

五、《莎士比亚戏剧集》题词（伦纳德·迪格斯）................217

六、主要演员名录 219

七、《特洛伊罗斯与克瑞西达》1609年四开本前言 220

索引 222

致 谢

1999年3月，我在伦敦大学学院（University College, London）做了诺思克利夫勋爵系列讲座（Lord Northcliffe Lectures），颇感荣幸，本书最初就是该系列讲座的讲稿。受到该校邀请做这个系列讲座，我的喜悦之情难以言表（我希望听众的心情也能够和我一样，不过他们一定自有主见）。感谢伦敦大学学院的所有人员，他们使得我的访问如此难忘，特别感谢戴维·特罗特（David Trotter）和约翰·萨瑟兰（John Sutherland）教授，他们不但向我发出邀请，而且在我访问过程中极其热情好客。

两位教授不仅促成了我的一次美好经历，他们的工作也以不同的方式为我对莎士比亚与书的思考提供了许多灵感。尽管两位教授主要关注19世纪和20世纪文学，与我的题目并不直接相关，但是他们都对文学的物质性进行了长期的思考，他们的研究激发了我对本研究的兴趣。约翰·萨瑟兰，现任诺思克利夫勋爵讲座教授，发人深省地指出并致力于填补处于文学社会学中心的他不久前所说的"巨大而令人不安的漏洞"，即"学术领域对于图书行业和出版史技术细节的无知"。本书各章节即见证了我也得益于这一批评，并记录了至少我本人克服这种无知的愿望。也许戴维·特罗特与我的研究工作之间的联系不那么明显，不过他的研究，尤其是他最近对于"凌乱状态"（mess）的研究，既对页面上的文字表现了极度的敏感性，也非常关注使得文字出现在页面上的思想与体制方面的必要条件。"凌乱状态"是一个很容易让所有学者都有认同感的题目，至少在著书过程中，任何一个学者的家人或朋友如果不经意间闯入书房，对这个题目都不会感到陌生。

其他需要感谢的人也许与本书文字不那么直接相关，但这并不代表他们没有对我产生巨大的影响，我与他们交谈，倾听他们的意见，阅读他们的著作，而且毫无疑问，随着对莎士比亚与书这一课题的兴趣越来越浓，我常常对他们多有打扰：戴维·贝文顿（David Bevington）、彼得·布莱尼（Peter Blayney）、马格莱特·德·格拉奇（Margreta de Grazia）、安德鲁·墨菲（Andrew Murphy）、弗兰科·莫雷蒂（Franco Moretti）、芭芭拉·莫厄特（Barbara Mowat）、理查德·普劳德富特（Richard Proudfoot）、彼得·斯塔利布拉斯（Peter Stallybrass）、G.托马斯·坦瑟勒（G. Thomas Tanselle）、保罗·沃斯坦（Paul Werstine）、亨利·沃德胡森（Henry Woudhuysen）和史蒂夫·兹维克（Steve Zwicker）。也许更重要的是，哥伦比亚大学一群杰出的年轻学者，他们或者正在修学或者已经完成学业，在我教导他们的同时，他们对我也同样多有教益：海迪·布雷曼·哈克尔（Heidi Brayman Hackel）、道格拉斯·布鲁克斯（Douglas Brooks）、帕特里夏·卡希尔（Patricia Cahill）、艾伦·法默（Alan Farmer）、安德拉斯·凯泽利（András Kiséry）、杰斯·兰德（Jesse Lander）、扎卡里·莱塞（Zachary Lesser）、本·罗宾逊（Ben Robinson）、安德鲁·塞奇

(Andrew Sage)、贝尔·舍曼（Bill Sherman）（他仍然算是年轻）和克洛艾·惠特利（Chloe Wheatley）。所有这些人都将在书中发现他们在很多地方与我的观点和论证相左，但无疑也会发现"我的观点和论证"事实上是他们的。对于前一种情况，我只能说一句套话，他们不应该对本书的局限性负责；对于后一种情况，我想我只能收回免责声明，不过为公正起见，我应该表示感谢。

还有其他一些朋友对我也帮助颇多，这些朋友常常对我和我的课题表现出始终如一的信心，没有他们也许就没有本书的撰写（或者更可能的情况是，没有他们，这本书的写作会更快一些，但一定会少了许多乐趣和信心）：戴维·阿米蒂奇（David Armitage）、金伯利·科尔斯（Kimberley Coles）、乔西·迪克逊（Josie Dixon）、杰西卡·霍奇（Jessica Hodge）、乔纳森·霍普（Jonathan Hope）、戈登·麦克马伦（Gordon McMullan）、克莱尔·麦凯克伦（Claire McEachern），以及吉姆·夏皮罗（Jim Shapiro）等人在众多朋友之中尤其值得列举出来，他们愉快地分散了我的注意力，一定要公开致谢才行。

在完成本书过程中，我体验到了众多图书馆工作人员的礼貌、慷慨、灵活性、好脾气，以及惊人的博学，我对他们的感激难以言表：哥伦比亚大学的善本阅览室、福尔杰莎士比亚图书馆（Folger Shakespeare Library）、亨廷顿图书馆和艺术馆（Huntington Library and Art Gallery）以及大英图书馆

(British Library)。我在图片资料的致谢中对他们的帮助虽然有所表达，但那只是他们实际所做的十之一二。其中很重要的一点是，他们创造了一种环境，使人相信学术在当今时代仍然重要（同时他们让我可以高效地从事研究：这些地方的杰出收藏中很多藏本都极其珍贵，有些则是独家收藏，在那里我不但可以查阅各种版本，本书的主要研究对象，而且我能够接触到从事类似问题研究的数代批评家。对于他们的感激，我只能在注释中部分表达）。

我还要感谢我的家人，他们和善地——我这样认为——容忍了我长期离家去各个图书馆调研或坐在电脑前写作（以及在我离开和工作紧张的时候，出去遛狗）；还有我将本书题献的两位人士，他们以不同方式对于我的极度慷慨使得本书得以实现。

最后需要指出的是，本书在诺思克利夫勋爵系列讲座的讲稿以及2000年8月我提交给莎士比亚国际大会（International Shakespeare Congress）的论文的基础上做了大幅度修改，后者是本书第三章的早期版本。为了达到更加清晰和准确的目的，我希望修改后的结果足以弥补去除原来演讲的口语化特征（有些地方我不舍得完全抛弃）所造成的损失。最后，让我不但对那些为我提供演讲机会的人，而且对那些在不同场合参加我的演讲的人，再一次表示真挚的感谢。他们机智、博学，有时令我措手不及的问题和评论让这本书变得更加完善，没有他们本书一定会黯然失色。

中文版序：十年之后

《莎士比亚与书》即将在中国出版，我首先必须表达我的荣幸和喜悦之情，非常感谢郝田虎和冯伟认真仔细和缜密周到的翻译。他们的专注使我愉快地纠正了本书初版中的一些错误，澄清了我的一些措辞表述，对于两位优秀的学者，我表示深深的感激。我希望本书的翻译将在某种程度上有助于我们就如何保存和评价我们的历史的问题开展更加广泛的文化讨论，特别是在我们的数字时代，这一讨论变得益发紧迫。

在表达完喜悦的心情之后，现在让我说出自己的疑虑：这是一本十年前出版的著作。在此期间，这一领域的新研究成果丰硕，我从中受益匪浅，但是仍然没有什么能够说服我说当初我的基本论点是错误的（当然，我会不可避免地修正或者至少重述某些细节）。总的来说，我的观点得到了认可。这一点似乎是明确的：莎士比亚成为一个文学人物，最终成为全球性的重要人物，应该归功于印刷商和出版商的种种活动，而不是他本人的抱负，当然，他的杰出才华使之成为可能。对于我来说，最重要的不仅在于本书有助于描绘莎士比亚如何成为文学作者的过程，而且在更宽泛的意义上，它使人们关注作品传播的物质形式如何影响因之成为可能的阅读，同时也承认在衡量作品的意义和价值的过程中作者之外的劳动。

应该说，这并非我个人的观点。几乎同时，有一大群人对于探究我们阅读的文本是如何由编辑的设想以及出版商的愿望以种种方式建构出来的这一问题，产生了兴趣。在文本的层面上，这使得文学研究转向历史。我认为，这一巨大转变意味着目录学和书籍史从关注如何在印刷的面纱下（这是弗雷德森·鲍尔斯［Fredson Bowers］的比喻）找回一个权威的文本，转变为认识到这一工作往往摧毁了我们关于权威文本的全部概念。

我和其他一些学者认为，关于权威的概念本身即容易让人产生误解，特别是在莎士比亚的问题上。至少就他的戏剧而言，莎士比亚为剧场撰写脚本，即便他预料到其中一些可能会出版，他也没有监督这些作品的出版。莎士比亚在世的时候，付梓的剧本（只占他创作总数的一半左右）是以廉价的小册子形式出版的，通常是不可靠的文本；他生前并没有结集出版的剧本。作为剧团的股东之一，他似乎满足于在表演必需的合作环境中工作。只有在他去世很久以后，在与他本人志向毫无关系的文化压力的推动之下，莎士比亚才变成了后来那个具有象征意义的文学人物。这是我在《莎士比亚与书》中想要讲述的故事的一部分。

然而就在不久前，卢卡斯·厄恩（Lukas Erne）在他那本受到了应有关注的著作，《作为文学戏剧家的莎士比亚》[①]中认为，莎士比亚不只是一个剧

[①] Lukas Erne, *Shakespeare as Literary Dramatist* (Cambridge: Cambridge University Press, 2003).

场人士，而是始终有意识地既为演员创作，也为读者创作。他的莎士比亚从最初就对出版剧本有着"一贯的策略"（115页），而且在1602年之后，他已经开始设想出版一部作品集。当然，这里不便充分讨论厄恩富有启发性的著作①，而只能说，这在我看来正是早期莎士比亚崇拜（bardolatry）的现代版。一定要想象出一个文学性的莎士比亚才能当作我们赞美的合适对象。

事实上，我们没有证据说明莎士比亚是厄恩意义上的"文学戏剧家"。莎士比亚有意出版他的剧本，没有现存的文献可以说明这一点，也无法从出版方面的事实出发轻而易举地论证出来。他从未给出版的剧本撰写过一篇序言（而同时代其他剧作家却写过），他也从未尽力确保出版的剧本是他本人创作的准确再现（同样，其他作家的确这样做过）。即便剧本是以早期版本的"修改"或者"增补"版的形式发表，也没有迹象表明莎士比亚参与了这些作品的出版。莎士比亚的确创作过一些篇幅过长而无法完整上演的剧本，但仅根据这一事实本身无法确定他对于读者或作品出版感兴趣，只能说明他乐于违背剧场的演出要求，其中的原委则不得而知。巴纳比·巴恩斯（Barnabe Barnes）出版的《魔鬼的证书》（*The Devil's Charter*）的文本比该剧"在国王陛下面前表演"的篇幅长出许多，正如标题页所称，剧

---

① 关于我对厄恩观点更为充分的回应，参见拙文"'To think these trifles some-thing': Shakespearean Playbooks and the Claims of Authorship," *Shakespeare Studies* 36 (2008), pp. 37—48。本文若干字句是在此基础上改写的。

本"后来经过作者的增补,以为读者提供更多欢欣和益处"。然而莎士比亚的出版物却没有做过类似的声明。

与之最接近的情形是莎士比亚1609年四开本《特洛伊罗斯与克瑞西达》的第二印本(second state)。① 其中,出版商仅仅自称是"从未写作的作家",致"永恒的读者",出版"一个新剧本,它从未因在舞台上演变得陈旧,亦从未遭受鄙陋群氓之鼓掌欢呼"。发表的文本将从未上演过的剧本呈现出来,实际上正是因为它逃脱了剧场的玷污而受到赞扬。这个版本显然不是为剧场观众而是为莎士比亚的读者设计的,它坚持说甚至"对戏剧最不喜欢的人,也喜欢他的喜剧",莎剧提供了如此的乐趣,以至于"它们似乎是从诞生出*维纳斯*的大海中出生的"。这样,出版商呈献给读者一部从未上演过的戏剧,它甚至将取悦憎恶剧场的人士,它带来的乐趣必须以莎士比亚受到巨大欢迎的叙事诗《维纳斯与阿都尼》来衡量,而不能以他装饰了当代舞台的任何剧本来衡量。

如果说这一点就我们阅读剧本的方式而言确实暗示了有趣的东西,那么它同时也主张这是一部专门供人阅读的剧本。不同于约翰·马斯顿(John Marston)在《愤世者》(*The Malcontent*; 1604)的序言所说的那样,"想到虚构的场景,只是为了让人说出来,却被强迫出版供人阅读",作者感到遗憾,

---

① 参见附录七。——译者注

这里却没有任何遗憾。《特洛伊罗斯与克瑞西达》的出版商为作品逃脱舞台而感到高兴，序言的作者还遐想："只要把喜剧的虚妄称呼改为商品的头衔，或者把戏剧改称诉讼，你就会看到，所有那些显赫的批评家，刚刚还将剧本称为虚妄之物，很快就会因为作品庄重的优势蜂拥而至。"而且他期待有那么一天，莎士比亚的书不再是短命印刷品，虽然序言出版的时候它们的确是："相信吧，当他离世的时候，当他的喜剧售罄的时候，你们会为之争抢，并为此设立一个新的英国宗教裁判所（Inquisition）。"①作为书，作为文化人消费的商品，剧本具有——或将会具有——作为表演脚本时所不具备的威望和价值。

不过，如果这的确是见证未来的一个神秘标记的话，它显然不是莎士比亚的戏剧创作和出版时代的现实情况。这些说法并不代表莎士比亚自认为是文学戏剧家，或者是为读者而写作的人。他并没有撰写序言。他把自己看作是一个可以在演出剧团的常规和同事情谊中舒适工作的人，他的任何文字都不曾与此相悖。出版商的书信是在该版本第二印本中增加的，显然是出版商方面的努力，亨利·沃利（Henry Walley）和理查德·博涅恩（Richard Bonian）希望把劣材雕成美器（make a purse of a sow's ear）——或者至少试图凭劣质产品赚满腰包。②一部明显在舞台上没有获得成功的戏

---

① 这里的 Inquisition 也有"辛勤搜寻"的意思。——译者注
② 英谚云：One cannot make a silk purse out of a sow's ear. 朽木雕不成美器／劣材难成器。此处卡斯顿反其意而用之，并利用了 purse（钱包）的字面意思。这里文字游戏的意味居多，

剧,一部如哈姆莱特赞赏的戏剧,只是"不合一般人口味的鱼子酱","并不受大众的欢迎"(《哈姆莱特》,第二幕第二场第436—437行),由于显然无法拥有更广泛的读者群,它转而寻求一个精英读者群,即"明眼"的读者们,他们即使不在数量上,也在鉴赏力上"甚于满场观众盲目的毁誉"(《哈姆莱特》,第三幕第二场第26—28行)。①印刷商意识到,为一部挖苦特洛伊战争的作品找到销路的方法就是强调它与其他精致品位的联系,这正是他们出版的弗莱彻(Fletcher)的《忠实的牧羊女》(*The Faithfull Shepardesse*; 1610)所采取的策略,弗莱彻在序言中承认,剧本上演的时候遭到了"普通人"的误解,而且说他的"诗歌"不适合"所有人"。②然而莎士比亚从未亲口称自己的剧本为诗歌,而且第一版《特洛伊罗斯与克瑞西达》第一印本的标题页上的确以熟悉的口吻指出,该版本的印刷"与国王供奉剧团/在寰球剧院的表演一致",书业公会登记簿似乎证实了这种说法。该剧本于1602/1603年2月7日登录,"由宫内大臣剧团上演"。

只是说《特洛伊罗斯与克瑞西达》的演出并不成功,莎剧当时是短命印刷品,出版商用它来赚钱谋生,不宜理解成卡斯顿认为1609年四开本是"劣质产品",或者《特洛伊罗斯与克瑞西达》是"劣材"。——译者注
① 此处中译采用《哈姆莱特》,朱生豪译,吴兴华校,《莎士比亚全集》(六卷本,北京:人民文学出版社,1994)第五卷332、346页。——译者注
② 有关早期剧本出版商的营销策略的精彩评述,参见 Zachary Lesser, *Renaissance Drama and the Politics of Publication: Readings in the English Book Trade* (Cambridge: Cambridge University Press, 2004)。

莎士比亚本人的话似乎也见证了这一点。在莎士比亚的戏剧中无法找到类似于十四行诗那样追求永恒的辞句，这颇能说明问题：诗歌恒久长存；它们是莎士比亚"和时光争持"的有效武器（十四行诗第十五首）。[①] 戏剧则是时间欣然的合作者；正如哈姆莱特说的那样，它们只是"当代的简史，社会的提要"（《哈姆莱特》第二幕第二场第520行）；[②] 诚然，大多数职业剧作家正是如此看待他们的作品。莎士比亚的同时代人，托马斯·海伍德（Thomas Heywood）写道：

甫一孕育，戏剧的命运已然注定，
刚上演就消失，有的戏剧如此短命；
今日诞生，明天就被埋进了墓地，
虽然学会了说，却不能走，也无法立。[③]

在缺乏任何积极证据说明莎士比亚对剧本出版感兴趣的情况下，一些剧本篇幅过长——厄恩恰当地指出了这一点——也无法表明作者的文学抱

[①] 此处中译采用《十四行诗》，梁宗岱译，《莎士比亚全集》第六卷539页。——译者注
[②] 此处中译采用梁实秋译，《莎士比亚全集》（海拉尔：内蒙古文化出版社，1995）下卷555页。——译者注
[③] Heywood, "A Prologue to the Play of Queene Elizabeth," in *Pleasant Dialogues and Dramma's* (London, 1637)，折标 R4^v。

负,而只能说明他知晓戏剧文本常常在表演中被删减,但他仍然乐于履行他作为作家的兴趣/权益(writerly interests)和个体完整性(我认为,这尤其是因为作为剧团的股东,而非按照要求写作的受委托剧作家,他**能够**这样做)。实际上,厄恩对于长篇剧本的关注表明的是,正如许多人认为的那样,莎士比亚**不仅仅**是剧院的实践者,只对他和他的剧团的剧本能否获得商业成功感兴趣。他有自己的文学兴趣,而且能够沉浸其中。然而,在我看来,一些剧本的篇幅超出了实际演出的限度,恰好能够证明莎士比亚是多么深谙剧场实践,他总是意识到剧本在实际表演中遭到删减的命运几乎无可避免,但这恰恰可以让他发挥作为**作家**无与伦比的才能,尽最大可能地摸索和突破他的语言和人物逻辑的极限,如《亨利五世》中的致辞者(Chorus)所说的"咱们台上演出"(终曲第13行)的极限,①诚然,也是台上可能表现的极限。然而这并不说明,他是一个"作者",如这一词语在文化和法律机构中正被逐渐赋予的意义那样。仍然没有证据表明他本人希望自己的剧本被人出版和阅读,尽管庆幸的是,新兴的出版业保证了他的剧作一定会被发表。

  对于莎士比亚毫不关心剧作出版这一观点的挑战,或许比其论证本身更具启发性。它本身即见证了莎士比亚对于我们何等重要,以及作者权的种种观念——特别是莎士比亚的作者权——对于我们多么至关重要。我们

---

① 此处中译采用《亨利五世》,方平译,《莎士比亚全集》第三卷465页。——译者注

希望信仰一个超越剧作家身份的莎士比亚。为了符合他所扮演的至关重要的文化角色，他必须是一个在最丰富的文化意义上的"作者"，一个完全驾驭其艺术才能的文学家。尽管他所做的一切（和他没有做的）都使之变得十分困难，我们仍然尽力把他和他的想象力从戏剧必然的合作性中，甚至从印刷厂的能动中介中抢救出来——然而在我看来，出版业很大程度上出于自身的目的发明了作为文学戏剧家的莎士比亚，它创造出来的作者并非因为其剧作家身份的缘故。对于我们来说，这是个极好的事情；如果任其自行发展，莎士比亚远不会有他今天这样重要的地位。

"十年之后"，我仍然认为这是正确的，当然，它对于我们理解实现和抑制莎士比亚艺术的现实的物质和机构条件十分重要，但更重要的是，它提醒我们对于物质书（而非书所呈现的理想文本）的关注如何使我们更加清晰地认识历史，这一历史在我们日益数字化的世界里已经开始模糊起来。当然再也无法回到过去，而且数字世界无可争辩地提供了新的机遇，以及印刷媒介所不具备的通道；但至少我们应该认识到，莎士比亚可供阅读的种种物质形式既可以向我们讲述莎士比亚，也可以让我们从中看到我们自己。

戴维·斯科特·卡斯顿

2011年8月

译者序：莎士比亚何以成为莎士比亚

在当今世界上，莎士比亚是我们的文化英雄，他的名字几乎已成为文学的代名词和人类创造力的象征。《不列颠百科全书》骄傲地宣称："莎士比亚在世界文学中占有独特的地位，他被广泛认为是古往今来最伟大的作家。像荷马和但丁这样的诗人，托尔斯泰和狄更斯这样的小说家，他们都超越了民族的界限；但在当今世界上，没有哪个作家的声誉能真正同莎士比亚相比……"然而，莎士比亚作为一种文化崇拜现象，在后理论时代被日益去神秘化。换言之，莎士比亚何以成为"莎士比亚"，是一个各种文化机制作用下的历史过程；正如著名莎学家、美国耶鲁大学教授戴维·斯科特·卡斯顿所指出的，莎士比亚在世时并不是莎士比亚，他的经典地位是在18世纪中期左右确立的（30页；本文括号内的出处页码都是《莎士比亚与书》的英文版页码）。英国著名文学理论家特里·伊格尔顿断言："所谓'文学经典'，所谓'民族文学'毫无疑问的'伟大传统'，必须被确认为某种**建构**，由特定的人、在特定的时间、出于特定的原因形塑的建构"（《文学理论导论》）。莎士比亚何以成为莎士比亚的历史过程，就是"莎士比亚"被"建构"的过程，无论莎士比亚本人的动机和意图为何。

要讲清楚这个问题，请允许我援引两个例子。众所周知，莎士比亚最有名的台词出自《哈姆莱特》："To be, or not to be, that is the question"（"生存还是毁灭，这是一个值得考虑的问题"，朱生豪译文），但许多人可能不知道，《哈姆莱特》首次以四开本形式出版时（1603），这句话的版本是："To be, or not to be, I there's the point"（"生存还是毁灭，嗯，问题就在这儿"），而且，"I there's the point"也是明白无误的莎士比亚诗行（出现于《奥瑟罗》第三幕第三场第232行）！（26—27页）大约十年前，在哥伦比亚大学卡斯顿教授的莎士比亚研究班上，我第一次了解了这一点，心中莫名地惊奇。这至少说明三点：首先，我们所知晓的莎士比亚不一定是——甚至很可能不是——莎士比亚的本来面目；其次，作为经典作家，莎士比亚的文本其实并不确定；再次，四百年过去了，从本来的莎士比亚到我们所知的莎士比亚（无论其人其文），经历了漫长的历史文化建构的过程。在《莎士比亚与书》中，卡斯顿以优雅的大手笔，高屋建瓴而又细致入微地探讨了这些问题。百多页薄薄的一本，竟然纵横四个世纪，大开大合，要言不烦，时而曲径通幽，时而豁然开朗，而且引人入胜，极具可读性，不得不令人钦佩。该书2001年由剑桥大学出版社出版，仅2003年一年，美国、英国、加拿大的重要学术期刊就发表了五篇书评，其影响力可见一斑。其中，牛津大学教授多米尼克·奥利弗（Dominic Oliver）所言极是："戴维·斯科特·卡斯顿在莎士比亚幽灵般文本存在的历史中的旅行必将引导初学者，挑衅专门家，并激发所有人的兴趣。"

卡斯顿教授屡次讲过（不仅在著作中，而且在课堂上），莎士比亚时代的戏剧是通俗的娱乐形式，上自王公大臣，下至贩夫走卒，无不为之倾倒；其地位恰如今日之电影，作为文学是不入流的（subliterary）。戏剧时代的明星是演员（莎士比亚时代的演员都是男性），而非剧作家，如同电影吸引观众的是男女主角，我们对编剧是谁漠不关心一样。这与我们概念中的作为英国文学核心经典的莎士比亚大相径庭。其实不唯莎士比亚，文学何以成为文学也是一个历史文化的建构过程。卡斯顿认为，21世纪的我们对于莎士比亚的任何理解，必须以承认莎士比亚与我们的距离为发端（《理论之后的莎士比亚》）。经过各种各样名目繁多的理论和主义的洗礼，后理论时代的文学研究呈现出回归历史的倾向；但这里的历史不再是简单的或本质主义的历史，而是建立在各种理论基础之上的有效解释相互竞争的领域。在莎士比亚和文艺复兴时期英国戏剧研究领域，卡斯顿坚持认为，文学生产的合作性是不可避免的，戏剧尤其如此，在剧院里和印刷厂里，作者意图当然不是决定产品样式的唯一条件，而且往往被漠视、篡改和僭用。比如，剧团为了演出需要，经常调整、删除、添加剧本内容，这些改动可能来自剧作家，也同样可能来自作者以外的其他人，至少莎士比亚1612年左右退休后和1616年逝世后，是别人修改他的剧本以供演出（15页）。英国第一部现代著作权法1709年由安妮女王颁布，1710年正式生效，此时莎士比亚已去世近一个世纪。在早期现代英国，政府通过书业公会和审查制度来控制图书行业，版权属于出版商而非作者，"法律规定获取所有权的要件只是出版商不能侵犯别的书商对同一文本的权利,以及他们应该遵循适当的权威渠道来保证权利。只要没有更早的权利要求,出版商尽可以自由地印行原稿,而不顾作者的权利或利益"(23页)。由于几乎没有任何证据表明莎士比亚对其剧本出版抱有兴趣,更不用说介入或监督剧本的出版过程,莎剧的早期版本经常性地存在文本讹误,错漏比比皆是,诚如第一对开本编者、莎士比亚昔日同事赫明和康德尔所称:"各种各样盗窃的、偷印的书"伤害了读者,"暴露它们的有害的骗子们通过欺骗和偷偷摸摸使这些书变得畸形和残缺"(73页)。在印刷媒介中,抄写员、出版商、印刷商、排字工、校对者、装订工、书贩等中介,以及后来更多的编者、注释者、改写者、改编者、评论者、译者、读者等,都以不同方式参与并在不同程度上影响了书和意义的生产和接受,在此复杂的过程中,作者意图有时甚至是可以忽略不计的因素。书商的行为主要受利益驱动,迎合市场需要,他们出版莎士比亚的剧本时"并不觉得自己的工作是保存英吉利民族最伟大作家的作品"(49页)。赫明和康德尔固然要用堂皇的对开本来"永远纪念如此杰出的朋友和同事"(55页),将莎士比亚确立为"作者"(像本·琼森一样的作者),但他们并不像 W.W.格雷格爵士(Sir W. W. Greg)等新目录学家们假定的那样具备良好的目录学修养(74页),甚至一百年以后的诗人、莎士比亚编者亚历山大·蒲柏也并不了解《暴风雨》、《麦克白》、《亨利八世》等剧首次发表于第一对开本,所以登悬赏广告征集这些剧1620年以前的早期版本(99页)。莎士比亚剧作的版本、目录、校勘、编辑之学经过几百年的积累和发展，才逐渐成熟起来，并不断走向深入，其基础无疑是1623年出版的第一对开本和其他早期版本，因为莎士比亚流传下来的手稿微乎其微。现代莎士比亚编辑学肇始于18世纪，到20世纪大放异彩，取得了辉煌成就，形成了新目录学（new bibliography）、文本社会学（sociology of texts）等颇具影响力的学派，并与新兴的书籍史（history of the book）、媒介研究（media studies）等学科交织在一起，构成你中有我、我中有你的关系。可以说，一部莎学史即从一个重要侧面映照了整个西方四百年来的学术史和文化史。

卡斯顿教授正是从这一高度来为他的著作立意的。这至少表现在两个方面：其一，卡斯顿远远不是一头扎进故纸堆的老学究（尽管他的考据功夫堪称上乘）；恰恰相反，他对过去的关注总是充满着现实关怀。他在1999年的专著《理论之后的莎士比亚》的章首题词中，引用了瓦尔特·本雅明的警语："关于过去的每一个形象，若非被现在确认为自己的关怀之一，都有永远消失的危险。"2001年的专著《莎士比亚与书》中专门有一章来讨论数字时代呈示和编辑莎士比亚的种种可能性。十年后，他在该书的"中文版序"中写道："我希望本书的翻译将在某种程度上有助于我们就如何保存和评价我们的历史的问题开展更加广泛的文化讨论，特别是在我们的数字时代，这一讨论变得益发紧迫。"这里的"我们"不仅指美国或西方，也包括中国，包括东方，包括全世界，因为珍惜历史遗产、保存历史遗产是全人类共同面临的重要任务。在卡斯顿的原文中,"历史"是复数,这不仅承认了人类文明史的多样性,也暗示了莎学史的多样性。"莎士比亚"同样也是复数的,因为不同时代、不同文化、不同的人从不同视角对莎士比亚的建构非常有可能——如果不是必然的话——是多样的。其二,坚持文本社会学或文学唯物主义的卡斯顿却常常从常识和人心的基本角度出发理解历史,体现出博大深切的人文关怀。例如,从E.K.钱伯斯(E. K. Chambers)到戴维·贝文顿(David Bevington)的数代著名学者,包括W.W.格雷格等,都将书商约翰·丹特(John Danter)视为"声名狼藉"、"恶臭难闻"、"肆无忌惮",仿佛已成定论。卡斯顿却独具慧眼,为丹特翻了案。难能可贵的是,他不仅对丹特的作为,而且对新目录学家的阐释都做到了"同情之理解"。卡斯顿指出,"丹特的罪行是印刷了一部有缺陷的莎剧文本",即《罗密欧与朱丽叶》1597年"坏四开本",故此惹得崇拜莎翁的学者们义愤填膺,将丹特的职业行为贬损为"不道德、不称职"。实际上,"我们对莎士比亚文本年代误植的希望和期待干扰了我们的历史判断",丹特"算不上邪恶的书商,甚至也算不上特别桀骜不驯","为了节省十便士,丹特决定逃避剧本的审查和登录,他的目的是为了给家人提供食物,而不是为了出版一部莎士比亚悲剧的残缺版——如果我们能够这样看待的话,我们对丹特的印象会好一些"(44—46页)。虽然不是每一个人都会同意卡斯顿的叙述,但他毅然抛开数代学者的道德高地,并非标新立异,故作惊人语,而是以自己博大的心灵之镜和人生阅历照射出一个负责的丈夫和父亲的卑微,因为家庭责任而反抗行业权威的小书商。这个故事可能"不那么有趣,但几乎肯定更符合事实"(30页),无疑更深入人心。人本主义的观照使我们对历史的阐释取得了普遍化的意义。在义理、考据、辞章中,三者居其首者乃义理,而卡斯顿教授强烈的现实关怀和深刻的人文关怀就是他的"义理"的重要组成部分。

像伟大的塞万提斯、曹雪芹、巴尔扎克、鲁迅一样,莎士比亚之所以成为"说不尽的莎士比亚",就在于他直指人心的效果;正是一代又一代读者成就了"莎士比亚"。这就引出了我的第二个例子。20世纪90年代在燕园初读《李尔王》时,我最不能接受的是考狄利娅的死。那种疑惑和揪心的痛,只有在《平凡的世界》中田晓霞莫名其妙地突然死去时和类似事件在切身生活中上演时才体会得到。那是年轻的心第一次经历美好的毁灭,为了一探究竟,我特意把《李尔王》选作毕业论文的题目,结论是莎士比亚在向我们艺术化地展示生活的极端可能性,唯其极端,才具有震撼人心的强大力量。现在想来,这个结论还是肤浅了,考狄利娅之死和田晓霞之死哪里是"极端可能性",这是活生生的每天都在进行中的"日常可能性"啊!然而莎翁太有力量了,以至于——我多年以后了解到——18世纪的著名文人约瑟夫·艾迪生和塞缪尔·约翰逊也都承受不了,他们同样认为《李尔王》的结尾"不可忍受,触犯了一切合乎常情的正义感",完全违背了"诗性正义"(poetic justice)。我终于长出了一口气:作为读者,我的反应不是唯一的,好像一下子为自己找到了撑腰的。由此可见，千变万化的"莎士比亚"也有其不变的内核——那就是，莎士比亚永远活在读者心中。"只要人们能呼吸，眼睛能看东西，/此诗就会不朽，使你永久生存下去"（莎士比亚十四行诗第十八首，梁实秋译文）。

还有更好玩的。1681年，正值王朝复辟时期，内厄姆·泰特（Nahum Tate）迎合读者的感受，以"诗性正义"的原则彻底改造了莎士比亚版《李尔王》：考狄利娅不仅活了下去，而且和爱德伽喜结连理，成为神仙眷属，共同主持朝政，李尔王则在欣慰中安度晚年。约翰逊博士对此改编甚为赞赏，一个半世纪中，它代替莎翁版《李尔王》占据了舞台，直至19世纪中期莎士比亚的戏剧原本方才回归舞台。更有趣的是，《罗密欧与朱丽叶》也被重塑为幸福结局，男女主人公得以幸存，两种版本交替上演，一天演悲剧，一天演改写后的悲喜剧（86页）。可见，人们并不总是以近乎神圣崇拜的态度对待莎士比亚，许多时候他无非是一块橡皮泥，任人捏来捏去。自德莱顿以降，改编莎士比亚之风如此强劲，以至于18世纪致力于恢复莎士比亚真实文本的学者刘易斯·西奥博尔德（Lewis Theobald）亦未能免俗，他"吸取其全部精华，去除其糟粕"（91页），按照新古典主义时代的趣味和社会风尚，将历史剧《理查二世》篡改为爱情悲剧。读史至此，我们禁不住一面惊异于后来者的创造性，一面感叹莎士比亚的弹性／韧性／可塑性／灵活性。莎士比亚的弹性和韧性是其丰富可能性的表征，也是其丰富可能性得以实现的条件，二者互为表里。莎士比亚何以成为莎士比亚，并不在于有一个真实的、理想的、永恒的莎士比亚［事实上，卡斯顿教授的结论是：无论莎士比亚以何种物质形式呈现出来供我们观看／阅读／聆听／欣赏／批评……，他都不是"真实在场"（real presence），而是像丹麦王子之父的鬼魂一样，是一个可疑形状，一个"我们称为莎士比亚的幽灵般的存在"（136页），仅此而已］，而恰恰在于莎士比亚已化身千百，变幻莫测，伸缩自如，适应性极强。莎士比亚就像那孙悟空的毫毛，说变就变，而各种形式的物质载体——无论表演、朗诵、手稿、印刷，还是电影、电视、录像、电子媒介等——则是莎士比亚逃不脱的"紧箍儿咒"。"紧箍儿咒"使莎士比亚痛苦（甚至因此"变得畸形和残缺"，面目全非），但它也成就了莎士比亚，把他培养成为文学界的"斗战胜佛"。试想，如果没有"紧箍儿咒"，没有九九八十一难，孙悟空充其量就是花果山的美猴王和自命不凡的"齐天大圣"，怎么又会成为斗战胜佛呢？

诚然，18世纪追寻——或至少标榜追寻——莎士比亚"真实文本"或"理想文本"的编辑工作也取得了相当成就。那个时代对莎士比亚持有一种精神分裂般的态度："一方面自以为是地改编他的剧本以确保剧场演出的成功，另一方面却毅然决然地寻找莎士比亚的原本。"（93页）自尼古拉斯·罗（Nicholas Rowe）开始，学术性的莎士比亚版本层出不穷，最终在塞缪尔·约翰逊、乔治·斯蒂文斯（George Steevens）和艾萨克·里德（Isaac Reed）的集注版中达到顶峰。值得注意的是，18世纪数代学者的莎士比亚编辑史恰恰证明了莎士比亚文本的不确定性。卡斯顿正确地指出，"一个世纪的学术研究，尽管以其勤奋和才识见称，然而首要的成果却是，人们终于就莎士比亚文本的不确定性和不完美性达成共识"（107页）；并且他强调，即便莎士比亚的剧作手稿完全保留了下来，它们"也只是作者文本而已，从来不能等同于戏剧"，因为戏剧的本质是一种具有"极端合作性"的体裁（119页）。更何况，莎士比亚现存的手迹仅限于六七个签名、两个单词和《托马斯·莫尔爵士》中的147行，除了舞台演出外，他也不在乎自己剧本的命运，正如约翰逊博士精彩描述的那样："这位终将不朽的伟大诗人退休生活悠闲富足，年龄还算不上'跌入了岁月的谷底'，但他如此漫不经心，所以在他疲倦过度、兴味索然，或者体弱乏力之前，并未出版过自己的作品集，也不想挽救那些已经面世的作品，这些作品因为腐坏而晦涩难解，光彩顿失；他同样没有将真实状态下的其余篇什托诸世人，以保证它们更好的命运"（53页）。

尽管在后理论时代的总体氛围下，莎士比亚不再神秘，莎士比亚作品不再那么神圣，但对莎士比亚的"诗人崇拜"（bardolatry）远未结束。当然，这种崇拜无可厚非（总比"满城尽带黄金甲"的拜物教来得好些），但不妥的是，"诗人崇拜"常常蒙蔽了我们的慧眼，导致一种情绪不恰当地支配了我们的认识。仅举一例，国内某学者看到"Master William Shakespeare"的说法即断言，莎士比亚生时就被公认为"大师"了，于是引以为据，喋喋不休。其实呢，查一下字典就知道，早期现代英国的 Master A 相当于现在的 Mister A（mister 是 master 的变体），"Master William Shakespeare"无非就是对有地位、有学问人的尊称"威廉·莎士比亚先生"的意思（我在想，他为何不说"莎士比亚师傅"呢，Master 也有"师傅"的意思呀；可见还是"诗人崇拜"的心理在作祟）。如果莎士比亚在世时已被称为"大师"，那么当时的"大师"也忒多了些吧。

当然，《莎士比亚与书》不是没有争议或没有缺憾。有时候，卡斯顿未能做到前后一贯，比如一位书评作者指出，他在上一页称"手稿，而非印刷，是他的媒介"（10页），下一页（事实上，是下一段）却说："莎士比亚的合法媒介不仅有剧院，还有图书，即便图书不是他的首要媒介。"（11页）这里，有必要区分主动媒介和被动媒介：手稿和剧院是莎士比亚的主动媒介，而印刷和数字化是莎士比亚的被动媒介，正如卡斯顿的评论一样："虽然他从未追求过伟大，但他逝世七年之后，伟大找上了他。"（78页）然而，正是卡斯顿暗示的主动媒介和被动媒介的区分受到了以卢卡斯·厄恩（Lukas Erne）为代表的学者的质疑和挑战。厄恩旗帜鲜明的论著《作为文学戏剧家的莎士比亚》（2003）认为，莎士比亚始终有意识地既为剧院观众创作，也为读者创作，对于其剧作出版也有着"一贯策略"。虽然笔者不一定完全同意厄恩的观点，但确实觉得卡斯顿的看法有值得修正和补充之处。例如，从莎士比亚作品的内证可以看出，莎士比亚对印刷媒介的意识和兴趣可能比卡斯顿愿意承认的要多一些。不用说莎翁在十四行诗中提及"我这哑口无声的诗卷",呼吁他的爱人"请试读无言之爱所发出来的呼声:／用眼睛来听该是情人应有的本领"(第二十三首,梁实秋译文),就是在戏剧中,《罗密欧与朱丽叶》中的凯普莱特夫人也用"一卷美好的书"来比喻帕里斯的脸,朱丽叶要是嫁给了他,就成了"一帧可以使它相得益彰的封面"(第一幕第三场第81—94行,朱生豪译文)。这一延伸比喻(extended metaphor)固然可以理解成手稿书,但它同样可以诠释为印刷书,至少原文是模棱两可的。根据马文·施佩瓦克(Marvin Spevack)的《哈佛莎士比亚语词索引》(1973),"书"(book/books)在三十六部莎剧中都出现过(仅有《错误的喜剧》、《终成眷属》和《托马斯·莫尔爵士》例外),总计128次。卡斯顿的著作专注于物质文化的外部证据,而几乎没有考察内证,不能不说是个遗憾。(对莎剧中书的比喻的讨论,可以参看,例如,Robert S. Knapp, *Shakespeare-The Theater and the Book*, Princeton: Princeton University Press, 1989; Charlotte Scott, *Shakespeare and the Idea of the Book*, Oxford: Oxford University Press, 2007.) 卡斯顿的有些遵从传统的观点,比如他一再强调莎士比亚时代的剧本是"短命印刷品"(printed ephemera)和"廉价的小册子"(cheap pamphlets),有简单化的嫌疑,值得商榷。这种观点或许只是故事的一面,故事的另一面是,由于各种因素的共同作用,事情正在起变化,戏剧的文学地位正在确立过程中,剧本正在变得不那么"短命"和"廉价"。限于篇幅,这里不能展开论述。不管怎样，这一重要问题显然值得进一步商榷和争鸣。

这里牵扯到方法论的问题。卡斯顿的文本社会学路向或我所谓"文学唯物主义"的研究方法聚焦于文本赖以存在的物质形式，比如印刷书、超文本等，在意义生产过程中的积极作用。自从马歇尔·麦克卢汉（Marshall McLuhan）和伊丽莎白·爱森斯坦（Elizabeth Eisenstein）的经典著作［分别是《理解媒介：论人的延伸》（1964）和《作为变革动因的印刷机：早期近代欧洲的传播与文化变革》（1979）］以来，随着媒介研究和书籍史的兴起，这一方法异军突起，近几十年来蔚为风行，其优点是鲜明有效，如果运用得当，尤其是和文学批评的固有方法结合起来，将是潜力巨大、大有可为的。问题就是卡斯顿在《莎士比亚与书》中对此方法的应用稍微有点过了头，他几乎完全忽略了文本阐释等固有的文学批评方法，结果导致鲜明有效有余，而精微全面不足。从文本理论和编辑理论的角度讲，以杰罗姆·麦根（Jerome McGann）为代表的实用主义路向固然不是没有道理，但以 G. 托马斯·坦瑟勒（G. Thomas Tanselle）为代表的、远远更为根深蒂固的柏拉图传统生命力可能更为久远（参见 117—118 页）。正如另一位书评作者所指出的，卡斯顿一边排斥追求作者意图的理想主义，一边却倾向于将文本的物质性理想化。这一逻辑矛盾源自作者方法论的根本缺陷。

需要说明的是，经过与出版社杜非女士和作者卡斯顿教授协商，译者决定增加附录部分，供读者参考。前六个附录都出自莎士比亚第一对开本

(1623）前页，按照它们在原书中出现的顺序排列，第七个附录是《特洛伊罗斯与克瑞西达》四开本（1609）出版商的广告。卡斯顿教授在书中广泛征引了这些内容，相信附录有助于读者理解《莎士比亚与书》的正文。附录均以旧式拼写呈现，排印时字体等尽可能模仿原貌，仅录原文，不附翻译，也可以当作学习早期现代英语，熟悉早期现代英国印刷的材料。插图说明中屡次出现的 STC 指的是早期图书简要标题目录编号（Short-Title Catalogue），可以翻译成"简题目录号"，具体请参见 Katherine F. Pantzer (ed.), *A Short-Title Catalogue of Books Printed in England, Scotland, & Ireland and of English Books Printed Abroad 1475—1640. First compiled by A. W. Pollard and G. R. Redgrave (1946). 2nd ed. Revised and expanded. 3 vols. London: Bibliographical Society, 1986, 1976, 1991.

  本书的翻译分工如下：郝田虎翻译了绪论、第一章、第二章和封底，冯伟翻译了其余部分的初稿，由郝田虎校阅、修改了全书，并增加了译者注。译名主要依据新华通讯社译名室编，《英语姓名译名手册》第四版（北京：商务印书馆，2004），同时酌情参考了《中国大百科全书》第二版（三十二卷，北京：中国大百科全书出版社，2009）、《不列颠百科全书：国际中文版》（二十卷，北京：中国大百科全书出版社，1999）、《世界人名翻译大辞典》第二版（上、下，北京：中国对外翻译出版公司，2007）、《世界地名录》（上、下，北京：中国大百科全书出版社，1984）等工具书，以及王佐良、何其莘，《英国文艺复兴时期文学史》第二版（北京：外语教学与研究出版社，2006），苏杰编译，《西方校勘学论著选》（上海：上海人民出版社，2009）等专业书籍。莎士比亚译文主要采用了朱生豪等译的《莎士比亚全集》（六卷本，北京：人民文学出版社，1994），偶尔也参考了梁实秋的译文［《莎士比亚全集》（上、下，海拉尔：内蒙古文化出版社，1995）］。其他如采用了卞之琳译的本·琼森、金发燊译的弥尔顿《失乐园》、丁宏为译的华兹华斯《序曲》片段等，已经一一注明，在此谨向诸位译者和作者——活着的和已逝的——表示感谢和敬意。在迻译其他诗歌引文时，译者在忠实达意的同时，尽可能照顾了原有的节奏和韵式，但有些损失在所难免（尤其是韵式），谨此告知。

照例，我们对许许多多人们的教导和帮助，时时铭感在心。程朝翔教授是我的本科导师和冯伟的博士生导师，我们有能力翻译本书，应该说是和程老师的教诲分不开的。本书作者卡斯顿教授是我在哥伦比亚大学攻读博士学位时的导师，七年的耳提面命，奠定了我的学术根基，卡斯顿教授和他在书中屡次提及的坦瑟勒教授一起，培养了我对于书籍史、目录学、学术编辑等广阔领域的兴趣（"Then felt I like some watcher of the skies/When a new planet swims into his ken"——济慈1816年初读荷马的感受最能描绘我2000年春天第一次接触这些学术领域时的兴奋之情；或者，"漫卷诗书喜欲狂，轻舟已过万重山"，也挺好）。这大概是我负笈美利坚在学术上的最大收获。感谢卡斯顿教授对我的信任，把翻译他迄今为止最重要专著的任务交给我；同时感谢卡斯顿教授专门抽出时间为中译本写序，耐心解答我们遇到的二三十个疑难问题，使得我们有机会纠正原书中的若干错误，在某种意义上译本超过了原本。译者增加的附录也得到了卡斯顿教授的首肯。刘意青教授慷慨赠予十来本阿登版的莎士比亚，大大方便了翻译工作，免去了酷暑烈日下跑图书馆查资料之苦，谨表示诚挚谢意。商务印书馆杜非女士的诚恳、耐心和理解令我动容，希望我的工作没有让她失望。我们的家人主动承担了家务和照顾小孩等重任，为我们专心译书提供了条件，我们衷心感谢她/他们。还有许多师长和朋友对译文的期待，既是鼓励，也促使我们更加警醒，尽可能努力保证质量。

当然，由于水平和时间有限，缺点错误在所难免，欢迎诸位读者批评指正。这是一句套话，在形式上；但又不是套话，因为它是发自内心的渴望，我们渴望读者的任何反馈，渴望与读者交流。前提是要有读者；借用莎士比亚第一对开本编者赫明和康德尔的话说，"无论您怎么做，买下它。"

郝田虎
2011 年 8 月于燕北园

绪 论

《莎士比亚与书》这一标题看似平淡无奇，其奇特之处或许仅仅在于它显著地缺乏一般学术书籍标题对典故的偏爱。标题的每一个词都很简单（只有大家耳熟能详的专有名词多于一个音节），其结构无疑寻常得很：两个名词用一个并列连词连接起来。这一标题理应清楚地表明本书的内容，但我无法确定事实的确如此。更确切地说，我能肯定事实的确如此，但同时担心许多读者不能即刻意识到它。问题出在"与"上。

首先讨论第二个词：几乎不需要论证，为何"书"本身成为人们感兴趣的对象。在当今学术界，甚至在通俗报刊中，书都是热点话题。其实理应一直如此，因为书是我们人类的重大成就之一。然而，在很长一段时间里，对书的关注被发落到不受欢迎的目录学（bibliography）课程中，或者隐藏在图书馆学的课程表中。但一夜之间，书变得对我们所有人都举足轻重，即便仅仅是因为书行将消亡的论调一再出现，迫使我们思考书的消逝会使我们失去什么。

当书对书面文字的垄断没有遇到挑战的时候，书的无所不在似乎自然而然，无可避免；但那时一般没有人注意到书本身。现在，我们终于开始姗姗来迟地关注书本身——作为制造物的书，作为商品的书，以及作为技术的书。书被重新发现的可见性体现在流传甚广的电子笑话中：技术语言巧妙地重构了书。"生物可视的组织化的知识"（商标：书；Bio-Optic Organized Knowledge: BOOK）被欢呼为重大的技术突破：无须电线和电池的"革命性信息平台"；它袖珍便携，但"足够强大，可以像光盘只读存储器（CD-ROM）一样存储大量信息"；其"不透明的纸张技术"使得"双倍信息密度"成为可能；每一页都被"眼睛扫描"。这样你就明白了。

具有反讽意味的是（抑或这是必然的？），恰恰是在我们自信地认为书的消亡正在迫近的时刻，不唯书的优势，还有书的历史，也成为扣人心弦的兴趣点。有人告诉我们，印刷书籍，恰如图书馆和书店一样，好比恐龙，尚未知晓它们行将灭绝的危险。例如，在麻省理工学院（MIT）建筑学院院长威廉·J.米切尔（William J. Mitchell）眼中的世界里，书籍本身不再具有文化价值，而无非是抚慰品，以安抚那些——他不无嘲讽地说——"沉溺于装在死牛皮中的树木碎片的外观和感觉的人"。[1] 许多歌喉加入进来，歌咏书的衰颓，因为印刷业永远"超越了古腾堡（Gutenberg）"；可是，这首歌是显而易见的对位歌：数字时代拥趸者喷发出热情磅礴的女高音，庆贺我们从手抄本（codex）的专制中得到认识论的和政治的解脱，而数字时代恐惧者呻吟出绝望的男低音，宣告书面词语被降格为鸡零狗碎的字节，必然会导致权威、连贯性和感官快乐的丧失。

在第四章里，我将进一步讨论从印刷的机制和技术到数字替代品的转折，思考词语呈现为电脑屏幕上的像素，而非传统的纸张上的墨迹，会带来何种得与失。在此，我只想指出，尽管电子文本的潜力激动人心，电子技术似乎不可抵挡，但书的韧性有可能被严重低估了。我们或许生活在印刷术的晚期，但现在看似过时的书的技术完全有可能表现得比许多人想象的更为强大。无论如何，如果我们要提供令人信服的书的替代品，就必须充分理解书在其复杂的物质和社会环境中的运作方式。本书的部分目标是为这一理解提供线索。

以下章节的出发点是一个原本不言而喻，或者理应不言而喻的判断：我们所遇到的书面词语的物质形式和位置对我们理解读物的意义有积极贡献。阅读作者用墨水在大页纸（foolscap）上写下的原诗与阅读诗人全集中的"同一首"诗不是一回事，与阅读诺顿选集（Norton anthology）中的文本，甚或网上的文本，都不是一回事。不仅所谓文本的非实质性异文（accidentals）；若非一些更显而易见的实质性异文（substantive）[①]有可能变动，而且呈现的方式和模式本身不可避免地成为诗歌意义结构的一部分，也就是说，它部分决定了诗歌是如何被理解和评价的。用 D. F. 麦肯齐（D. F. McKenzie）的话来说，"呈现文本的不同版式／开本（formats）和字体（typefaces），不同纸

[①] "实质性异文"指在思想内容方面有所不同的重要文本异文，"非实质性异文"指在拼写、标点、词形分合等呈现形式方面有所不同的次要文本异文。这一区分由 W.W. 格雷格爵士 1950 年在《底本原理》这一著名的天才论文中做出，成为英美校勘学的理论基础。该文中译见苏杰编译，《西方校勘学论著选》（上海：上海人民出版社，2009），157—174 页。——译者注

张和装订（bindings），在不同时间、地点，以不同价格进行的售卖，暗示着迥然不同的状况和用途，必然改变文本读者从中得出的意义。"[2]这一点大概理应是非常明显的，但在文学研究中，长久以来的趋势是，似乎我们阅读的作品具有独立于其物质载体的现实性。在新批评（New Criticism）的奠基性论文中，雷纳·韦勒克（René Wellek）和奥斯丁·沃伦（Austin Warren）漫不经心地认为，文学作品作为存在于"纸上"或"印刷页上"文字的观点"大概如今没有多少严肃的支持者"[3]。

他们的"如今"当然不是我们的如今，但这一现象依然很常见。至少在文学的课堂教学中，许多人忽视文学呈现给读者的物质环境，而假定（或者只是策略性地假装）文学的存在仅仅是语言的排列组合，与它"在纸上"特定的外观或某张"印刷页"上（或在电脑屏幕上，甚或在言说中）的位置无关。如果物质文本值得一提的话，它们通常被认为是作品的传达者（最好的情况）或者破坏者（最坏的情况）。然而，我们阅读文学的特定形式和环境，文学传播的方式和机制，是文学何以为文学不可分割的侧面，而非完全外在的考虑；这些因素对我们的判断和阐释的影响并不亚于文学的语义和句法组织。可是，甚至文学研究所有领域中对物质文本的不可逃避性可以说最为敏感的编辑理论（editorial theory），也轻易地将其目标确定为从未存在过的作品（work），即没有物质形式见证（或能够见证）的、体现作者意图的理想文本（ideal text）。

我深深怀疑这一承担，无论其捍卫者的逻辑多么吸引人。诚然，实际的文本都无法完美地传达作者意图，文本的缺陷至少在理论上可以修补；但随之而来的论调，即作者未曾实现的意图因此是作品本身——以及作者意图的物化不过在某种程度上接近意图中的作品，至多是如何想象不可触摸的原本的指令——在我看来只是在同义反复的意义上是真实的。[4]换言之，只有当我们把作品定义为作者意图的充分表达，无论这些意图是否体现于任何特定的文本中——只有这时，上述论点才是正确的。对"作品"的这一定义在逻辑上并非不可能，确实也并非没有价值；但它将艺术品从其实际生产的多数条件中割裂开来，赋予了其作者一种近乎不可能的最高权威。它否定了作品任何有效的实现原则，似乎把作品想象为某种自足的东西，与此同时，作品创作和阅读的实际环境或许在无意中被普遍化了。

与此相反，我将论证，在任何有用的意义上，文学总是仅仅存在于物化形态中，这些物化形态不只是文学的容器，更是作品意义产生的条件。各种各样有形文本对文学作品的保存和呈现无疑是不充分的，尽管想象力会渴望比起有形文本来不那么粗劣的东西（就像华兹华斯的"心灵"寻求"将其形象印在与她气质相近的／元素中"一样[5]），① 它也不得不满足于与其精细不相协调的媒介。只有文本在物质上实现了，它才可以被进入。只有那时，文本

---

① 华兹华斯诗句的中译引自丁宏为译，《序曲或一位诗人心灵的成长》（北京：中国对外翻译出版公司，1999），102页。——译者注

才能给人乐趣，产生意义。想象力的成果无法自足；它总是依附于不完美的有形支撑，才能呈现给读者，这些支撑本身介入了有待阅读的东西。

也许有人会提出，这一对文学传播的有形形式以及对文学生产和消费的条件的关注属于社会学，而非正儿八经文学的领域，它把注意力从文本的内在设计转移到了文本生产的具体环境。但当然，"文本"（text）正是分歧所在。我希望，我的坚称不会被认为太抠字眼：即被阅读的文学文本必须是有形物体，因此，除非在理论上，无法将其与使我们注意到它的具体环境隔离开来。我们只能阅读我们眼前有形的读物，所以，我们对于意义的估算应该考虑罗歇·沙尔捷（Roger Chartier）所谓"物质形式产生的效应"[6]这一因数。

对文本传播的物质形式如何影响意义的关注绝不是以任何方式否认文本象征形式的重要性，或以文本的社会存在排斥其"文学性"；恰恰相反，这一关注的目标正是为了通过此途径才能达到的对于文本文学性及其对读者可触摸的企图更为广泛的理解。这一关注应该拓展，而非以任何方式限制我们对文本的理解。它确认文本实现的特定形式——比如字体、开本、版面设计（layout）、装帧（design），甚至纸张[例如，莎士比亚许多版本的用纸"比多数八开本（Octavo）或四开本（Quarto）《圣经》用纸要好得多"，威廉·普林（William Prynne）对此义愤填膺[7]]等庸俗的东西——并非外在于文本的意义，并非仅仅是为了表达文本意义的无生命载体，而是文本表义结构的一部分。

对文本文献特殊性的关注将我们的阅读从文学自主性的幻想中解脱出来。它使得写作行为不再神秘，创造性的实际状况变得清晰起来，文本被放置在各种意图交织而成的网络中，其中的作者意图无论如何重要，也只是多种意图中的一种——还应该指出，作者意图无法生产出书本身。文本实现的特定形式表明文本制作的复杂历史，同时表明有关媒介显著的生产效率，这有用地提示我们，书的技术像威胁要取代它的任何电子媒介一样，不只是被动地传达内容，而且积极主动地塑造其可理解性本身。

然而，此时，如果说对"书"的关注很自然，而且由于书对书面词语的漫长垄断现在被视为遇到了挑战，所以关注"书"几乎是必须的，那么，将我对印刷书的兴趣应用于本书的首要关键词——莎士比亚——可以说是出人意料。至少，作为戏剧家的莎士比亚对印刷书没有明显的兴趣。表演是他为自己的剧作寻求的唯一发表方式。他并未付出努力以出版剧本，或者阻止那些书肆出售的常常粗制滥造的版本的出版。在第一章和第二章中，我将探讨首次将莎士比亚剧本付诸印刷的人们的动机和活动，他们的动机几乎与莎士比亚的文学价值完全无关。这两章将出现许多人名，其中大都比较生僻，除了对校勘学者（textual scholars）而言。这些人工作的结果使我们得以阅读莎士比亚，他们的动机和行为塑造了我们阅读的对象。莎士比亚本人好像并不在乎。

因而，我对莎士比亚与书的兴趣有可能被理解为古怪的恋古癖（最好的情况）和任性的自我放纵（次好的情况；因为我所谓"书"就是书——作为制造物和商品的有形文本本身——而非许多人使用的隐喻意义上的作为复杂的文字结构的剧本）。的确，M. C. 布拉德布鲁克（M. C. Bradbrook）明确写道，将戏剧当作"书籍艺术是粗暴的伤害"。[8]很明显，莎士比亚本人对印刷的承担仅仅限于其叙事诗。[9]他的《维纳斯与阿都尼》（Venus and Adonis）以及《鲁克丽丝受辱记》（Lucrece）[①]由其同乡理查德·菲尔德（Richard Field）出版，印制精良，每一本卷首都有莎士比亚署名的献辞。但印刷剧本没有莎士比亚参与的迹象。他为剧院，而非阅读公众，创作剧本；它们是有待表演的戏剧，而非有待阅读的剧本。斯坦利·韦尔斯（Stanley Wells）称："剧本存活和取得生命是在表演之中。表演是剧本创作的目的。"[10]在这一看似牢靠的基础之上，许多教师和学者坚信，正当的学术关注点应该建立在表演之上，要么将印刷剧本视为迈克尔·戈德曼（Michael Goldman）所谓"为了表演的设计"，要么将表演本身作为研究对象（剧院中的表演，或者更经常地是录像或电影中的表演，原因显而易见）。[11]

对这一关注有许多可以讨论的，许多也已经讨论过了——其实太多了，我在剧院里观看尽职尽责或者更为糟糕的、想象力过于丰富的莎士比亚演出，一连数个小时，在脾气最坏的时候常常这样想，太多了。诚然，莎士比

[①] 莎士比亚该诗的全名是 The Rape of Lucrece。——译者注

亚的确在剧院里"存活";在剧院里,他成为我们当代人,回应我们的需要和兴趣。然而,正如我在别处论证过的,这一点恰恰使得以舞台为中心的莎士比亚研究方法显得可疑。莎剧表演太容易屈从于我们的欲望。从18世纪中期到现在,莎士比亚在英国剧院剧目单中一直拥有支配地位,这一事实本身表明了莎剧在剧院从业者手中的灵活性和适用性。在剧院中,莎士比亚逃离了其历史性,成为每一个时代的当代剧作家,甚至可以说是每一个时代最重要的剧作家。就像克劳狄奥(Claudio)歪曲的想象中滥交的希罗(Hero)一样,①莎士比亚不唯是我们的莎士比亚,而且是每个人的莎士比亚。[12]

　　印刷媒介更为保守(conservative)。我这样说是字面的意思,并无道德或政治的含义;印刷保存(conserves)的方式表演做不到。不管印刷做了别的什么,它提供了文本的恒久图像,不像表演那样,必然地转瞬即逝;的确,印刷保存的能力在很大程度上使得表演得以延续。纸页上的文本不像剧院中的文本,它可以流传下来,印刷的持续性既是它对僭用更强的抵抗性的标志,又是这一抵抗性的基础。印刷文本可以始终在我们眼前,要求被尊重／关注

---

① 该典故见《无事生非》第三幕第二场,少年贵族克劳狄奥和总督里奥纳托的女儿希罗即将成婚,唐·约翰从中作梗,对克劳狄奥说希罗是不贞洁的,"正是她;里奥纳托的希罗,您的希罗,大众的希罗"[朱生豪译,方平校,《莎士比亚全集》(六卷本,北京:人民文学出版社,1994)第一卷503页]。除非另有标注,以下所引莎士比亚中译都出自这个版本,不再一一注明出版信息。——译者注

(respected)。① 这并不是说，印刷剧本比演出剧本更真实，也不是说，印刷剧本会免于有倾向性的阐释。我将在第三章里探讨，印刷剧本的版本和读解像演出一样，也受到时代兴趣和理解的影响。我只是指出显而易见的事实：印刷文本在时间和空间里将词语固定下来，而表演将词语释放出来，以此作为它存在的条件。

但是关于文本与表演之间的关系，或许还有不那么显而易见的观点。[13] 虽然印刷文本和演出剧本常常被视为单一存在的两半，被视为戏剧的内在和外在侧面，但它们之间并非缘起和效果的关系（无论以何种顺序看待）。确实，在任何精确的意义上，它们并不构成同一存在。表演之激活剧本，并不比文本记录表演更多些。二者是不相同、不连续的生产方式。它们之间的不一致非同寻常地记录在约翰·韦伯斯特（John Webster）的悲剧《马尔菲公爵夫人》（1623；*The Duchess of Malfi*）的标题页（title page）上。标题页称，印刷剧本"与在黑衣修士剧院（the Blackfriers②）的私人表演，以及国王供奉剧团（the Kings Maiesties Seruants，也就是 King's men）在寰球剧院（the Globe）的公开表演一致"，但同时是"完善而精确的本子，加入了剧本长度在演出中无法容纳的各种东西"。标题页就印刷文本做出了两个不同的、不

---

① 这里，respected 是双关语。下面类似的地方很多，一般不再一一注出，仅用括号标明原文，以资对照。——译者注
② 也就是 the Blackfriars，早期现代拼写与现代多有不同之处，比如字母 i 和 j 相通、u 和 v 相通等。——译者注

相协调的声称：它既"与表演一致"，又与表演**不**一致，也就是说，比"演出能够容纳的"要多——二者不可能同时为真。

但这一自相矛盾的双重声称为印刷和表演之间的关系这一令人困惑的谜团提供了部分答案。罗伯特·魏曼（Robert Weimann）从《特洛伊罗斯与克瑞西达》（*Troilus and Cressida*）第五幕第二场第151行摘出"双重权威"（Bifold authority）一语来描述文本相互竞争的权威化结构［第一对开本（folio）中这一短语作"凭借不正当的权威"（By foule authority），这一异文（variant）表明权威化结构的必然不足］。[14]印刷和表演都不是对方的结果，它们都不复制或者利用（除非在修辞意义上）对方对真实性的声称。印刷剧本既非前剧院文本，亦非后剧院文本，它是非剧院文本，即便在它声称其版本"与表演一致"的时候。

当演出的时候，它存在于剧院，存在于戏剧动作转瞬即逝的声音和手势中间。印刷剧本从来不可能是"与表演一致"的剧本。它必然总是印刷出来的剧本，这当然是同义重复；作为印刷品，它将读者与书页上的词语联系到一起。其常规并不抑制表演，与此同时期待它在舞台上最终的释放；它反而延迟表演，或者更确切地说，完全否定表演。阅读剧本不是阅读表演（作为文本化戏剧的印刷剧本），甚至也不是**为了**表演而阅读（作为潜在戏剧的印刷剧本）；它是在表演缺席的情况下阅读（呃，就是作为……印刷剧本的印刷剧本）。斯蒂芬·奥格尔（Stephen Orgel）果断声称："如果剧本是书，那么它就不是戏剧。"[15]

反过来说，戏剧演出从来都不能仅仅是印刷剧本的实现。它既非戏剧的前文本版本，亦非戏剧的后文本版本。众所周知，约翰逊博士（Dr. Johnson）宣称，"戏剧表演是背诵出来的书"[16]，但这只是为约翰逊典型的文本倾向，而非剧院倾向，提供了证据而已。即便当"戏剧表演"将某种特定的印刷形式作为演出文本时，它也不仅仅激活了文本。它并不是用演出的热焰熔化了冻僵在书页上的戏剧可能性。表演**制造**了从前不存在的东西，而非**扮演**了先前存在的东西；它制造的东西，正如特里·伊格尔顿（Terry Eagleton）所言，"并不能从细读文本本身机械地推出"。[17]

于是，文本和表演不是我们认作戏剧的某个同一体的部分和和谐侧面，而是两种不相关联的生产方式。表演运作的根据是它独有的剧院逻辑（theatrical logic），而非源自文本的逻辑；印刷剧本运作的根据是并非源自表演的文本逻辑（textual logic）。我认为，在考虑《哈姆莱特》（Hamlet）的一场演出和《哈姆莱特》的一个版本时，人们不是在考量单一作品的两个重复。尽管它们有所联系［例如，肯定比《哈姆莱特》的一场演出和《奥瑟罗》（Othello）的一个版本之间的联系更紧密］，但它们仍然在物质上和理论上迥然相异。《哈姆莱特》不是文本和表演分别**包含**的事先存在的东西，而是一个名字，来命名文本和表演产生出来的东西。二者都不比对方更真实或更不真实，因为除了文本和表演之外，不存在外在的现实，可以提供检测真实性的标准。

所以,我们不能把印刷剧本当作次要的东西或者尚未实现的东西,而把权威让渡给表演戏剧,因为它将文本的潜力化为现实;正如我们无法假定文本的优先权一样,约翰逊博士试图让我们赋予文本超越表演的崇高地位也是不对的。但我们必须承认,文本自有其令人信服的逻辑和引人入胜的历史。不仅在理论上而且在历史中,莎士比亚戏剧文本虽然不比表演更优先,但也与表演相等。尽管莎士比亚创作剧本的目的是为了表演,但它们很快摆脱了他的控制,展现为有待阅读的图书,使得莎士比亚在印刷媒介中的"生命"与在剧院中的生命同样鲜活。如果说1623年的第一对开本是表示敬意的纪念品,正如约翰·赫明(John Heminge)和亨利·康德尔(Henry Condell)在他们的献辞书信中所言,是"对逝者的职责/仪式(office)"(折标 A2^v),① 那么,出版行为本身则使逝者得到重生。本·琼森(Ben Jonson)在第一对开本的称颂诗歌(commendatory poem)中写道:"只要你的书还在,你就永远活着。"② 印刷媒介中的莎士比亚不仅被记起,而且被复活。

9

① 参见附录二。折标(signature,略为 sig.)是早期书籍中用来标示书帖配页(gathering)或配页中的叶(leaf)的符号,以帮助抄写员、装订工或排字工理清先后顺序。配页一般用一个或多个字母标示(A, B, AA, BB 等),标示叶时再加上数字(A2, AA2 等)。每一叶由两页(pages)构成,右面的页称 recto(略为 r),左面的页称 verso(略为 v)。参见 Peter Beal, *A Dictionary of English Manuscript Terminology: 1450—2000* (Oxford: Oxford University Press, 2008)。——译者注
② 参见附录四。——译者注

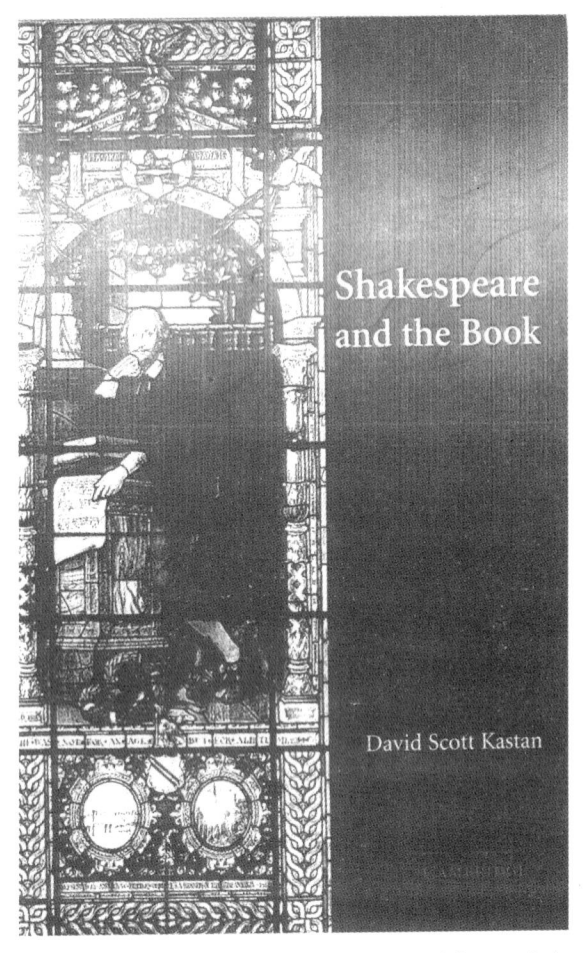

《莎士比亚与书》英文版封面:伦敦书业公会会所中描画莎士比亚的彩绘玻璃窗。

快速浏览一下两幅图像，我们可以得知书在莎士比亚文化环境中的重要地位。第一幅是一个彩绘玻璃窗，其照片用作了本书封面。从许多方面来说，这一形象不足为奇。它是莎士比亚不可避免性的又一个标志，是公共机构对莎士比亚在我们文化中中心地位的又一次确认。但这一表现在许多方面又非同寻常。当然，它肯定是莎士比亚；有着熟悉的面容，典型的衣着。可是布景有些奇特，至少对莎士比亚是奇特的；场景在室内，莎士比亚右侧是大理石柱，窗户开着，能看到一棵树。这显然不是人们期待中的剧院或书房；既非演戏的场所，亦非写作的地方。莎士比亚的姿势就更奇怪了。他面向前方，两腿在脚踝以上交叉。他的右肘部支在一叠书上，书堆在齐腰高的大理石柱基上。莎士比亚左手食指指向书堆下面延伸出来的手稿卷轴。那些书出人意表，被堂而皇之地置于莎士比亚和手书的卷轴之间。我们经常看到莎士比亚写作的图画；他的羽毛笔（quill pen）就像圣彼得（St. Peter）的钥匙一样，象征着他。但莎士比亚很少在视觉上与印刷书联系在一起。手稿，而非印刷，是他的媒介。他用普通书体（longhand）写作剧本，抄写员（scribes）抄写出包含每个演员台词的卷轴，还有剧本额外的手写副本（虽然窗户里卷轴上面的大块书写似乎标示着它并非剧本）。莎士比亚是剧院从业者，而非文人。

这是我们屡次被告知的故事。但它只有一半的真实。另一半真实是，莎士比亚几乎从一开始就是一名畅销剧作家。到他去世之前，他的剧本出版了四十多个版本,其中三部——《理查二世》(*Richard II*)、《理查三世》(*Richard III*)和《亨利四世上篇》(*1 Henry IV*)——出版了五版或五版以上。比起威廉·鲍德温(William Baldwin)的《道德哲学论》(*Treatise of Moral Philosophy*)到1640年出版了二十四版,刘易斯·贝利(Lewis Bayley)的《虔敬之笃行》(*The Practice of Piety*)出版了四十多版,莎士比亚戏剧的版本数量或许不算多,但这仍然表明莎士比亚是非常成功的作家。即便这不是他主动追求的角色,他也从中获益甚少,但他无法逃脱这一角色。他的剧本进入印刷媒介缘于英国图书行业的活动,确实,他的戏剧文本在许多方面是由英国书业活动塑造的。彩绘玻璃窗指示了经常被忽视的另一半——莎士比亚的合法媒介不仅有剧院,还有图书,即便图书不是他的首要媒介。

  漂亮的彩绘玻璃窗选择这一半故事来讲述好得很,因为它装饰着伦敦书业公会(Stationers' Company)会馆的一面墙。书商(stationers)如此尊崇莎士比亚,看起来再正当不过了:不仅因为他大概是英国最伟大的文学家,而且因为他可能是图书行业最快的印钞机。无疑,再没有别的英国作家为出版商带来如此丰厚的回报,却索取如此之少。莎士比亚是世界上最受欢迎的作家之一,却从未收过一个子儿的版税(royalties)。在某种意义上,可以将本书视为探讨了决定书业公会玻璃窗古怪形象的因素:是何种利益/兴趣(interests)和活动将莎剧从剧场抽出,引入书房,保存它们,呈现它们,以供阅读。

1. 安东尼·范戴克爵士,"约翰·萨克林爵士"。1632/1641 年,布面油画,216.5 厘米 ×130.2 厘米,版权:纽约弗里克收藏馆,承蒙授权使用。

还有一张图片可以解释本书的主题，为本书标题两个名词的组合提供佐证。安东尼·范戴克（Anthony Van Dyck）所作的约翰·萨克林爵士（Sir John Suckling）全身肖像，大约作于1638年，现在悬挂在纽约市的弗里克博物馆（Frick Museum）里（插图1）。该画精彩异常，赏心悦目，富于表现力。1661年，约翰·奥布里（John Aubrey）将其描述为"极具价值之作"，萨克林的"全身像，斜倚岩石，手持戏剧书，凝神沉思"。[18]萨克林取站立姿势，注视着右方，身旁巨石凸显。他身穿丝质蓝袍，肩披红色斗篷，手持一本大书，置于岩石之上。他左手握住书的左上角，手中将近一半的书页；右手掀起下一页的底端，露出下面的双栏书页，其后是厚厚对开本的另一半。掀开的书页显示出右手书页的页首标题（running title）"哈姆莱特"，从书的前切口（fore-edge）伸出来的签条上用罗马体大字母（Roman majuscules）写着"莎士比亚"（SHAKSPERE）一词。这个名字在此处的功能是复杂的。它或许是在油画中明确发现的第一本世俗书，但无论如何，它清楚地表明，莎士比亚在逝世二十多年后，已经拥有值得外借的文化声望。[19]但它同样清楚地表明，莎士比亚所提供的文化声望已经不再源于数百万人在剧场里欣赏难忘的戏剧（甚至在1638年），而更源于它们在印刷媒介中的存在。画像中的"莎士比亚"命名的不是一个人，而是一本书，而《莎士比亚与书》探讨的正是这一转喻（metonymy）形成的复杂文化机制，以及它的一些内涵和效果。

第一章 从剧场到印刷厂；
或曰，留下好印象/印数①

——是谁？

——没人。是作者。

《莎翁情史》（*Shakespeare in Love*）

流行电影中的这个笑话虽然总是惹人发笑，但缺乏韵味。电影中虚构的投资者芬尼曼（Fennyman）询问他看到的站在舞台上的一个人，亨斯洛（Henslowe）②回答说他是"没人"，只是"作者"。当然，滑稽的不仅是亨斯洛将作者视为"没人"，而且芬尼曼手指的"没人"不是别人，正是莎士比亚，而莎士比亚比起那个时代的任何人，无疑都是个**人物**——他是个人物，恰恰是因为他已成为首屈一指的**作者**。不足为奇的是，在2000年来临之时，许多民意测验表明，莎士比亚是一个"千年人物"。头发半秃，额头闪亮，轮状皱领，羽笔在手——这一熟悉的男士形象不仅用于辨认"作者"莎士比亚，而且日益成为人类创造力本身的象征。

但这个电影笑话也表明了一条经常遭到忽视的事实。在早期现代戏剧的

---

① 原文 impression 是双关语。——译者注
② 菲利普·亨斯洛（1550—1616），英国剧院主和经理，曾参与创建玫瑰（1587）、命运（1600）、希望（1613）等剧院，是英国戏剧发展黄金时期的重要人物，其日记已成为研究英国文艺复兴时期戏剧的重要史料。——译者注

合作经济中，作者——甚至是莎士比亚——即便确切地说不是"没人"，也不是文化世界的焦点，甚至也不是他的剧本的"作者"，我们所理解的"作者"。那是演员的戏剧：理查德·伯比奇（Richard Burbage）和爱德华·阿莱恩（Edward Alleyn）是时代的明星，而非莎士比亚和马洛（Marlowe）。戏剧创作是计件工作，为萌发中的娱乐业提供剧本，剧本在法律上属于剧院剧团（theatre companies），且不可避免地受制于表演的偶然性。莎士比亚是剧团的合伙人，在他生涯的多数时间里他为这个剧团写作，但即便是他的剧本要保留在剧目单中，也必须经过改动——根据特定的演出场所和场合删减、修改、调整，这些改动也许是他完成的，也许不是，甚至可能没有得到他的首肯。可以肯定的是，大约1612年他从剧团退休后，进而1616年他去世后，他保留在剧目单中的剧本如何扮演，是由别人决定的。

莎士比亚对出版剧本缺乏兴趣，这也就默认了戏剧的表演侧面，如果不是同时默认了戏剧实现的必然合作性的话。莎士比亚或许不愿意通过监管实现他对印刷剧本的权威（他没有这种权威），反而满足于戏剧可在剧场观看。大概在他看来，戏剧在剧场的可塑性比起印刷书页的固定性更忠实于戏剧的本性。[1]

无疑，莎剧在剧场中成功地久演不衰，演出的形式丰富多彩。但是，如果说莎士比亚不怎么在乎剧本的发表，我们不应该忘记，它们能够长期演出部分是由于剧本的确进入了印刷媒介。尽管莎士比亚在书页上的"存活"可能不像在剧场里那么生动，至少我们必须承认，印刷媒介**保存**了莎士比亚。我承认，这个比喻不完全妥帖。活物比木乃伊更好，印刷媒介保存语言无论如何不如甲醛保存尸体更可靠。尽管如此，没有印刷媒介，就没有所有时代的莎士比亚。正如赫明和康德尔所言，莎士比亚四散的"肢体"是在印刷厂收集修复的，被重新组合成全集／全体（body of work）。[①]

这种重新组合／回忆（re-membering）当然不会比其他任何记忆行为更

---

① 参见附录三。——译者注

确切。心理学家知道，记忆从来不是被记起事件的完美见证人；它压抑，移位，歪曲；但它仍提供信息，虽然不是事件的客观呈现，而是事件被接受和吸收的武断记录。印刷媒介的记忆与此相似；在回忆和记录的同时它也在歪曲，纳入与公开记忆的主题并不相关的因素。印刷厂记忆下来的莎士比亚必然不是莎士比亚——既比他的原版多一些，同时又少一些。重构他全集的一系列动机和实践在文本上留下了印迹，在保存和呈现的同时进行扭曲。

这并不是回归到独立于物化过程的理想文本的概念；而是确认文本像过去一样，从不存在未经中介作用的形式。正是这一中介作用使文本成为文本，恰如与过去直接接触的不可能性使过去成为过去一样。当然，我们只能以经过中介作用的形式接触莎士比亚。有人会说，这意味着我们从未实际接触过莎士比亚，但这一说法的真实性仅仅在于它是了无趣味的玩字眼游戏。莎士比亚之存在恰恰是因为所谓"莎士比亚"，在任何有意义的除了传记的意义上，是——而且始终是——关于生产出莎士比亚的剧场和印刷厂的极其复杂的中介作用的提喻法（synecdoche）。

为我们保存莎士比亚的所有印刷剧本在某些方面都有缺陷，但是，正因为它们与编辑意愿（以及编辑意愿构造的作者意图）中的理想文本有距离，它们才见证了塑造莎士比亚剧场生涯的复杂的作者权（authorship）状况。莎士比亚的名字事实上已成为作者权本身的代名词，但在他创作的环境中，合作对于戏剧生产和图书生产都是必须的，他个人的成就不可避免地分散到合作之中，如果不是遭到合作损害的话。尽管如此，莎士比亚显然对他的剧本出版漠不关心，显然没有兴趣重申他对剧本的权威，这表明他对个体化的作者权概念几乎没有投入；具有反讽意味的是，他的名字现在如此成功地象征着这一概念。确实，他的投入在别处：在有利可图的演出剧团的合伙关系中。他舒舒服服地接受合作的必然性，他的剧本在印刷媒介中流通阅读时，他显然没有觉得有必要声称他的所有权。

在此方面，莎士比亚或许比许多人以为的更加不合常规。虽然绝大多数

The Comicall Satyre of

EVERY MAN OVT OF HIS HVMOR.

AS IT WAS FIRST COMPOSED
by the AUTHOR B. I.

Containing more than hath been Publickely Spoken or Acted.

VVith the severall Character of every Person.

*Non aliena meo pressi pede | * si propius stes*
*Te capient magis | * & decies repetita placebunt.*

LONDON,
Printed for *William Holme*, and are to be sold at his Shop at Sarjeants Inne gate in Fleetstreet.
1600. 2 3

2. 本·琼森，《人人扫兴》（1600年），标题页，STC 14767；承蒙亨廷顿图书馆和艺术馆提供。

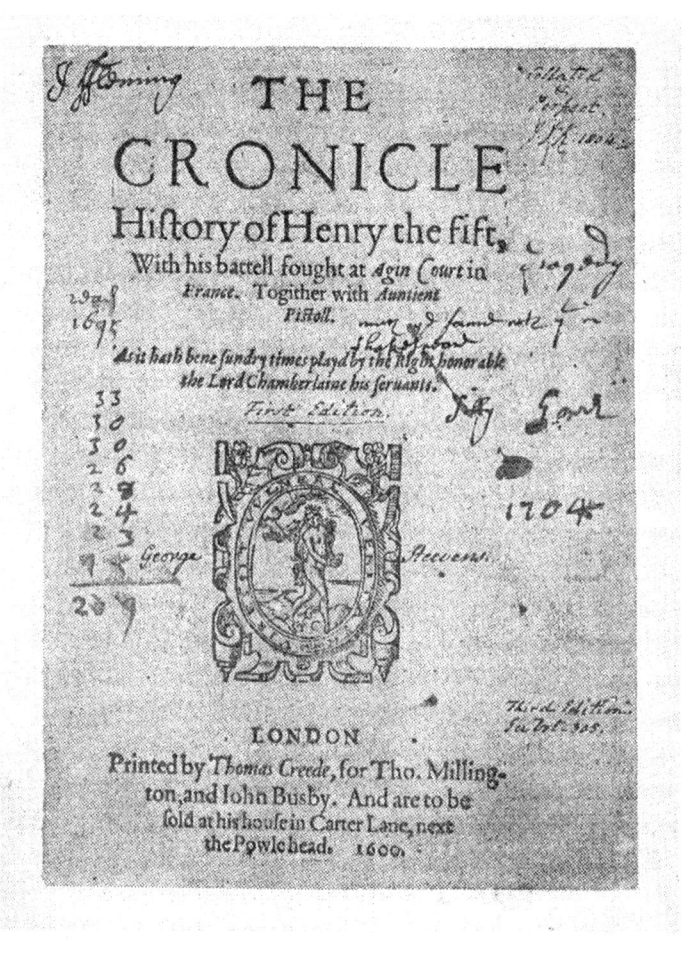

3.《亨利五世》(1600年),标题页,STC 22289;承蒙亨廷顿图书馆和艺术馆提供。

剧作家无疑像罗伯特·达文波特（Robert Davenport）在《约翰王与玛蒂尔达》（1655；*King John and Matilda*）中"致聪明的/会意的（knowing）读者"的前言里的自我描述那样，"无意成为印刷中人（man in Print）"，但许多剧作家不仅允许，而且积极寻求发表，以恢复自己剧本的原貌。尽管所有剧作家都预期表演的需要将决定他们的剧本，因为他们的剧本在法律上是属于演出剧团的财产［我们经常被提醒，戏剧这一体裁本身当时是不入流的文学形式（subliterary form），可能无法承受文学梦想的重担］，但许多剧作家有意识地利用印刷媒介，以他们中意的形式保存自己的创作成果。

众所周知，本·琼森努力将他的剧本从原来生产它们的剧场环境中抢救出来，试图为读者提供印刷的戏剧文本，在某种精确的意义上他可以说是这一印刷剧本的"作者"。《人人扫兴》（*Every Man Out of His Humor*）的1600年四开本标题页坚称，它所呈现的剧本"是作者 B. I. 最初创作的形式，比公开朗诵或公开演出的版本更丰富。"这里，琼森申明了文学文本相对剧场剧本的权威，颠覆了通常的倾向，比如《亨利五世》（*Henry V*）的1600年四开本，提供给阅读公众的剧本"正如许多次表演的那样"这一熟悉的程式。更值得注意的是《西亚努斯的覆灭》（*Sejanus*）的1605年四开本，琼森在该剧序言中再次宣称印刷剧本"与公共舞台上扮演的不同"。① 但在发表的四开本中，他不仅仅恢复了剧场的删节，而且事实上删除并重写了一个合作者的部分。虽然他承认演出版本中"第二支笔写了相当部分"，在印刷文本中琼森用他自己从未上演过的话替代了他未曾指出姓名的合作者的原文，并狡诈地声称，他插入他自己"更差的（且无疑不那么讨人欢心的）"语言的动机只是因为他不愿意"通过他可恶的侵占，来诈取如此敏捷的天才的权利"。（折标¶2ʳ）

然而，如果琼森从剧院的惯常合作中抽取他的剧本的积极决心是独一无二的，那么，他对印刷文本能够保存剧作家中意的形式的希望则并不鲜见。其他剧作家同样将印刷媒介视为可以将他们的意图至少传达给读者。在

---

① 该剧全称为 *Sejanus his Fall*。——译者注

《马尔菲公爵夫人》的1623年四开本中,韦伯斯特在第三幕教士所唱歌曲的斜体文本旁边加了一个充满焦虑的边注:"作者否认这首歌谣为他所作"(折标 H2^r)。对印刷媒介更为正面的利用是巴纳比·巴恩斯(Barnabe Barnes)的《魔鬼的证书》(1607;*The Devil's Charter*),该剧标题页按照常规自我宣传是"正如去年圣烛节(Candlemasse)夜晚在国王陛下面前由国王供奉剧团表演的那样",接着又说,"但后来经过作者更为精确的校阅、修改和增补,以为读者提供更多欢欣和益处"。一年后,托马斯·海伍德(Thomas Heywood)在他的《鲁克丽丝受辱记》(*Rape of Lucrece*)"致读者"书信中坚称"将剧本托诸印刷机"不是"我的习惯";可是,由于"讹误(corrupt)受毁的"抄本"偶然到了印刷商手中","因此我更愿意提供它本来的面目"(折标 A2^r)。1640年,理查德·布罗姆(Richard Brome)在《对跖地》(*The Antipodes*)末尾附了一封书信,其中,他告诉"殷勤的读者",这本戏剧书同样包含"比舞台表演更多的东西",因为在舞台上,"原本太长(正如一些演员声称的那样)",有所删减。布罗姆称,在这一印刷剧本中,他认为"应该根据审查过的原本插入所有删节部分,恢复最初为斗鸡场剧院(Cock-pit)舞台准备的本子"(折标 L4^v)。对于布罗姆来说,如同对于海伍德和巴恩斯一样,印刷媒介恢复和保存了他创作的剧本,而且不经意间,他的话透露:喜庆长官(Master of the Revels)①"审查过"的文本是作者未经删减的原本。

但是,莎士比亚对他的剧本从未申明过这一类的所有权,对它们的印刷形式也未表达过忧虑。当然,他的剧本受制于剧场规则,为了在两小时的舞台上成功上演,由各种不同的人修改过,但莎士比亚从未觉得他必须"提供"他所作剧本"本来的面目"。他在世时,他有将近一半的剧作进入印刷媒介,所有发表的剧本中,没有一部表明他曾努力保证印刷剧本精确地反映

17

19

---

① 即审查官。关于英国文艺复兴时期的戏剧审查,可参见 Richard Dutton, "Censorship," Chapter 16 of *A New History of Early English Drama*, ed. John D. Cox and David Scott Kastan(New York: Columbia University Press, 1997),pp. 287—304; 和拙作《论历史剧《托马斯·莫尔爵士》的审查》,《外国文学评论》2008年第1期,133—140页。——译者注

他的创作。1623年第一对开本中，赫明和康德尔在"致形形色色的读者"的书信中，告诉此书的准购买者，该集子包含莎士比亚的各个剧本，"正如他构思的那样"，但莎士比亚本人从来没有做出过这一过分的声称，尽管他的作品在他活着时有许多印刷版本。①

他在世时，他的三十七个剧本仅有十八个发表过，但其中没有一个版本莎士比亚公开表示过是他自己的。尽管如此，有十部剧重印过一次或更多次，到他离世之前，至少四十二个不同的版本进入了印刷媒介。[如果我们把《驯悍记》(*The Taming of a Shrew*) 计入莎士比亚作品，那么现存十九部莎剧的四十五个版本。] 显然，莎士比亚戏剧的成功不仅在剧场里，而且在书肆中，它们拥有大量读者。《亨利四世上篇》在莎士比亚去世前出了六版，第七版在1623年第一对开本之前出版。《理查二世》和《理查三世》都出版了五次。另外几部剧重印了三次。在他去世时，莎士比亚戏剧版本的总量远远超过同时代其他任何剧作家，而且到那时没有任何一部单剧像《亨利四世上篇》一样畅销。[即便后推到1640年，也仅有三部剧版次多于《亨利四世上篇》的七次，它们是：无名氏的《穆西多罗斯》(*Mucedorus*)，托马斯·基德 (Thomas Kyd) 的《西班牙悲剧》(*Spanish Tragedy*) 和马洛的《浮士德博士》(*Dr. Faustus*)。令现代趣味无法理解的是，《穆西多罗斯》在1598年至1639年间出了十四版，独占鳌头。]

莎士比亚生时在剧场表现方面大概有一些竞争者，但经常被忽略的事实是，作为印刷出版的剧作家，无人可与之匹敌。我们对莎士比亚的伟大有各种各样的测度标准，但一般没有注意到，在他自己的时代，流通的他的剧本版本比其他任何同时代的剧作家都要多。最终，多产的鲍蒙特与弗莱彻 (Beaumont and Fletcher) 将迎头赶上，但他们实际上从未超越莎士比亚。具有反讽意味的是，虽然莎士比亚从未追求过在印刷媒介中出人头地，但他的剧作发表在那个时代是首屈一指的。

---

① 参见附录三。——译者注

这一点无人注意的原因或许是，许多人认为印刷媒介不是测量莎士比亚成就的真实标尺，但更有可能的是，这一成功确实是"不言而喻"；莎士比亚的剧本进入印刷媒介并繁荣昌盛，这在我们看来是必然的。但在他的时代，这样的成功并无保证。我们把戏剧视为那个时代最引人入胜的文化表征，而莎士比亚是其中最非同寻常的人物，但在莎士比亚创作的环境中，剧本，至少英文剧本，尚未成为文学体裁；它们很像今天电影业中的电影剧本。出版商并不急于出版新剧，主要因为剧本没有稳定的大的市场。虽然在1633年，威廉·普林痛心疾首地强调，戏剧书"现在比最精良的布道文都更畅销"，声称"最近两年内，印刷销售了四万多本戏剧书"，[2]但即便根据他带有倾向性的计算，剧本仍然只是市场销售书籍总量的一小部分。在17世纪30年代，书商售出的宗教书籍（布道文、教义问答、圣经以及神学著作）大约是剧本的二十倍。[3]

基于历史对莎士比亚时代文化成就的判断，彼得·布莱尼（Peter Blayney）有用地提醒我们：剧本，甚至莎士比亚的剧本，也只是当时书业相对无足轻重的一小部分——我们太容易忽视这一点了。在最好的情况下，出版剧本是一项冒险的事业，布莱尼告诉我们："五部剧本中仅有一部能够在五年内收回出版商的初始投资，二十部剧本中不到一部能够在第一年做到收支相抵。"[4]尽管莎士比亚为一些出版商提供了可观的利润，他生时出版的十八部剧本中有八部在他去世之前没有印行第二版。这里，需要记住，《维纳斯与阿都尼》到1636年时已出版了十六版，比莎士比亚最成功的剧作还多了七版。

虽然有些剧作家拥有文学梦想，但印刷剧本一般被视为短命读物（ephemera），属于所谓的"废品"和"垃圾书"，托马斯·博德利（Thomas Bodley）不允许他的图书馆收藏这类书，否则它们会使图书馆蒙受"丑闻"。[5]出版商的确定期冒险出版剧本（虽然1590年至1615年间，平均每年仅出版大约十部剧本），但他们这么做的时候，不可能以为自己在保存民族文化遗产，或者想象着自己将要发财。

剧本被出版本质上是因为它们可以被出版。在出版业以投机为主的商业环境中，剧本对出版商来说是相对低廉的投资。即便它们不会成为可靠的"致富捷径"，如布莱尼所言（389 页），出版剧本的确为出版商提供了小赚一把的机会，却不带来大的金融风险。出版商获取手稿的价格大概不过两英镑一件。关于剧本支付的任何记录都没有留存下来，但在《自帕纳塞斯山归来第二部分》(Second Part of the Return from Parnassus) 中，据猜测印刷商约翰·丹特 (John Danter；关于他下文还有讨论）为了一件手稿支付了作者"四十先令，外加一波特尔 (pottle)①葡萄酒"。这一类证据表明一小本书的通行价格就是如此。⁶戏剧文本通常印在市场价格最为低廉的纸张上面，需要九个单张 (sheets)，字号为小号十二点活字 (small pica type)。如果一版印刷八百本（大概出版商也只肯冒险这么多），原稿、登记和印刷的总开销约合八英镑。戏剧书零售的价格约为六便士（即 1609 年《特洛伊罗斯与克瑞西达》的出版商希望读者觉得购买该剧的"泰斯通" [testerne] 被"良好利用了"②），批发价为四便士，一个出版商，尤其是自己售书的出版商，在售出大约五百本后即可收回成本，此后可以赚取不太高的利润，平均约合一年一英镑——这当然算不上一笔横财，但对书商生意的资金良性循环不无小补。⁷

布莱尼写道："投资值得冒险是因为一部精心挑选的剧本有机会印行第二版。"由于第二版免除了首次出版才有的费用〔手稿、登录 (entry)、审查 (license) 和登记 (registration) 等花费〕，所以出版商靠批发可以取得几乎两倍的利润（布莱尼，412 页）。③有趣的是，1625 年以前首次出版的剧本中，几乎有一半最终印行了第二版（其中有大约百分之六十是在第一版后十年内印行的），而 1625 年后首次出版的剧本中，印行过两版或更多版的比率降低

---

① 旧时液量单位，等于半加仑。——译者注
② 泰斯通即 teston 或 tester（泰斯特），早期现代英国银币，值六便士。参见附录七。——译者注
③ 布莱尼认为，registration（登记）是指正式确立所有权，entry（登录）是指付给办事员的费用，二者有所区别。——译者注

到百分之十。[8]但即便第一版后的版本利润率显著增加，而且至少在1625年前，重印的剧本数量相当可观（需要对布莱尼枯燥的计算做出一些修正），出版剧本也无法发财。

当然，许多剧本从未进入印刷媒介。进入印刷媒介的剧本几乎肯定不足演出总量的五分之一，它们从各种各样的源头到达出版商手中。而且，当时不存在现代著作权法（copyright law），出版商没有义务细致地追究原稿的来源。法律规定获取所有权的要件只是出版商不能侵犯别的书商对同一文本的权利，以及他们应该遵循适当的权威渠道来保证权利。只要没有更早的权利要求，出版商尽可以自由地印行原稿，而不顾作者的权利或利益。正如1624年乔治·威瑟（George Wither）所述："根据行会的法律和命令，它们能够，而且的确，保证其特定成员对在会馆履行过登记手续的所有图书享有永久利益……尽管他们的初始原稿是从其真正主人那里窃取来的，或者没有得到他的允许而印行。"

直至1709年现代第一部著作权法通过，情况一直是这样。版权（copyright）属于出版商而非作者，法律以损害作者和阅读公众的利益为代价，偏向出版商的利益，正如威瑟愤慨地记述道："只要他得到任何有销路的书面原稿，无论作者愿意与否，他都会出版它；该书的设计和命名也由他来决定：这就是为何如此众多的好书面目全非，标题可笑。"[9]

威瑟关于书商可以"违背作者意图"（折标 H5ʳ）的法定自由的记录大体是对的，尽管公正地说，多数书商都做出适当的努力，以生产精准的文本。当然，作者经常性地抗议印刷厂的失败，比如托马斯·海伍德众所周知的抱怨："我的书《不列颠的特洛伊》（Britaines Troy）中，印刷商的马虎导致了无数错误，诸如误引、误数音节、误排半行、生造怪词、僻词等。这些错误不计其数，我考虑做一个'勘误表'，印刷商却告诉我，他才不会把自己的糟糕手艺公之于众，让读者把他的错误归于作者好了。"[10]但此类控告也招来书商可以预见的回复，因为他们工作很紧张，工作环境经常不利于精

23

确排版。正如约翰·温德特（John Windet）在他印刷的一部圣经评注的前页（preliminary）中所称："有些东西被忽视了，有些东西搞错了，部分因为这一评论的作者不在场，部分因为原稿的笔迹难以辨认。"[11]

但威瑟的主要指控，至少对戏剧来说，是成立的。总的来说，书商对他们印刷的戏剧文本的质量或来源了无兴趣；他们主要关心的是剧本要"销路好"。校勘学者，威瑟沮丧情绪的继承者，常常使用这一事实来激发他们关于莎士比亚文本传播的叙述。他们同样把书商，至少是部分书商，指责为不诚实、不够格，为了急于求利而出版盗版剧本。但实际上，如同许多学者，包括布莱尼和劳丽·马圭尔（Laurie Maguire）最近提醒我们的那样，盗版大多是我们想象出来的烦恼，是对剧场和印刷厂进行年代误植（anachronistic）理解的结果。[12]这并不是说出版商的确总是从作者或别的合法拥有者那里购买原稿；这只是强调，书商知道作者许可并非出版作品的要件，他们同样知道对戏剧来说，作者权的概念本身都成问题。在任何精确的意义上，只有出版商印刷本属于别的书商的书的时候，盗版才会发生；这种情况确实存在。

无疑，发表的剧本常常未经作者的同意，甚或未经作者知道，发表的形式无疑剧作家也从来不会认可。但这只能被视为证明了那个时代书业的通常和完全合法的程序，仅此而已。潜在的出版商会购买剧本手稿，有时候手稿出自作者，但也完全有可能是为演出剧团或收藏者抄写的本子，或者由一个或多个演员写下的副本。这对潜在的出版商来说没有区别；哪一种本子都不会赋予他更为清晰的文本权威。他所关心的只是手稿价格公道、易于辨认，而且没有别的书商对剧本拥有权利。

在一些例子中，作家反对发表有缺陷版本的作品，虽然这不可避免地表明，作家反抗未授权发表的能力是多么有限。通常，他们最多能做的是提供作者认可的原稿，来取代未经首肯的印刷品。在给贝德福德伯爵夫人（Countess of Bedford）的献辞中，塞缪尔·丹尼尔（Samuel Daniel）就是这样解释他的《关于十二女神的幻象》（*Vision of the Twelve Goddesses*）第二版的出版：

夫人：一名印刷商未经授权，轻率地泄露了最近的宫廷表演，鉴于他的粗鲁放肆……我认为原原本本地逐一叙述当时表演的完整形式不能说不恰当，否则外泄的表演有损于假面剧（Maske，即 masque）和创造力……[13]

同样，斯蒂芬·埃杰顿（Stephen Egerton）的一篇布道文是被一名听众用速记（shorthand）记下来的，他在第二版的前言中说，如果起初是他所为，他会"在处理的方式上更为小心……因此我现在做的，无非是对无可挽回的错误做出些许修正，而不是发表一篇在有的方面对别人非常适宜的作品。"[14]丹尼尔和埃杰顿对业已发表的有缺陷的文本都感到沮丧，但二者都没有认为发表未经授权的文本是法律问题。两位作者既未交付印刷，亦未监督印刷，面对如此发表的文本，他们意识到自己能做的只能是为新版提供更好的文本而已。

无论标题页如何声称，戏剧书经常未经授权，也就是说，发表的版本不仅有别于作者意图，甚至不同于表演中重塑的文本；但这些戏剧书不是**非法**印刷品。它们并不构成犯罪的或不诚实的商业行为的证据。确实，甚至对于莎士比亚剧本所谓的"坏四开本"（bad quartos）来说，这一点也是如此。虽然这些版本与我们熟悉的版本很不相同，而且很可能是低劣的本子，即便不是充斥着讹误，但并没有东西表明，它们的出版商这样看待它们。这些出版商在这些例子中的运作方式与其他所有的出版投机并无不同，他们购买戏剧文本是因为他们认为印刷并出售它可能获利。

我们应该记住，一部发表的剧本不是无价的文学文物，而是廉价的小册子（pamphlet）；它代表的不是伟大作家的不朽文字，而是职业演员的作品，演员的技巧有回忆，也有即兴创作。戏剧本身在不同的演出地点有各种各样的生命，每一个演出地点都迫使文本做出相应的改变。那么，为什么出版商应该想到文本的可靠性或权威性呢？

但是，无论如何不可能，即使出版商想到过，他将如何辨认文本讹误呢？当我们听到坏四开本中的受损短语时，我们对广泛接受的文本的熟悉即刻揭露了其缺陷所在。"生存还是毁灭，嗯，问题就在这儿"（To be, or not to be, I there's the point.）。① 《哈姆莱特》第一四开本的明显缺陷中，再没有比这更熟悉和更有力的证据了（折标 D4^v）。但如果我们不了解更为熟悉的版本，我们能知道这一行有问题吗？千真万确，一般认定的讹误——"嗯，问题就在这儿"——当然是完全无误的莎士比亚诗行。它出现在《奥瑟罗》中，奥瑟罗痛苦地意识到他关于苔丝狄蒙娜（Desdemona）背叛的最坏设想肯定是真的，这暴露在他的语言中，他的语言表明他是多么充分地内化了为伊阿古（Iago）所利用的致命的种族主义："可是一个人往往容易迷失本性。"伊阿古立刻打断了他，决意奥瑟罗从那毁灭性的认识中毫无退路："嗯，问题就在这儿"（第三幕第三场第231—232行，TLN 1854—1855）。② 在《奥瑟罗》中，这一行标志着剧本悲剧发展过程中的关键时刻，其力量无疑是典型莎士比亚式的；而在《哈姆莱特》中，它标志着文本的讹误。

这个例子也许太简单明了了，事实上，如果我们细读《哈姆莱特》第一四开本中的整篇台词，的确能够发现明显的逻辑和句法混乱，这些混乱更像是文本传播饱受干扰的结果，而非主人公心灵饱受折磨的结果。尽管如此，一开始的疑问仍然有效。持有第一四开本的出版商有任何理由怀疑他购买的文本吗？至少在文本层面，我坚持答案是"没有"，虽然对《哈姆莱特》来说，还有一个因素使问题更加复杂。（我以为，对《哈姆莱特》来说，总是还有一个因素使问题更加复杂。）

《哈姆莱特》第一四开本由尼古拉斯·林（Nicholas Ling）和约翰·特

---

① 这一句大概是莎士比亚戏剧中，或者说，所有戏剧中最有名的台词，其通行版本是"To be, or not to be, that is the question"（"生存还是毁灭，这是一个值得考虑的问题"：《哈姆莱特》，朱生豪译，吴兴华校，《莎士比亚全集》第五卷341页）。TLN 是 Through Line Number(s) 的缩写，意谓"全篇行数"，是以 Charlton Hinman 编辑的第一对开本影印本（*The First Folio of Shakespeare*, New York: Norton, 1968[1st ed.], 1996[2nd ed.]）为基础的标行系统。——译者注

② 《奥瑟罗》，朱生豪译，方平校，《莎士比亚全集》第五卷617页。——译者注

朗德尔（John Trundle）于1603年出版；但该剧由詹姆斯·罗伯茨（James Roberts）于1602年7月26日登记。如果说文本质量没有受到不适当的损伤，那么出版商对它的权利则被损伤了。罗伯茨的登录确立了他对该剧的权利，这一权利显然被林和特朗德尔出版的版本侵犯了。这一例中，林和特朗德尔或许是真正的盗版者，不是因为他们印刷的文本未经授权或者得自某个演员，而是因为他们印刷的文本登记在另一名书商名下。

尽管如此，我还是疑心，我们如此轻易地认定盗版不是基于出版史，而是基于我们自己的文本期待。常见的叙述是：林和特朗德尔的确出版了弗雷德森·鲍尔斯（Fredson Bowers）所谓"通过记忆重构的盗版文本"。[15] 当然，第二四开本出版于1604年年末，其标题页称："I. R. 为 N. L. 印刷"（插图4），亦即，詹姆斯·罗伯茨为尼古拉斯·林印刷。这一四开本自我宣称系"根据真实完善的原本重新印行，几乎扩充到原来的两倍。"这本书是新的改进版，实际上是新的恢复版，比第一四开本长了约一千六百行，它设计的目的就是取代第一四开本。早期文本的缺陷被授权文本替代了。第二四开本的出版安排中没有特朗德尔，这被认为证明了他是第一四开本讹误原稿的提供者，罗伯茨和林的合作被视为实用主义的妥协，既确认了罗伯茨法律上的权利（*de jure* title），又确认了林事实上的权利（*de facto* right）。在常见的文本历史中，第二四开本标志着真理和正义的胜利。"通过记忆重构的盗版文本"被作者的准确版本取代，书商被妄用的权利得到恢复。[16]

这是个好故事，但它并不必然是真实的，甚至很可能是不真实的。罗伯茨是印刷商而非出版商，他许多次登录的材料最终都由别的书商出版，而由他自己印刷。对他来说，登录通常是为自己预留工作的方式，而无须出版所需要的资本冒险。例如，罗伯茨1598年登录了《威尼斯商人》（*The Merchant of Venice*），两年后，他为最终的出版商托马斯·海斯（Thomas Hayes）印刷了此剧。另一方面，林是出版商，正如杰拉尔德·约翰逊（Gerald Johnson）所言，他典型地依赖"其他书商找到原稿，请他帮助出版版本"，而他经常

4．《哈姆莱特》第二四开本（1604年），标题页，STC 22276；承蒙福尔杰莎士比亚图书馆提供。

为那些书商保留印刷工作,以此作为他们的报酬。[17]林和罗伯茨彼此也非常熟悉;林出版的二十三个版本都出自罗伯茨的印刷机。(特朗德尔也雇用过罗伯茨,实际上就在《哈姆莱特》第一四开本出版的那一年。[18])《哈姆莱特》的权利似乎毫无疑问地归给了林,因为他1607年将此权利毫无异议地转让给了约翰·斯梅瑟威客(John Smethwick)。

基于以上关系,看起来最有可能的是,《哈姆莱特》第一四开本的发表不是盗版,而是讲究实际的合作,是书商之间非常正常的慎重安排的结果。与这一理论相悖的唯一一点是,罗伯茨实际上并未印刷《哈姆莱特》第一四开本。但是,他的印刷铺子生意繁忙[就印刷书籍的数量而言,这是罗伯茨职业生涯中第三繁忙的年份;若以印刷折帖(sheets)计算,大概是最繁重的年份],《哈姆莱特》到期时,他无法接受这一工作,这也不无可能。对我们来说,印刷商竟然放弃为《哈姆莱特》做事的机会,简直令人难以置信,但工作日程会压倒任何文学的考虑;无论如何,1603年有许多东西对一个印刷商比价值六便士的戏剧书更有吸引力,比如罗伯茨那一年为林印刷的德雷顿(Drayton)的《贵族战争》(*Barons' Wars*),或者哈斯内特(Harsnett)的《通报令人震惊的天主教欺骗行为》(*Declaration of Egregious Popish Impostures*),甚至或者罗伯茨那年秋天印刷的两份伦敦地区出生与死亡周报表(Bills of Mortality)。只是我们关于《哈姆莱特》对1603年印刷商的价值的年代误植的感觉才妨碍了人们广泛接受可能性更大的事件叙述。一般认定的文本讹误和对莎士比亚伟大艺术才能的扭曲需要有动机的恶行之类的故事。只有无赖才会出版像《哈姆莱特》第一四开本一样"坏"的文本。

但是,回到我的主要观点:我并不认为林和特朗德尔有任何特定的理由认为他们出版的文本是"坏"的——事实上也没有理由认为它非常好。他们想到的是,他们获得了"有销路的"原稿,这一戏剧文本的出版可以使他们赚取一小笔利润。第二年,新的文本出现了,也许是表演剧团为已发表的版本垂头丧气，提供了这一文本，他们无疑很高兴出版第二版，因为这可能激发新的市场。我承认，这个故事比起盗版来不那么有趣，但几乎肯定更符合事实。

我并不是说，《哈姆莱特》第一四开本与我们通常阅读的《哈姆莱特》一样好（虽然我要说这个版本比一般认为的要好，肯定不是像布赖恩·维克斯（Brian Vickers）所言，"道格培里（Dogberry）①所作的《哈姆莱特》"[19]）；我只是说，这类文学判断的问题不应该影响我们对文本历史的理解。我们从后面看待这一历史时，经过了直到18世纪中期才完全建立的文化权威的过滤，必然会犯错误。我们可以认为，莎士比亚生时严格地说不是莎士比亚。

一个显明的例子是，他的剧本最初发表时，在书肆中区分这些剧本的并非他的名字。众所周知，在莎士比亚的名字出现在印刷剧本标题页之前，四年间已发表了八部莎剧。卡斯伯特·伯比（Cuthbert Burby）在1598年《爱的徒劳》（*Love's Labor's Lost*）四开本中首次标明了莎士比亚的名字，但标题页仅仅宣称剧本"被W.莎士比亚新近修改和增补过"（插图5），莎士比亚的名字以小号斜体活字印刷，这甚至说不上是对作者权的有力确认。此前，《泰特斯·安德洛尼克斯》（*Titus Andronicus*）、《亨利六世中篇》（*2 Henry VI*）、《亨利六世下篇》（*3 Henry VI*）、《驯悍记》（*The Taming of the Shrew*）、《罗密欧与朱丽叶》（*Romeo and Juliet*）、《理查二世》、《理查三世》和《亨利四世上篇》发表时都未标明剧作家是莎士比亚。除了《亨利六世中篇》之外，这些剧都把文本的权威建筑在剧场而非作者之上，宣称发表的本子"与表演一致"。

当然，我们应该得出结论，这意味着1598年前，标题页上"莎士比亚"的名字尚未被视为潜在顾客在书肆购买剧本的充分诱因。确实，多数印刷剧

---

① 道格培里是莎士比亚喜剧《无事生非》中蠢笨、饶舌、语无伦次的警吏，"倒报理"警官。——译者注

本宣传自己的表演赞助者,对我们来说,这一再强调的是戏剧仍然是不入流的文学,其受众,甚至印刷剧本的受众,一般被认为是剧院常客。售价六便士的小册子是相对低廉的方式,可以兴致勃勃地回忆某场表演,或者弥补不幸落掉的一场戏。理查德·霍金斯(Richard Hawkins)提醒他1628年版《菲拉斯特》(*Philaster*)的潜在购买者,该剧"得到观看的听众或者聆听的观众(我相信你们绝大多数都在此类)的喜爱和认可",虽然他也期待,"不仅那些听过和看过它的人,而且那些仅仅听说过它的人,都会热切地追逐"他的版本(折标A2^v)。

然而,随着演出带来的兴奋逐渐消减,印刷剧本通常不再那么畅销:米德尔顿(Middleton)在《爱的家庭》(1608;*The Family of Love*)的序言中说,"它们一旦过时,就必须由定期进城者(Termers)①和乡村小贩叫卖。"他感到苦恼的是,他的剧本未在"新鲜劲使它更受欢迎时"发表(折标A1^v)。印刷剧本的确大都与演出成功相联系,正如布罗姆在《对跖地》的书信体献辞中所言,发表它们是希望"世人的公开观看就像舞台的私下观看一样欢迎它"(折标A2^v);或者,正如海伍德在他为《格林之汝亦如是》(1614;*Greene's Tu quoque*)所作的序言写道:"既然它已通过舞台的检验,大受欢迎,如果它不同样获得印刷机的光荣,那将多么遗憾。"(折标A2^r)

"印刷机的光荣"通常专门留给舞台上成功的戏剧[《特洛伊罗斯与克瑞西达》和《燃杵骑士》(*The Knight of the Burning Pestle*)是显著的例外,它们表演的失败是其艺术复杂性的体现[20]];所以,标题页常常把剧本宣布为表演的记录,而非文学意图的表现,就不足为奇了。无论背后手稿的实际状态为何,如果戏剧书的主要购买者是剧院常客,这一策略就有效。在剧场经济中,戏剧文本上展示作者的名字并不带来特定的商业优势。但至少在莎士比亚一例中,这一点正在变动的过程中。1598年,《理查二世》和《理查

---

①Termers 指在法庭开庭期从乡下到伦敦进城办事的人。——译者注

5.《爱的徒劳》（1598年），标题页，STC 22294；承蒙福尔杰莎士比亚图书馆提供。

三世》的重印本在标题页上标示了莎士比亚的名字；1599年，《亨利四世上篇》的新版也增加了莎士比亚的名字。在此后的年份里，直至莎士比亚去世之前，发表了十八部剧作的二十九个版本，只有八个版本没有标示剧作家是莎士比亚。

这方面最引人注目的是1608年纳撒尼尔·巴特（Nathaniel Butter）出版的《李尔王》（*King Lear*）剧本，其标题页（插图6）不仅标明剧作家是莎士比亚，而且在页首用大号字体大肆宣告其作者权，此前莎士比亚的名字从未享受过如此大字体的待遇："**威廉·莎士比亚先生：**/ *他的* / 李尔王及其 / 三个女儿生死的 / 真实编年史。"这里，剧本被展示、颂扬为莎士比亚之作，但该印刷剧本与此前在他掌控之外发表的其他剧作一样，并不完全是"他的"。此剧印制粗劣［实际上它是印刷商尼古拉斯·奥克斯（Nicholas Okes）的处女作］，莎士比亚并未监管其出版，也不关心有缺陷的结果。

剧本显然被呈示为莎士比亚之作，但它实际上属于巴特，巴特是占有和控制文本的出版商，宣称莎士比亚的作者权无非是营销策略，既可以利用莎士比亚的声誉，又能把该剧与1605年的无名氏剧作《利尔王的真实编年史》（*The True Chronicle History of King Leir*）区分开来（插图7）。或许，莎士比亚的名字在1608年标题页上的作用既是为了标明剧**作家**，亦是为了标明剧作。当然，无论哪个角色，它都作为区分的标志，然而此处的莎士比亚总是出版商的莎士比亚，并非作者本人，它只是为了保护和宣传出版商财产而虚构出来的幻影罢了。[21]

因此，1608年的《李尔王》四开本至少看似表明莎士比亚的文学声誉在高涨。虽然巴特不特意提供细心印刷的文本，但他急于声明他出版的是莎士比亚的剧作，而不仅仅是国王供奉剧团表演的记录。这是最早的无可辩驳的证据，可以证实1622年托马斯·沃克利（Thomas Walkley）在他的《奥瑟罗》版本中的声称，即"作者的名字足以销售他的作品"。巴特肯定是相信这一点的，他1605年出版的《伦敦浪子》（*The London Prodigall*）的标题页

M. William Shak-speare:

HIS
True Chronicle Historie of the life and
death of King LEAR and his three
Daughters.

With the vnfortunate life of Edgar, sonne
and heire to the Earle of Gloster, and his
sullen and assumed humor of
TOM of Bedlam:

As it was played before the Kings Maiestie at Whitehall vpon
S. Stephans night in Christmas Hollidayes.

By his Maiesties seruants playing vsually at the Gloabe
on the Bancke-side.

LONDON,
Printed for Nathaniel Butter, and are to be sold at his shop in Pauls
Church-yard at the signe of the Pide Bull neere
St. Austins Gate. 1608

6. 《李尔王》（1608年），标题页，STC 22292；承蒙福尔杰莎士比亚图书馆提供。

(插图8)称作者是"威廉·莎士比亚"。我们无从知晓巴特是否真的以为剧本作者是莎士比亚,但显而易见,他认为莎士比亚的名字可以帮助推销他的出版物。

显然,其他出版商也是这么认为的。《约翰王麻烦重重的统治》(*The Troublesome Raigne of King John*)两部分最初由桑普森·克拉克(Sampson Clarke)1591年出版时,标题页并未标明作者,只是按照惯例称剧本"如同女王供奉剧团(多次)公开演出的那样"(插图9);但1611年约翰·赫尔姆(John Helme)重印时,标题页在宣称文本"如同女王供奉剧团最近多次演出的那样"("最近"替代了"公开",因为此时女王供奉剧团已解散)的同时,还包括一项新的——但似乎并不准确的——声明,即两部分为"W. Sh. 所作"。[22]1622年,托马斯·迪尤(Thomas Dewe)再次重印此剧,演出剧团的名字消失了,声明只是称它曾"最近(多次)上演",标题页骄傲地宣布它为"W. 莎士比亚所作"(插图10)。对赫尔姆和迪尤来说,这或许不过是他们认定本剧确实是莎士比亚的《约翰王》(*King John*);无论如何,出版莎士比亚对开本的合伙人租借的可能就是《约翰王麻烦重重的统治》的权利,因为此时尚未出版的莎士比亚的《约翰王》不在"从前没有被别人登录过"的十六部剧本之列,1623年11月8日,贾加尔德(Jaggard)和布朗特(Blount)按照程序登记了这十六部剧本。然而,无论出版商如何理解该剧的作者权,绝对清楚的是,随着年份的消逝,一家老演出剧团的商业威望减弱了,而一位老剧作家的商业威望增强了。

但是,如果有些出版商确实相信标题页上的"莎士比亚"有助于书的售卖,那么另外一些出版商则不那么相信剧作家的名字能够促销。例如,1594年出版的《泰特斯·安德洛尼克斯》并未标明作者,只是称它曾"由德比伯爵阁下、彭布鲁克伯爵阁下及苏塞克斯伯爵阁下剧团(the Right Honourable the Earle of *Darbie*, Earle of *Pembrooke*, and Earle of *Sussex* their servaunts)①演

---

① 即 Derby's men, Pembroke's men, Sussex's men。——译者注

THE True Chronicle Hi-
story of King LEIR, and his three
daughters, Gonorill, Ragan,
and Cordella.

As it hath bene diuers and sundry
times lately acted.

LONDON,
Printed by Simon Stafford for Iohn
Wright, and are to bee sold at his shop at
Christes Church dore, next Newgate-
Market. 1605.

7.《利尔王》(1605 年),标题页,STC 5343;承蒙福尔杰莎士比亚图书馆提供。

THE
LONDON
Prodigall.

As it was plaide by the Kings Maie-
fties feruants.

By VVilliam Shakefpeare,

LONDON.
Printed by T. C. for *Nathaniel Butter*, and
are to be fold neere S. *Auftins* gate,
at the figne of the pyde Bull.
1605.

8.《伦敦浪子》（1605年），标题页，STC 22333；承蒙剑桥大学三一学院提供。

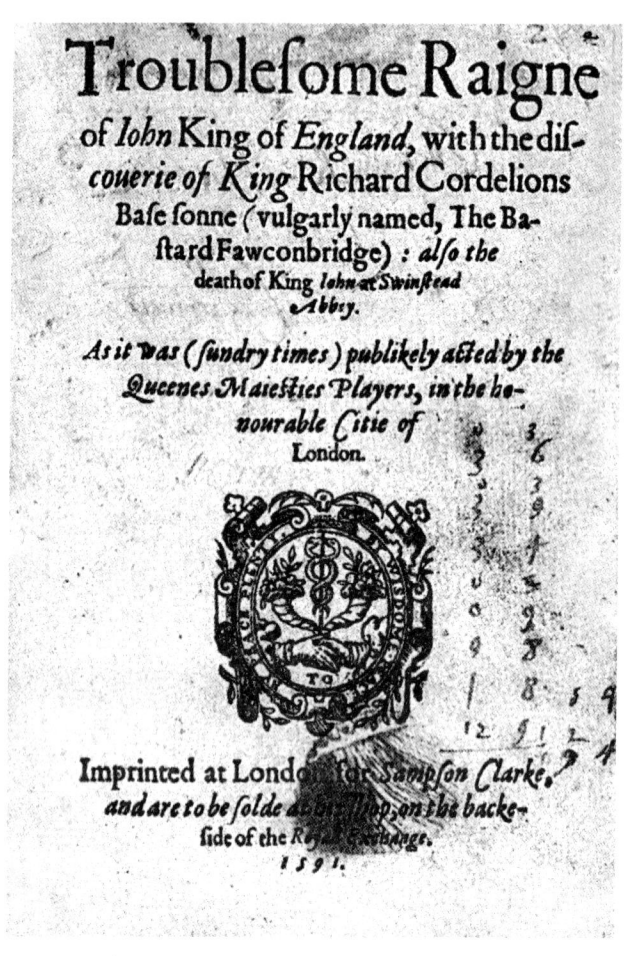

9.《约翰王麻烦重重的统治》(1591年),标题页,STC 14644;承蒙剑桥大学三一学院提供。

10. 《约翰王麻烦重重的统治》（1622年），标题页，STC 14647；承蒙剑桥大学三一学院提供。

出"。此处对作者权的沉默无疑是因为在1594年，剧本的演出来源比仍旧默默无闻的作者更令人难忘；但该剧此后的两次再版中（一次在1600年，第二次在1611年），标题页细致地更新了其演出历史，但都没有承认莎士比亚为其作者。

同样，1599年，卡斯伯特·伯比出版了《罗密欧与朱丽叶》的第二版（插图11），但标题页并未标明剧本作者是莎士比亚；这可能被认为不过证明了直到1599年，莎士比亚名字的价值尚未确立，但十年之后，《罗密欧与朱丽叶》像《泰特斯·安德洛尼克斯》一样再版了，仍然没有标明作者是莎士比亚。事实上，大约十一年又过去了，大概正是托马斯·沃克利坚持莎士比亚的名字具有商业价值的时候，又一版《罗密欧与朱丽叶》（第四四开本）出现了，还是没有标明作者（插图12）——尽管有趣的是，印行的标题页变体（variant title page）的确声称本剧"为W. 莎士比亚所作"（插图13）。[23]

这一版本（有两种不同的标题页）的出版者是约翰·斯梅瑟威客，根据他所控制的书，他显然被视为次要合作者邀请加入联合出版第一对开本的书商合伙人。我认为，斯梅瑟威客1607年从尼古拉斯·林那里获取了该剧的权利，准备了《罗密欧与朱丽叶》的新版本，即1609年版的重印本，而且重排了早先的未出现莎士比亚名字的标题页。含有莎士比亚名字的标题页变体几乎可以肯定是后来印刷的，很可能是在关于对开本权利的谈判向斯梅瑟威客揭示了他的财产的性质之后的某个时候发行的。（包含作者名字的标题页先发行的机会很小，因为没有明显的商业原因来拿掉莎士比亚的名字，却有足够的原因来加上它。）但直到《罗密欧与朱丽叶》标题页变体发行之前，斯梅瑟威客就像较晚的《泰特斯·安德洛尼克斯》四开本的出版商爱德华·怀特（Edward White）一样，出版了他控制的这部剧的两个版本，却都未标明是莎士比亚的作品；虽然我们觉得难以置信，但至少有可能，斯梅瑟威客像怀特一样，当时并不知道作者是莎士比亚。

11.《罗密欧与朱丽叶》(1599年),标题页,STC 22323;承蒙福尔杰莎士比亚图书馆提供。

12.《罗密欧与朱丽叶》(1622年？),第四四开本标题页,STC 22325;承蒙亨廷顿图书馆和艺术馆提供。

13. 《罗密欧与朱丽叶》（1622年？），第四四开本标题页变体，STC 22325a；承蒙亨廷顿图书馆和艺术馆提供。

这如何成为可能是有教益的。两部剧最初都由约翰·丹特出版,《泰特斯·安德洛尼克斯》出版于1594年,是第一部印刷的莎剧,至少是现存最早的莎剧出版物;《罗密欧与朱丽叶》于1597年出版。丹特作为书商,16世纪90年代活跃于伦敦,1599年10月去世,年仅34岁。在他八年的职业生涯中,他印刷或出版了六十七部书的七十九个版本,主要是通俗体裁,比如歌谣、小册子和剧本等。但丹特的职业行为被一贯贬低为不道德、不称职。例如,E. K. 钱伯斯(E. K. Chambers)把丹特定义为"声名最为狼藉的书商",R. B. 麦克罗(R. B. McKerrow)称1597年版的《罗密欧与朱丽叶》"像他所有的工作一样,印刷极差"。[24] W. W. 格雷格(W. W. Greg)同意他们的意见,将二者的判断总结为一般的担忧:"与(丹特)有关的任何戏剧四开本必然首先就是可疑的。"根据格雷格的结论,丹特的生涯"无非是盗版和偷印的记录"[25]。同样,在 D. 艾伦·卡罗尔(D. Allen Carroll)看来,丹特的整个生涯是有污点的:"每个人都知道,丹特的名字伴随着恶臭。"[26]

但这个例子大概又一次表明,我们对莎士比亚文本年代误植的希望和期待干扰了我们的历史判断;"丹特的名字伴随的恶臭"可能并非欺骗和不称职的恶劣气味,而仅仅是工匠活动的平常气味。丹特的确发现自己卷入了与伦敦书业公会各种各样的麻烦之中,但这些麻烦大都属于或早或晚几乎波及每一名行会会员的争端。1586年,丹特连同其他五名书商,被指控侵犯了弗朗西斯·弗劳尔(Francis Flower)对《词法》(Accidence;一本通俗的拉丁文文法书)的印刷特权;根据书业公会董事会(Stationers' Court)的裁定,他和其他人一起犯下了非法印刷的罪名,"除了作为雇佣工(Iourneymen)外,禁止印刷"。但在1589年,他又经过宣誓,被接纳为书业公会的自由人(freeman)。[27] 1593年,书业公会对丹特与亨利·切特尔(Henry Chettle)和卡斯伯特·伯比二人之间某个性质不明的冲突做出了仲裁,但这一争端显然无关紧要,三个人断断续续地继续合作,直至这一十年的末尾。1597年的事件更为严重,他因为"未经批准"印刷天主教作品《耶稣诗篇歌集》(*Jesus*

Psalter）而遭到处罚，他的印刷机和活字都"被破坏，无法用于印刷"。[28]

丹特的董事会记录表明，他最不济是个不屈从权威的反抗者，而算不上邪恶的书商，甚至也算不上特别桀骜不驯。几乎在所有方面，包括他与书业公会的种种麻烦中，他的表现与书业的其他成员并无二致。对他的恶意主要源自1597年他出版了《罗密欧与朱丽叶》的"坏四开本"。正是这一罪过"恶臭难闻"和"臭气冲天"——至少对新目录学家（new bibliographers）的敏锐嗅觉而言是如此。丹特的罪行是印刷了一部有缺陷的莎剧文本。当然没有理由认为他知道原稿有缺陷，印刷工作本身平平常常，只是进行到一半的时候换了一副铅字。相当典型的是，对这一事实的观察带来了更多嘲讽："一部杰作进入世界的方式再没有更糟糕的了，"普洛默（Plomer）说，[29]但实际上，铅字的变换只是表明印刷工作是合作完成的，大概合作者是爱德华·阿尔德（Edward Allde）。这类合作印刷并不罕见［例子包括德克（Dekker）的《从良的妓女》（*The Honest Whore*）和《愤世者》（*The Malcontent*）1604年的三个四开本[30]］。在排印方面，排字和印刷作业也很少有缺陷，实际上，它的印刷在任何意义上都不比第二四开本逊色，而《罗密欧与朱丽叶》的第二四开本是所谓"好四开本"（good quarto）。[31]但丹特没有登记这部剧，登录的缺失，加上文本似乎是表演改编本，可能得自演员们的重构，这两点导致这一版本饱受诋毁。最近，通常情况下非常明智的学者戴维·贝文顿（David Bevington）也称它为"一名肆无忌惮的出版商发行的盗版"。[32]

然而，丹特的《罗密欧与朱丽叶》不是"盗版"，其文本质量和来源都不能用来证明它的出版商"肆无忌惮"。印刷的剧本曾因表演删节，甚或是演员们回忆重组的本子，但这并不违反任何法律法规。没有书商对《罗密欧与朱丽叶》的文本有更早的声称，丹特规避预期的登记程序的动机可能并不邪恶，只是想节省登记费罢了。值得注意的是，他通常的行为更为符合常规。他参与过九部剧作的出版，其中三部他为其他书商担任印刷者；他自己出版的六部中，四部按照程序进行了登记，其中包括《泰特斯·安德洛尼克斯》。

没有特别的理由将丹特对《罗密欧与朱丽叶》的处理视为某种性格缺陷的表征，至多只能是在他自己的事业呈直线下降时，他对待一本本质上不过是小册子的方式有些简慢罢了。1595年，他参与了十九本书的出版；1596年，十一本；1597年，《罗密欧与朱丽叶》出版的那一年，只有三本；下一年只有一本。1599年秋天，他死了，①1600年，伦敦书业公会"从救济款中"拨给他的寡妇和孩子"一年二十先令"，并附加一条：额外的五先令将"即刻交到她手中"，这充分表明了他们家的穷困。33无论他是怎么把《罗密欧与朱丽叶》弄到手的，都算不上什么奇迹。为了节省十便士，丹特决定逃避剧本的审查和登录，他的目的是为了给家人提供食物，而不是为了出版一部莎士比亚悲剧的残缺版——如果我们能够这样看待的话，我们对丹特的印象会好一些。

不管怎样，《罗密欧与朱丽叶》的命运比它的出版商要好。到1599年，丹特死了，他的家人一贫如洗；同一年，卡斯伯特·伯比重新发行了该剧的新版，"重新改正、增补、修订过"，印刷商为托马斯·克里德（Thomas Creede）。这一第二四开本比第一四开本长出大约七百行，大概所据原本是莎士比亚的手稿，很可能直接得自演出剧团。这和塞缪尔·丹尼尔或斯蒂芬·埃杰顿的情况类似，有人做出努力，用授权的文本取代了被认为有缺陷的本子。

但有趣的是，无论《罗密欧与朱丽叶》新版的动机，即确立**授权文本**的愿望多么强烈，这一努力并不涉及对**作者**的确立。第二四开本也许的确是源自莎士比亚亲笔手稿的"好四开本"，就像许多目录学家相信的那样，但我们不能忘记，出版商和好文本的提供者都不认为说明这一点有帮助。这部剧再一次由伯比出版为表演文本，"如同多次公开演出的那样"，虽然这用来描述第一四开本的表演删节文本，比描述第二四开本，大概更为确切。第二四开本源自剧作家的手稿，似乎完全应该得到它被否认的作者权，即承认这部

① 此处作者有修正。——译者注

剧是威廉·莎士比亚之作。³⁴但这一承认并未到来。

无论伯比以何种方式获得莎士比亚的手稿，作者原稿并不使得他的版本比丹特的更规范。实际上，伯比对该剧的权利很可能得自他与丹特的未留下记录的谈判，他们曾偶尔合作过。1594年，丹特为伯比印刷了《鞋匠的预言》（*The Cobbler's Prophecy*）；更能说明问题的是，1593年，丹特登录了剧本《疯狂的奥兰多》（*Orlando Furioso*），然后将权利转让给伯比，条件是"（丹特承担印刷工作）"，伦敦书业公会登记簿（Stationers' Register）这样记录道。伯比出版的《爱的徒劳》可能同样出自与丹特的谈判，因为我们可以合理地认为，丹特或许印刷了现已佚失的四开本，伯比的1598年版自称在它的基础上，"由W.莎士比亚重新修改和增补过"。无论如何，虽然未经登记，伯比对《罗密欧与朱丽叶》的权利没有疑问，1607年，他把这一权利转让给了尼古拉斯·林。九个月后，林将《罗密欧与朱丽叶》的权利，连同其他十五本书一起，转让给了约翰·斯梅瑟威客。我们已经知道，斯梅瑟威客1609年出版了该剧的版本，再次宣布它"重新改正、增补、修订过"——虽然实际上，标题页和文本都只是重印了第二四开本——再次省略了剧作家的名字；1622年，他故伎重演，但后来决定发行标题页变体。

因此，自从1597年初版后，该剧有过四个主人，没有一个人出于目录学的顾虑或者商业考量，感觉有义务承认莎士比亚的作者权。随着该剧在国王供奉剧团的剧目单中越来越陌生（事实上，1598年以后就没有现存记录的表演），反复出现的标题页声称，即该剧"如同多次公开演出的那样"，必然变得姿态性大于描述性；另一方面，随着莎士比亚的名字在印刷市场上日益"有销路"，很难想象，如果他被确认为剧本的作者，他的名字不被用来促销有关版本（实际上，1622年标题页变体就是如此）。

但我们必须再一次提醒自己，戏剧文本并没有完全完成从新兴娱乐业转瞬即逝的产品到高雅文化的制造物的转变。它们仍然不需要作者，在某种意义上，它们也不值得有作者，因为文本几乎完全是剧院团体合作活动的记录。出版商转让此类作品的权利时，我们没有理由认为作者的名字会自动出现并跟随。今天，当我们听到《罗密欧与朱丽叶》的标题时，会立刻想起莎士比亚的名字。但在1597年，1599年，1609年，甚至1622年，莎士比亚经典尚未定型。莎剧出版商大概不知道他们出版的是莎士比亚之作，即便知道，他们对这一事实肯定也无动于衷。与此相关，值得注意的是，伦敦书业公会登记簿对林和斯梅瑟威客之间权利转让的记录包括"德雷顿先生的《诗集》(*Poemes*)"、"格林（Greene）先生的《阿卡迪亚》(*Arcadia*)"和"史密斯（Smyth）的《英格兰之公益》(*common Wealth of England*)"；但剧本都是无名氏的，"《罗密欧与朱丽叶》"、"《驯悍记》"、"《爱的徒劳》"和"一本叫《哈姆莱特》的书"。

我们是个体原创这一浪漫主义概念的继承者，所以对我们来说作者权至关重要；如果说作者权对莎士比亚一些同时代人的确重要，那么对莎士比亚本人，或者对最初将莎剧介绍给阅读公众的出版商，作者权并不是特别重要。他们在呈现莎剧时，并不觉得自己的工作是保存英吉利民族最伟大作家的作品；他们只是用六便士的小册子把莎士比亚变成"印刷中人"，将他的剧本提供给感兴趣的读者，与此同时以有限的金融投机，获取些许小利，如此而已。

第二章 从四开本到对开本；
或曰，尺寸之类的重要[①]

> 他成熟的年纪
> 需要更为神秘的对开本书页。
>
> 罗伯特·弗莱彻（Robert Fletcher），
> 《公共信仰》（"The Publique Faith"）

如果有机会为本书第一章再取一个名字，我命中注定的克莉奥佩特拉（Cleopatra）也许会让我称它为"偶然的莎士比亚"（Shakespeare by Accident），这一双关语意在涵括莎士比亚剧本早期出版的随意性和印刷厂里剧本物化的实际排印过程。如果这种多重命名得到任何鼓励的话，本章也可以称为"被题献的/具有献身精神的/被供奉的（Dedicated）[②]莎士比亚"。莎剧四开本的出版通常是无计划的投机，而1623年通常称为第一对开本的出版只能得自许多人士对事业的非凡献身精神，他们决意生产出在任何意义上都可以说是纪念碑式的不朽巨著。当然，该书实际上被赫明和康德尔题献给了"最高贵、最无与伦比的一对昆仲"，威廉·赫伯特和菲利普·赫伯特

[①] 原文 size matters 是双关语，matters 既可以作名词（"尺寸一类的东西"），也可以作动词（"尺寸很重要"）。——译者注
[②] 原文 Dedicated 具有多重含义。——译者注

（William and Philip Herbert），分别是彭布鲁克伯爵和蒙哥马利伯爵（earls of Pembroke and Montgomery），奉献给他们爵爷的是"您们的仆人莎士比亚的这些遗墨"，保存在巨著中，"由于完善"而可以作为"礼物"。在他们的题献／献身精神（dedication）中，赫明和康德尔表达了"他们对生者和逝者的感激"。①

对开本令人印象深刻，几乎在每一方面都不同于圣保罗大教堂〔St. Paul's（Cathedral）〕附近书肆中小而低廉、快速印制出来的四开本，但它最明显的特征是尺寸大。先说显而易见的：对开本是大书，通常约十四英寸高，九英寸宽〔当然，它们的实际尺寸并不规范；从技术上说，"对开本"指组成书的书帖（gatherings of sheets）单张每一张在较长的边折一次，构成两叶或四页。所以，除了不折的大幅印刷品（broadsheet）外，对开本书页通常是尺寸最大的，虽然并不必然如此，因为单张纸本身的规格各各不同〕。对开本书惊人的尺寸，壮观的身材，以及相应的高昂费用，使得它仅仅适用于神学、法律等领域的重要出版物。

当然，并无技术上的原因阻止任何东西以对开本的形式出版，甚至是单个剧本。有几部印刷剧本的确是对开本，其中最为引人瞩目的是萨克林1638年出版的《阿格劳拉》（Aglaura），一本高大而极薄的书，仅有二十八叶。但对开本戏剧书的古怪却也为人诟病。理查德·布罗姆作了一首巧妙的诗，《论对开本版的〈阿格劳拉〉》，认为滥用纸张和奇特的开本一样不合适。他开玩笑说："这个大部头小册子可以说／就像头发茂密看不到头，"然后写道，"只要这新潮流行半年／诗人像文书一样，会抬高纸价。"布罗姆认为，单个剧本用对开形式出版，好比"把孩子寄放在韦尔的大床上"。②最后他作结："还是给我合群的袖珍便携书吧／这些空洞的对开本只能取悦厨师。"[1]

---

① 参见附录二。——译者注
② "韦尔的大床"（great bed of Ware）制作于1590年，长11英尺，宽10英尺，可以睡15个成年人，现在陈列于维多利亚与艾伯特博物馆。韦尔是哈福德郡一个小镇的名字。——译者注

布罗姆的嘲讽并非是由萨克林戏剧艺术的任何侧面引起的，而是针对对开本尺寸的放肆。显然，尺寸问题非同小可，至少在一些情况下是如此。无论萨克林对别人嘲笑他庞大的发表剧本有没有感到窘迫，我们有趣地注意到，《阿格劳拉》没有以对开本形式重印，只是出现于萨克林各种各样的选集中，而这些选集都是八开本。所以，《阿格劳拉》颠覆了我们熟悉的自莎士比亚以来的目录学轨迹，即小开本的单个剧本让位于对开本合集。至少，萨克林的例子表明，越多并不意味着必然越大。

但莎士比亚是这样的，即便仅仅是因为如果三十六部剧集合在更小的开本中，会形成令人讨厌的厚本子，宽度比高度大出很多。而实际上，1623年的对开本外形非常醒目，与全集的雄心壮志相洽合。它有九百多双栏书页，一幅镌刻的肖像，作为前言的书信，以及称颂的诗篇，整体上呈现为一本重要之作，是经过大量筹划和辛勤劳作的产物。集中三十六部剧的权利并印刷三十六部剧的文本是复杂而昂贵的漫长过程，这一过程本身表明整个项目是精心设计、完全投入的努力。但这是谁的动机并不清楚。

但这**不是**谁的动机非常明显。这不是莎士比亚的动机。他已经死了。他死于1616年，对开本出版前七年。他的两个朋友和一起共事的演员，约翰·赫明和亨利·康德尔，用他们自己的话说，"收集了他的作品"。他们对自己的劳动仍有必要表达了失望，他们希望莎士比亚"还活着，以监督他自己的作品出版"。①

但即便他还活着，也没有理由认为他会同意这么做。莎士比亚从未表露出兴趣，要出版剧本，他似乎满足于仅仅为剧院写作。他从未展示出本·琼森一样的非凡的文学抱负，但他甚至也未表现出海伍德等剧作家更为适中的对所有权的关心。后者同意将其"剧作托诸印刷机"，但只是为了取代"偶然到了印刷商手中"的"讹误受损的"文本——至少他是这么说的。²

无论他们实际上情愿与否，海伍德和其他同时代的剧作家一再声称，印

---

① 参见附录三。——译者注

刷媒介为他们提供了机会,可以修改,或至少是澄清,流行的未授权剧本。用海伍德的话说,"某种必然性吩咐"他们把本来只为舞台而作的剧本"插入印刷机"。³(无论真诚与否,这一抗议的一再出现证实,戏剧文本经常被认为是知识产权的一种形式,即便只有作者这么想。)但需要重复的是,没有"必然性"曾经"吩咐"过莎士比亚出版和监督他任何一部戏剧的授权版本,尽管当时出现了相当数量的莎剧版本,而且比起其他戏剧家经常抱怨的情况,它们抵达印刷铺时并非不"偶然",离开印刷铺时也是"讹误受损"的版本。

可是,我们渴求现存文本缺乏的真实性,所以不愿意接受证据,承认莎士比亚对文本缺陷的漠不关心。W.W. 格雷格写道:"认为莎士比亚不在乎自己作品命运的想法是愚蠢的。"⁴虽然实际上,除了有些戏剧文本的长度不宜表演外,我们推断不出什么东西来支持格雷格的看法。渴求甚至使得通常实证主义的格雷格沉湎于对莎士比亚文学抱负的幻想之中,比如他猜度莎士比亚是否曾"在他斯特拉特福(Stratford)的花园中梦想过一大卷戏剧集,就像他的朋友本·琼森正在忙于准备的那样。"⁵

现在并不存在这一梦想的记录(除非《莎翁情史》中莎士比亚看过的心理治疗师留下了尚未发现的笔记)。我猜测,格雷格是在以己度人。这很可能是他自己经常梦想的:一个授权版本。但莎士比亚的梦了无痕迹,甚至格雷格的梦也说不上是令人信服的目录学证据。在格雷格之前约两个世纪,约翰逊同样猜想过莎士比亚在斯特拉特福的退休生活,但典型的是,明智的约翰逊只关注莎士比亚做过的事情,或在这一例中,他没有做过的事情:"这位终将不朽的伟大诗人退休生活悠闲富足,年龄还算不上'跌入了岁月的谷底',但他如此漫不经心,所以在他疲倦过度,兴味索然,或者体弱乏力之前,并未出版过自己的作品集,也不想挽救那些已经面世的作品,这些作品因为腐坏而晦涩难解,光彩顿失;他同样没有将真实状态下的其余篇什托诸世人,以保证它们更好的命运。"⁶

约翰逊博士评论的是看似必然的东西。莎士比亚不是没有余裕,但他并未做出努力,来收集和完善已经出版的或者仍为演出剧团拥有的剧作。赫明和康德尔或许确实希望莎士比亚还活着,"以完成他自己作品的出版",①但事实上,他的寿命足以允许他监督剧作生产,出版戏剧集,可是他没有这么做。莎士比亚有可能了解本·琼森出版对开本的计划,若果真如此,它也没有激起莎士比亚的任何雄心壮志,以成为和他朋友一样的"作者"。所有证据都表明,莎士比亚可以像海伍德一样说出:"(我的剧作)得到如此大量的阅读,鄙人实在始料未及。"[7]而且会比海伍德更加令人信服,因为后者作为剧作家,经常为印刷媒介所引诱。

戏剧集项目肯定始于莎士比亚去世后不久,赫明和康德尔的规划。在献给莎士比亚的赞扬诗篇里,伦纳德·迪格斯(Leonard Digges)称颂了两位"虔敬的伙伴"付出的努力,他们给予了"世人您的作品"。②至少另一位同时代诗人也对他们的编辑工作表示祝贺,诗的题目是《致我的好友约翰·赫明和亨利·康德尔先生》:

献给你们呀,你们携手不畏艰难,
俯允为我们唱出如此高贵的曲子。
无人说出,你们是多么值得礼赞,
但你们愉悦了生者,敬爱了逝者,
从大地的子宫挖掘出富庶的矿产,
科尔特斯(Curteys)和他的卡斯蒂利亚(Castellyne)同伴③
全都无法比拟,他们只能挖出黄金,

---

① 参见附录二。——译者注
② 参见附录五。——译者注
③ "科尔特斯"和"卡斯蒂利亚"的现代拼写是 Cortés 和 Castilian。科尔特斯(1485—1547)是西班牙殖民者,曾率探险队前往美洲开辟新殖民地;卡斯蒂利亚是西班牙中部和北部一地区。——译者注

> 而你们的珍宝各式各样,五彩缤纷。⁸

对他们编辑工作的想象方式并非纪念书籍通常的复活比喻;不是死去的作者从坟墓重生,永远活在他的作品里,而是赫明和康德尔"不畏艰难","从大地的子宫挖掘出"作品本身的珍宝,这一宝库被认为比新世界的财富价值更大。两位被题献者在弗吉尼亚公司和北美其他合资公司里都有庞大的投资,对他们来说,这一比较也许不完全贴切。

几乎从莎士比亚在戏剧界开始立足之时,赫明和康德尔就与他相关联。这可能始于16世纪90年代初期,当时他们三人或许都参与了彭布鲁克勋爵剧团(Lord Pembroke's men)。此后不久,他们肯定都共事于亨斯顿勋爵剧团(Lord Hunsdon's company)。1597年3月,亨斯顿就任宫务大臣(Lord Chamberlain),亨斯顿勋爵剧团更名为宫务大臣剧团。1616年莎士比亚去世时,剧团原来的主要演员①只有三位健在——赫明、康德尔和理查德·伯比奇,莎士比亚在遗嘱中赠给他们每人二十六先令八便士,用于购买纪念戒指。五年后,出版对开本的计划业已启动,只有赫明和康德尔还健在,伯比奇已于1619年3月13日去世。

所以,赫明和康德尔作为"奉献人/呈现者(Presenters)"的角色,正如他们在题献中自称的那样,有其必然性。作为伟大的莎士比亚时代最后的存活者,他们决心"要永远纪念如此杰出的朋友和同事"。② 也许是受到1616年本·琼森作品集出版的推动,以及1619年托马斯·帕维尔(Thomas Pavier)和威廉·贾加尔德试图出版莎士比亚戏剧集努力的刺激,他们开始酝酿全集的出版;至少,他们感觉,上述例子表明戏剧集不会缺乏出版商和市场。在与威廉·贾加尔德和艾萨克·贾加尔德(Isaac Jaggard)达成最终协议之前,他们很可能向许多书商散发过他们的出版提议。⁹

---

① 此处作者对原文有修订。——译者注
② 参见附录二。——译者注

许多人注意到，威廉·贾加尔德已经有过印刷莎士比亚剧作的经历，虽然这种经历未必会自动地将他推荐给两位演员的纪念集项目。首先，1599年，贾加尔德印刷了《热烈的朝圣者》(The Passionate Pilgrim)，标题页宣称作者为"W. 莎士比亚"，虽然实际上该作为作品合集，只包括莎士比亚的四首十四行诗，其中两首出自《爱的徒劳》。选集大部分是其他同时代诗人的诗篇，包括克里斯托弗·马洛、沃尔特·雷利（Walter Raleigh）和理查德·巴恩菲尔德（Richard Barnfield）的作品。标题页的作者权归属无人注意，直至1612年第三版的出版，这一次篇幅大增，包括了贾加尔德拥有权利的托马斯·海伍德的作品。1612年版宣传了新增的材料，但莎士比亚仍然是标题页上唯一的作者（插图14）。海伍德对此表示抗议，这并不出人意料。在《为演员辩护》(1612；An Apology for Actors)附加的书信中，他抗议说，贾加尔德在以莎士比亚的名义发行的集子中收进了他的诗作，这一随便的决定"明显伤害了"他，因为他担心，这"会让世人以为，我从他那里剽窃了这些作品，而他为了维权，用他自己的名字发表了它们"。还说，莎士比亚也"很恼火，贾加尔德先生（他根本不知道此人）竟敢如此放肆地对待他的名字"（折标 G4ʳ）。除了海伍德的评论之外，莎士比亚对此事件持何等态度我们不得而知，但贾加尔德的确注销了（cancel）尚未售出部分的标题页，重印了《热烈的朝圣者》，而没有坚持莎士比亚的作者权（插图15）。

贾加尔德与莎士比亚作品的不正当关系，这并非最后一例。众所周知，1619年，贾加尔德和托马斯·帕维尔联手，要出版十部莎剧的集子（实际上仅有八部是莎作；另外两部，即《约克郡悲剧》[A Yorkshire Tragedy] 和《约翰·奥尔德卡斯尔爵士上篇》[1 Sir John Oldcastle] 的作者权归属有误）。国王供奉剧团成功地请求宫务大臣，命令"国王供奉剧团表演的戏未经团员同意，不得付印"，[10]此时戏剧集计划完全可能泡汤，因为同意没有到来。多数学者认为，高层的介入阻止了计划中的集子，但由于印刷已经启动，帕维尔和贾加尔德决定继续下去，但取消了已经开始的连续页码标注，而以单本

THE
PASSIONATE
PILGRIME.
OR
Certaine Amorous Sonnets,
betweene Venus and Adonis,
newly corrected and aug-
mented.

By W. Shakespere.

The third Edition.

VVhere-unto is newly ad-
ded two Loue-Epistles, the first
from *Paris* to *Hellen*, and
Hellens answere backe
againe to *Paris*.

Printed by W. Iaggard.
1612.

14.《热烈的朝圣者》(1612年),标题页,STC 22343;承蒙福尔杰莎士比亚图书馆提供。

发行剧作,有的标题页日期是错误的(插图16),大概这样它们看起来像是原有的存货,可以在常青藤巷(Ivy Lane)帕维尔的铺子里安全地售卖。[11]

既然如此,为什么赫明和康德尔借助贾加尔德的商号来印刷他们设想的集子呢?学者们提供了各种各样的答案,但其实,这一问题并不需要花费如此多的聪明才智。首先,贾加尔德在两个例子中的行为并非某种闻所未闻的暴行,而是多数书商都会偶尔从事的不正当投机。斯温伯恩(Swinburne)把贾加尔德称为"名声恶劣的盗版者、说谎者和窃贼",[12]但实际上他是伦敦书业公会成功的、受人尊敬的成员,如果他的作为有时位于适度和法律的边缘,那么他在这方面与他的多数同行并无不同。由于图书行业不稳定,保障差,书商不得不学会投机取巧,讲求实际;如果贾加尔德有时越过了界限,他很容易被原谅,事实显然也是这样。

但真正的答案大概更为简单:赫明和康德尔与贾加尔德父子签约印刷对开本,是因为后者愿意这么做。很少有书商能够或愿意承担像莎士比亚对开本这么大规模的项目。资源的前期投入和快速获利的不可能性使它并不被人看好,只有最为雄心勃勃的出版商才会承担它。而贾加尔德父子显然愿意担当重任。[13]1622年,为两年一度的法兰克福书展(Frankfurt book fair)印刷的英国图书目录首次发布了关于莎剧对开本的消息:"戏剧集,威廉·莎士比亚先生作,一卷,艾萨克·贾加尔德印刷,对开本。"[14]

显然,贾加尔德父子期待印刷完成的日期比实际的要早,但同样发人深省的是,此书据说是由"艾萨克·贾加尔德印刷"。出人意表的不是艾萨克的名字被指出来;他是威廉的长子,因为他父亲的失明限制了其活动,他逐渐承担了铺子日常运转的责任。出人意表的是此书被公布为贾加尔德的这件事本身。目录中的用语"印刷"意谓我们今天所说的"出版"。确切地说,印刷商(printer)拥有印刷机和活字,在铺子里制作图书;而出版商(publisher)获取原稿,资助其印刷,并批发销售印刷图书。在实践中,书商(stationer)是图书行业各种活动的综合名词,通常以不同的角色出现,

THE
PASSIONATE
PILGRIME.

OR
Certaine Amorous Sonnets,
betweene *Venus* and *Adonis,*
newly corrected and aug-
mented.

The third Edition.

Where-unto is newly ad
ded two *Loue-Epistles, the first*
from *Paris* to *Hellen,* and
Hellens *answere backe*
againe to *Paris.*

Printed by W. Iaggard.
1612.

15.《热烈的朝圣者》（1612 年），标题页修版，STC 22343；承蒙牛津大学博饱蠹楼提供。

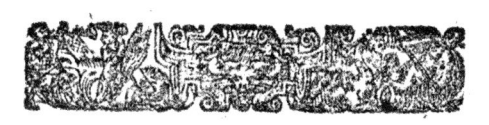

THE
Chronicle History
of Henry the fift, with his
battell fought at *Agin Court* in
France. Together with an-
cient *Piſtoll*.

*As it hath bene ſundry times playd by the Right Honou-
rable the Lord Chamberlaine his
Servants.*

Printed for *T. P.* 1608.

16. *Henry V* 1619 Pavier quarto title page (falsely dated 1608)

16.《亨利五世》1619年帕维尔四开本标题页（日期误为1608年），承蒙哥伦比亚大学提供。

有时仅仅作为书的印刷商,有时作为出版商,有时仅仅作为其他出版商产品的销售商(bookseller),也有时担当这其中的两种或全部三种角色。[15]

贾加尔德父子日益将其生意首要定性为印刷厂。尽管如此,法兰克福书展目录将即将出版的对开本宣布为贾加尔德的书意味着他们不仅是此书的印刷商,而且是出版商。当对开本最终出版时,比目录的乐观估计晚了一些时候,版权页标记(colophon)称此书由"W. 贾加尔德、Ed. 布朗特、I. 斯梅瑟威客以及 W. 阿斯普利(W. Aspley)出资印刷"。① 显然,贾加尔德父子集合了书商合伙人来实现昂贵的出版。实际上,威廉·贾加尔德在对开本上市时已经死了,他死于1623年11月初,大概是在对开本完成前数周;但版权页标记是在早些时候完成《辛白林》(Cymbeline)时印刷的,不可能预见到他的死亡。约翰·斯梅瑟威客和威廉·阿斯普利主要是图书销售商,无疑应邀进入合伙关系很晚,因为发现他们拥有六部莎剧的权利,大概他们允许这六部剧出版,来换取一部分股权。

爱德华·布朗特这个人物更为有趣。[16]他曾与威廉·贾加尔德合作出版爱德华·迪林(Edward Dering)的《作品集》(1614;Workes),但我们并不清楚他卷入莎士比亚对开本项目有多早。法兰克福书展英国图书双年目录1624年4月发行时,那是对开本出版后的第一个春天,目录中有一条记载:"威廉·莎士比亚先生的作品集,为爱德华·布朗特印刷,对开本。"[17]也许正如许多学者认为的那样,布朗特在出版计划开始成形时就加入了贾加尔德父子,[18]但是他缺席1622年目录、出现在1624年目录的事实表明,更有可能的是,他是在1622年的书展之后加入的,或许事业的规模太大,令人沮丧,所以邀请他进入合伙关系。如果布朗特正如 R. 克朗普顿·罗兹(R. Crompton Rhodes)声称的那样,确实是对开本的"主要投资者"(《莎士比亚第一对开本》[Shakespeare's First Folio],12页),那么1622年的法兰克福书展目录不记载他的活动不大可能。贾加尔德父子并非爱自我宣传的人,也没有理

---

① 参见第一对开本最后一页。——译者注

由掩盖真相。威廉·贾加尔德编印的《最近或正在印刷以便出版的英文书目录》(1618;*Catalogue of such English Bookes, as lately haue bene, and now are in Printing for Publication*)提供的证据表明,贾加尔德在标注书的出版商时非常地一丝不苟。所以,布朗特从1622年法兰克福书展目录的缺席好像需要以最简单的方式理解,即强烈证明了他是直到项目进行好久才加入的。

但无论布朗特何时受邀加入联合体,这一邀请是恰当的。布朗特不只是分担风险的又一名投资者,而且是尤其喜欢文学书的出版商,他的参与甚至会为出版计划带来声望。布朗特学徒时期的师傅是威廉·庞桑比(William Ponsonby),R. B. 麦克罗称庞桑比是"伊丽莎白时期最重要的出版商",[19]他在这一时期的出版物包括锡德尼(Sidney)的《阿卡迪亚》(*Arcadia*)和斯宾塞(Spenser)的《仙后》(*Faerie Queene*)。而布朗特的出版物表明他本人非同寻常的文学修养。他出版了马洛的《希罗与利安德》(*Hero and Leander*),在献辞中,他自称是"不幸早逝的本诗作者的"朋友。他的戏剧出版物表现出戏剧作为新兴的文学形式的非典型意识。他出版了第一部用英语写作的戏剧集,即1604年出版的四开本《君主悲剧》(*The Monarchick Tragedies*),包括威廉·亚历山大(William Alexander)的两部案头剧(closet dramas),三年后出版了增补版,收进四部剧。布朗特还出版了莎士比亚对开本之后的第一部戏剧集。1632年,他推出了约翰·黎里(John Lyly)的十二开本(duodecimo)《六部宫廷喜剧》(*Sixe Court Comedies*),其中特别确认这些当时年已半百的剧本是文学娱乐品:"您不会后悔阅读它们:当古老的*约翰·黎里*在您的寝室兴高采烈地和您在一起时,您会说,我们现在的诗人很少有(或没有)如此睿智的同伴了"(折标[A] 3ᵛ—4ʳ)。1603年和1613年,他两次出版了约翰·弗洛里奥(John Florio)翻译的蒙田(Montaigne)的《随笔集》(*Essays*);1612年,他出版了托马斯·谢尔顿(Thomas Shelton)翻译的塞万提斯的《堂吉诃德》第一部分,1620年,他出版了第二部分(是在马德里首次发行三周内出版的)。布朗特作为卡特赖特(Cartwright)、莎士比亚和黎里戏剧集的出版商,即便他没有将戏剧事实上确立为文学体裁,至少也可以说是最早认识到戏剧文学潜力的一批人之一。但或许更为重要的是,布朗特作为马洛、蒙田、塞万提斯和莎士比亚的英国出版商,即便没有为英国发明了文艺复兴,至少也可以说发明了英国文艺复兴的第一个伟大经典(Great Books)的课程。

然而,如果说布朗特的参与促成了莎士比亚对开本的成功,对开本却没有保证布朗特的成功。在对开本出版后的数年里,他逐渐从图书行业隐退,1623年后的五年中未出版一本书,直到他1632年去世,总共又出版了八本书。不出意料,他在1623年后没有再招收学徒。[20]1624年,他出售了极其受欢迎的《希罗与利安德》的权利,[21]第二年,为了部分支付一笔160英镑的债务,他被迫将他那部分值钱的英文储备书(English Stock)让与乔治·斯温豪(George Swinhowe)。[22]1627年,他把书铺卖给了罗伯特·阿洛特(Robert Allott),三年后,又把他的莎剧股份卖给了阿洛特。[23]

布朗特活跃度的减弱应该归因于年纪衰老和时运变差的联合作用,大概不能直接归罪于他参与对开本的出版。虽然他和他合作者的投资不会在出版后一两年内收回,但该书获利的确非常迅速,第一版仅仅九年之后就出版了第二版。与此相对照,琼森的对开本直到二十四年后才具有出版第二版的必要。[24]

显然,莎士比亚对开本的出版是个成功,但这一成功即便得到热切的渴望,也无法自信地预测。无人保证一大本昂贵的戏剧集能够销路良好,最终能得到的或多或少利润肯定要被延迟到初始投资之后的许多个月份。我们看到,甚至小而廉价的四开本对出版商来说都是冒险的生意,主要依赖热情的看戏者或原本想去看戏但未去成的失望者。可是,对开本预期并需要热诚的(且还算富裕的)剧本**读者**,并无法确定这样的读者数量有多大。当然,琼森将文化上通俗的剧本转变为精英的文学体裁,他的大胆遭到责难。正如常被援引的同时代人写道:"请告诉我,本,奥妙何在,/别人称剧本,你叫作品;"琼森对开本出版后第二年,亨利·菲茨杰弗里(Henry Fitzgeffrey)认为作者的野心是时代的通病,并嘲笑"歌谣集成书,剧本变作品"之类的放肆。[25]

但莎士比亚对开本在某种意义上甚至是更加放肆的出版物,即便它避免了琼森对开本咄咄逼人的古典化姿态。琼森对开本包括九部剧本,但经常被忽视的是剧本只是琼森《作品集》的一部分,这部集子还包括一百三十三首标号的格言诗(epigrams)、《森林》("The Forrest")中的多首诗,假面剧以及其他娱乐作品(entertainments)。莎士比亚对开本第一次坚持一个人成为"作者"可以仅仅基于其剧作,更引人注目的是,基于完全为职业舞台而写的剧作。琼森对开本明显有选择地收入剧作(琼森向德拉蒙德[Drummond]承认说"他的喜剧有一半都没有付印"[26]),而莎士比亚对开本声称集子包括"他的全部喜剧、历史剧和悲剧"。的确,获取《特洛伊罗斯与克瑞西达》权利并最后将其收入集子的持续努力(彼得·布莱尼证明,这一过程导致对开本存在三种不同的印本[states][27])本身就表明,收齐全集的决心是何等强烈。所以,此书的独特性不仅在于它是第一部完全由英文剧作组成的对开本,而且因为它是第一部任何开本的集子被设计为作者的剧作**全集**。

实际上,如我们所知,至少三部莎士比亚参与创作的剧本不在其中:《配力克里斯》(Pericles)、《两位高贵的亲戚》(The Two Noble Kinsmen)和《托马斯·莫尔爵士》(Sir Thomas More)。但可以论证,它们的缺席反而确认了集子的基本设计。《两位高贵的亲戚》无疑是与约翰·弗莱彻合作的作品,1634年首次出版,作者标为"约翰·弗莱彻先生和威廉·莎士比亚先生",两个名字在四开本标题页中的括号内连接在一起。《托马斯·莫尔爵士》的本子是戏剧手稿,大约作于1592年,随后的修改至少部分回应了喜庆长官埃德蒙·蒂尔尼(Edmund Tilney)对它的审查。无论莎士比亚在其中担任了何等角色,通常认为他是剧中一百四十六行的作者,称为"笔迹 D"(Hand D),所以无疑它也是合作的成果。[28]

《配力克里斯》则更为棘手。1609年它首次以四开本形式出版时,标题页注明作者为莎士比亚,但1623年对开本没有收入它,它首次出现于选集是在1664年的第三对开本第二版中，作为增补中的七部剧作之一。这七部剧都曾以早期四开本形式面世，都标有莎士比亚的名字或首字母缩写，但《配力克里斯》是唯一一部被认定可信的莎作。甚至目录学方面也有明显的区分，《配力克里斯》首先出现，有独立的页码标注（1—20）和折标；另外六部剧显然是后来增加的，被统一标注页码（1—100）和连续的折标。增补的奇特外形结构是唯一的标志，它说明出版商菲利普·切特温德（Philip Chetwind）赋予的无论何样的隐晦区分。

可是，现代目录学接受了这一区分，《配力克里斯》现在一般毫无疑问地跻身于莎士比亚戏剧经典之列。一个例外是斯坦利·韦尔斯和加里·泰勒（Gary Taylor）最近编辑的牛津版全集。牛津编者收入了《配力克里斯》，但认为该剧是合著，至少前九场戏出自乔治·威尔金斯（George Wilkins）之笔。他们声称，威尔金斯的散文故事（novella）《推罗王子配力克里斯艰辛历险记》（*The Painful Adventures of Pericles, Prince of Tyre*）应该被视为"剧本的'转述文本'（reported text）"。[29] 他们以产生了牛津版的各种承诺为基础，采取了过于自信的编辑程序。但此处不是检验这些问题的场合。

无论我对牛津版文本及其背后的预设如何持保留态度，但我实在疑心该剧确实是合作的成果，或者至少，它从第一对开本的缺席反映了这样的认识。对于该剧的省略，尚无人做出非常令人信服的解释。它此前出版时作者标注为莎士比亚，在舞台上（迟至1629年，琼森还抱怨这样一个"老掉牙的故事"依然大受欢迎）和书肆中（1609年至1635年间，该剧出了六版，成为付印莎剧中最受欢迎的之一）都大为成功。

问题不在于权利，因为该剧确实被出版商登录过，所以印刷出版权属于该出版商，但那个出版商是布朗特本人，他于1608年5月20日登录了该剧。有可能他忘掉了这一登录；同一天他还登录了《安东尼与克莉奥佩特拉》（*Antony and Cleopatra*），但他似乎忽视了他对该剧的权利，因为1623年对开本即将出版前数日，他再次登录了这部剧，一起登录的还有十五部其他莎剧，以确保出版商们发表他们从国王供奉剧团那里得到的这些剧本的权利。

但即便布朗特得了健忘症，这仍不能充分解释《配力克里斯》从对开本中的缺席，因为对开本出版的另一位重要人物贾加尔德曾于1619年印刷该剧，作为他和帕维尔企图出版的选集的一部分。同一年，国王供奉剧团在宫廷表演了该剧。显然，无论何种原因造成该剧从第一对开本中的省略，它不可能纯粹由于疏忽。实际上，由于对开本的主要出版者都与该剧有或深或浅的关系，很难相信它从对开本中的缺席不是有意为之。

当然，布朗特出售了他的权利不是不可想象的，虽然相关的转让记录不存在。1609年，亨利·戈森（Henry Gosson）两次出版了《最近备受钦慕的戏剧，题为推罗王子配力克里斯》(*The Late, and much admired Play, Called Pericles, Prince of Tyre*)，1611年再次出版，出版商有可能是西蒙·斯塔福德（Simon Stafford；虽然更有可能的是，斯塔福德仅仅印刷了该剧，他参与的另外十一部戏剧出版物都是如此），1619年帕维尔又一次出版了它，在登记簿中全都没有进一步的登记；但书商之间的许多交易肯定都没有得到记录。当然，帕维尔的1619年版是年代最近的印刷，他有可能从戈森（或者斯塔福德）那里购买了该剧的权利。至少，帕维尔表面上的权利应该为联合体提供了该剧，因为他把他拥有的其他剧本租借给了他们。如果他的权利被认为有问题（虽然他的寡妇于1626年8月4日成功地将该剧以及其他"莎士比亚剧作"转让给了爱德华·布鲁斯特 [Edward Brewster] 和罗伯特·伯德 [Robert Bird]，二人1630年联合出版了《配力克里斯》，作者标为"威尔·莎士比亚"）,① 布朗特和贾加尔德完全可以以1608年布朗特的登录为理由，冒险出版该剧。无论如何，我们难以理解，如果布朗特和贾加尔德认为《配力克里斯》是莎剧，他们为何不追寻该剧的权利（正如他们追寻其他剧作的权利一样，那些剧的版本所有人或者出版商不属于联合体），或者为何不自由地将其作为自己的东西出版。

---

① 威尔是威廉的简称。——译者注

基于我们确切知道的对开本所有主要出版者与该剧的各种关系，很难不得出结论：《配力克里斯》被有意地从全集中排斥出去，理由与《两位高贵的亲戚》和《托马斯·莫尔爵士》的省略相同，即莎士比亚在三部剧中都是合作者，而非主要作者，他在这一被削弱的角色中的成就据认为无需认可——实际上也不允许得到认可。对开本声称，它呈现的是莎士比亚实际"写作"的所有剧本，而不是他有贡献的剧作。这一点恰恰反映了琼森对作者权的焦虑，琼森宣称他是《西亚努斯的覆灭》的作者，虽然他的合作者使得该剧得以上演，琼森还是毫不害臊地抹掉了合作者的贡献。如果说琼森部分通过否认合作来将自己确立为作者，那么别人则部分通过为莎士比亚否认合作来将他确立为作者。

当然，这引起了《亨利八世》（*Henry VIII*）的问题，现代学术界大都认为，该剧是莎士比亚和弗莱彻合作的产物，虽然第一对开本中它是十部历史剧的最后一部。所以，这对我刚刚建立的原则是一个明显的例外。貌似合作的剧本却作为莎剧出现在对开本中。当然，有可能最近的作者权研究搞错了。并不存在同时代的证据证明《亨利八世》为合作成果，实际上，直到1850年，才有人首次提出该剧有第二作者的观点。[30]或许该剧在对开本中的出现本身可以用来证实单一的作者权，虽然这一论证的明显循环性使它缺乏说服力。

一些学者通过使用复杂的数据测试来量度风格和语言习惯，他们信服地认为，有两个人合作了该剧，而且自信地区分了"莎士比亚"戏份和"弗莱彻"戏份。[31]我甚至缺乏必要的语言和数据技能来评估该论点使用的方法，所以不想挑战认为弗莱彻对《亨利八世》有贡献的共识；但值得注意的是，作为所有分析基础的对开本文本被严重中介化了，中介的方式仍未得到充分理解。不仅印刷文本不可避免地反映了排字工的句法和拼写习惯，而且所依据的手稿既有可能出自作者，也有可能出自抄写员，所以又一套不属于作者的语言习惯潜在进入了作为作者权研究基础的样本。

但可以肯定的是，赫明和康德尔虽然应该了解任何合作的发生，仍把该剧呈现为莎士比亚之作。正在鲍蒙特与弗莱彻二人合作——"一对朋友拧成的一个诗人",正如他们的1647年对开本中的一首赞美诗所言(折标D1ᵛ)——取代了莎士比亚,成为国王供奉剧团的主要编剧之时,这个剧团的两位最资深(和仍然活跃的)成员作为莎士比亚的最初编者,将《亨利八世》完全归到了莎士比亚名下,尽管多数学者现在相信这是他和另一位剧作家的合作。

从剧团的角度看,承认弗莱彻的贡献能促进生意——这样对开本能够宣传剧团现在的剧作家与剧团辉煌过去的延续性,对开本本身的用意部分是为了庆祝这一辉煌——但我们无从知道,为何两位编者不这么做。也许,斯佩丁(Spedding)以来的分裂主义者(disintegrationists)确实弄错了:该剧是莎士比亚一人所作;或者赫明和康德尔在剧本创作约十年之后从剧院收集手稿并将其交到贾加尔德的铺子时,就是忘记了弗莱彻曾有贡献的事实;或者,也许弗莱彻参与的性质并不妨碍他们认为莎士比亚是剧本的首要作者,正如米德尔顿对《麦克白》(*Macbeth*)的贡献一般不会干扰我们认为该剧是莎作一样。[32]

我主要受到最后一种解释的吸引。合作是戏剧生产中的必然事实,不仅在于演员和其他戏剧从业者将自己的理解强加于作者的稿本之上这一显而易见的意义上,而且因为剧本本身为了适应每一次新的演出和场合,经常性地遭到修改、删减和重组。如果说莎士比亚在他于剧团任职期间,很有可能亲自操刀修改剧本,那么他退休后,肯定在他1616年去世后,别人,有可能包括弗莱彻,会重塑他的剧本,而且未必遵从莎士比亚的原本意图[正如莎剧在王朝复辟时期(Restoration)舞台上的历史所表明的那样]。[33]当然,就在对开本正在付印出版的时刻,国王供奉剧团表演的多数新剧从一开始就是合作产品。所以,对赫明和康德尔来说,一般情况下合作不会给剧本带来耻辱。

然而,莎士比亚对开本明显的意图是将莎士比亚确立为单一(和独特的)作者,而非在剧院经济内部从事合作生产的剧作家。因此,由于集子并不是显然必需《亨利八世》,在我看来,赫明和康德尔将此剧收入的决定必然表明,他们认为该剧符合了单一作者权的条件;也就是说,在戏剧生产的通常情况下,它可以被合理地认定为"威廉·莎士比亚所作"。即便多数读者无从知道实情,不可能反对,他的剧院从业者同僚,尤其是约翰·弗莱彻,肯定了解这一声称真实与否;即便他们无从采取任何措施,他们也会尴尬地到场,提醒两位年老的演员,将《亨利八世》认定为莎剧是冒昧了。但是,赫明和康德尔貌似没有感到任何焦虑,而是满怀信心地将此剧呈现为莎士比亚之作(即便不是他单独所作的话,因为确切地说,没有一部剧是他单独所作),恰如他们呈现集子中其他三十五部剧一样。[34]

正如诸多学者最近论述的那样,对开本的雄心是将莎士比亚树立为作者,这类项目一度被认为仅仅是18世纪学者如卡佩尔(Capell)和马隆(Malone)等人的设计。如果这确实是1623年对开本的意图,集子的主要建筑师会很容易认为排斥被确认为合著的剧本(还有对作者权的宽厚理解)是合适的,甚至可以说是必须的。该印刷物将自己完全呈现为莎士比亚的作品。"威廉·/莎士比亚先生的/喜剧、/历史剧和/悲剧,/根据真实的原本发表",标题页这样宣称(插图17),还配了一幅马丁·德罗肖特(Martin Droeshout)所作的鲜明的镌刻肖像,作为该书真实性的见证。莎士比亚上眼皮肿大下垂,但他的眼睛吸引着我们,大脑袋古怪地漂浮在反潮流的轮状皱领之上。可是,对面书页的短诗请求我们往旁边看,与雕刻家用莎士比亚形象吸引我们的力量相竞争。

> 哦,即便他能用黄铜
> 刻出他的智慧,如同
> 描绘他的容颜,印刷术
> 也能超越黄铜写下的

一切。但既然他不能，读者

不要看图片，读他的书。①

这告诉我们，我们应该关注的是书，在那里，我们不仅能发现真实的莎士比亚之作，而且甚至能发现真实的莎士比亚。35

但书里是什么呢？当然，莎士比亚在那里的某个地方，但肯定不是完整的、纯粹的莎士比亚。各剧本文本本身的基础包括作者稿本，但也有抄本、经评注的四开本和舞台演出本（prompt books）；它们反映了最初的想法，也反映了后来剧院添加的东西。它们揭示了莎士比亚对剧院剧团合作生产的主动参与以及对印刷厂合作生产的被动接受。但戏剧集讲述了一个不同的故事。莎士比亚不再是任何意义上的合作者，而是正如本·琼森的赞美诗命名的那样，"**作者**威廉·莎士比亚先生"，集子中所有剧本的唯一创造者。②四开本标志性的剧院授权消失了；根本没有提及这里的任何文本"与表演一致"；实际上，表演剧团的名字从未被提起过。主要演员的名字印刷上去了，虽然有意思的是，这是在前页后面事后增加的一页，且该页标题为"威廉·莎士比亚的作品"。文本本身被宣布为改进后的新版本，更确切地说，是原初和未受污染的本子，演员名录页③承诺读者，剧本"确实是根据它们最初的**原本**印刷的"。

集子以这一承诺追求它的目标，即把莎士比亚确立为他从来不是、也从来不想成为的作者。赫明和康德尔比任何人都清楚，莎士比亚最初的原本在剧场里是被如何修正的（无疑经常修正得更好）：变动以澄清人物关系，删减以改进戏剧节奏，调整以便演员有时间换装，或者适应不同演出空间的舞台要求，在笑话变老了，情境过时了，或某个当代事件可以提供机会能使老

---

① 这首诗的作者是本·琼森。参见附录一。——译者注
② 参见附录四。——译者注
③ 此处作者对原文有修订。参见附录六。——译者注

17.1623年莎士比亚对开本标题页,STC 22273;承蒙哥伦比亚大学提供。

戏推陈出新时，做出相应修改，等等。众所周知，琼森求助于印刷正是为了避免表演所要求的不可控制的妥协，他有意识地将自己的剧本重塑为文学。他对剧院持矛盾看法，曾周期性地发誓要"离开可恶的舞台"，[36]所以，他几乎必然会决定发表他的剧本，但要小心监督印刷过程，生产出大胆否定其源头的版本。但赫明和康德尔两人毕生在剧院快乐地工作，而且他们对莎士比亚的认知主要源于剧院，而他们在纪念戏剧集中会如此乐意地忽视剧院，这可让人吃惊不小。

也许有人认为，他们会突出剧作家和演员富有成效的合作，强调剧本在所有年龄和不同社会阶级的观众中都大受欢迎，甚至暗示戏剧的真正生命在舞台上，就像一些戏剧文本暗示的那样。然而，他们对于戏剧集的剧院赞助仅仅姿态性地提过一次而已。在给赫伯特兄弟的献辞中，他们评论道，爵爷"在戏剧上演时，对各个角色的喜爱"是如此强烈，以至于甚至在对开本出版之前，"集子就要求成为您的爱物"。① 但这里的优先权仅仅是时间上的，并未暗示舞台剧美学上的优先性；实际上，戏剧表演并未被想象为印刷剧本只能迟迟接近的本质经历，而是被想象为集子更为短暂的形式，即潜在的集子（*volume in potentia*），现在终于得到完全实现，可以被认领了。

如果赫明和康德尔出人意表地怠慢剧院，原因不难猜测。集子的目标是读者，或者更确切地说，是购买者，而更为公开的剧院声称很可能会使他们失去兴趣。剧本仍然是不入流的文学；我们已经看到，四开本剧本，廉价的小册子，经常被贬抑为废品，而且经常有人指出，它们被直截了当地排斥在饱蠹楼（the Bodleian）② 的收藏图书之外。甚至到了1620年的目录，琼森对开本也未能进入收藏，但众所周知，1624年年初，饱蠹楼收到了一部莎士比亚对开本，进行了代价高昂的装订，将之并入收藏。

饱蠹楼的复本是捐献的，因为1610年形成协议，该图书馆将收到伦敦

---

① 参见附录二。——译者注
② 众所周知，这一谐趣的译名来自钱钟书。——译者注

书业公会任何成员印刷的"一本完整的书",³⁷但个人需要花费大约一英镑来购买对开本,如果购买未装订本,价钱要低一些。爱德华·迪林爵士的账簿1623年12月5日记录,花费两英镑购买了"两部莎士比亚的戏剧集"(还有一部琼森的戏剧集,他付了九先令)。³⁸一英镑的价钱相当昂贵,此书的市场显然比六便士的四开本剧本更为有限。虽然有些例子说明有收藏者收藏所有开本的戏剧书,但对开本的买主大概总体上不同于四开本的买主,他们更富有,更希望购买的图书能满足自己的文学趣味。

所以此书自我呈现为文学书。被"收集和发表"的文本的陈列方式据说与它们从作者的想象中流溢出来的完全一样,没有受到印刷铺或剧场偶然性的污染。这是编辑向往的理想文本,至少它是这么声称的:"根据真实的原本发表"的戏剧集。当然,它不可能如此。赫明和康德尔肯定知道,他们提供给印刷商的手稿中,至多只有三篇是莎士比亚的亲笔文件。其他手稿要么是抄写员誊写本,要么是剧本保管员(bookkeepers)手中标注过的剧本,虽然他们对这些区分毫无兴趣。誊写本倾向于将文本理性化,理清不一致的地方,将台词标示(speech headings)、拼写、标点,甚至有时将韵律都规则化;表演本必然会记录为了使剧本能够演出而进行的删减和插入的文字。两种情况下,作者"真实的原本"早就不见了。即便那个"真实的原本"与莎士比亚的最终意图之间也存在不确定的关系。然而赫明和康德尔坚称,"从前"的莎剧读者"受到各种各样盗窃的、偷印的书的伤害,暴露它们的有害的骗子们通过欺骗和偷偷摸摸使这些书变得畸形和残缺:甚至这些书,您将看到,现在已经修复,肢体完好;其余所有的剧,韵律完整,正如他构思的那样"。³⁹①

不难理解,学者们积极探讨这句醒目的话,以挖掘莎士比亚剧本传播的最早证据。他们建构了富有影响的叙述,基础是赫明和康德尔的区分,即"变得畸形和残缺"的"各种各样盗窃的、偷印的书"与"其余所有的剧"之间的分别。新目录学家们〔即主要活跃于20世纪前三分之一时期的并不怎么

---

① 参见附录三。——译者注

新的目录学学者,有A.W.波拉德(A.W. Pollard)、W.W.格雷格和R.B.麦克罗]的开拓性工作形成的共识认为,第一套术语并不适用于对开本之前所有的四开本,而是只指"四开本是坏文本、对开本是好文本的那些剧作"。[40]这一现在通行的理解指出,根据赫明和康德尔的区分,一些四开本文本(比如《哈姆莱特》第一四开本和《罗密欧与朱丽叶》第一四开本)大概并非源于莎士比亚手稿,而是出自转述者(reporter)或者一名或多名演员未经授权的誊写本(所以"变得畸形和残缺"),发表时也未经演出剧团的批准(所以是"盗窃的、偷印的书"),这些四开本有别于对开本中的"其余"剧作,后一组又包括两类文本:"好"四开本,即得合法获取的原稿(莎士比亚本人的手稿或其抄本)的印刷剧本,以及尚未发表的剧作的剧场手稿。

虽然上述区分非常优雅,并支撑着新目录学若干最有影响力的概念,但我认为不可能。首先,这些区分的基础是对原句极其牵强的解读,新目录学家坚持有三类文本,而赫明和康德尔只做了两类区分:即从前"变得畸形"的文本现在"修复"了缺陷,"其余所有的剧"仍然正如莎士比亚"构思"的那样。其次,这些区分将不合情理的和年代误植的目录学修养投射到了两名演员身上。作者很可能会抱怨未经授权的出版,确实一些作者也抱怨过(虽然有趣的是,莎士比亚从来没有过),但演员不可能注意或关心这一点,因为在演员工作的环境中,剧院需要总是比作者意图的完整性更有优先权,且剧本出版一般都是毫不相干的事,如果不是麻烦的话。即便在国王供奉剧团积极反对其剧本出版的例子中,文本质量也不是关心所在。

或许,如果能够证实"好"四开本的文本的确是从剧团直接购买的,而"坏"四开本的文本是盗版,那么至少会有利益驱动来解释敏感性;但熟悉的目录学区分源自学术愿望,而非客观事实。[41]认为"坏"文本必然是非法出版物,而"好"文本进入印刷媒介都得到了演出剧团的同意,这是没有多少根据的。

我则认为,赫明和康德尔仅仅区分了两类文本:一类是"盗窃的、偷印的书",包括已经付印的所有剧本,既有"坏"四开本,也有"好"四开本;另一类是"其余所有的剧",即至此尚未发表、由演员们安全保存的剧本。赫明和康德尔在对开本中将两类集合了起来:那些流浪的剧本,从前在发表过程中"变得畸形和残缺",现在已经"修复"(通过某种未具体说明的编辑工作);而莎士比亚的手稿一直受到庇护,免于出版过程的蹂躏,它们已经完美揭示了莎士比亚的意图,所以可以"正如他构思的那样"照排出来。

对赫明和康德尔句子的这一简单解释不为人们乐于接受,是因为学者们非常正确地注意到,虽然早期的四开本有些可以说是"偷印的"和"畸形"的,但其余四开本显然不是,而且它们中有许多成为对开本文本的底本。如果赫明和康德尔精确描述了早期文本的性质,那么,他们关于以前传播的"各种各样"版本的声称显然不能适用于所有的早期出版物;因此,学者们为了肯定对开本编者的诚实和他们编辑的文本本身,曲解了这句话,把它解释成他们对目录学事实的理解所需要的意思。

但是,前言书信准确描述了早期文本特征这一坚持本身恰恰削弱了对两位编者声称的阐释。至多,对开本中只有两部剧可以说满足现在"完好"并按照常规出版、而此前仅有"偷印的"和"残缺"的版本的定义。《爱的徒劳》(如果确实存在更早的残缺版本的话)、《罗密欧与朱丽叶》和《哈姆莱特》的"坏"四开本已经被更好的文本所取代,而且这些剧本的对开本版本以种种方式依赖这些更好的文本。《亨利六世中篇》和《下篇》的早期文本一般认为有些缺陷,但实际上是完全授权过的出版物,《亨利六世中篇》1594年正当地登记过,这一登记显然也包括《下篇》,因为1602年,托马斯·米林顿(Thomas Millington)把两部分的权利都转让给了托马斯·帕维尔。《理查三世》(1597)和《李尔王》(1608)也都正当地登记过,前者1597年10月20日由安德鲁·怀斯(Andrew Wise)登记,后者1607年11月26日由纳撒尼尔·巴特和约翰·巴斯比(John Busby)登记;虽然两个文本与对开本文本有显著差别,有些台词对开本中没有,有些台词对开本中有可它们没有,但两部剧作中的文本讹误不是通常认为典型的"坏"四开本中的那一类。

然而,《亨利五世》和《温莎的风流娘儿们》(*The Merry Wives of Windsor*)的四开本版本可以更为可信地认定为非作者文本[尽管《亨利五世》第一四开本可能是表演删节本,前后完全一贯,其缺陷主要在于舞台指示(stage directions)不充分;《温莎的风流娘儿们》的第一四开本更有资格说是转述文本],而且两部剧作的出版都有异常现象。《亨利五世》1600年由托马斯·米林顿和约翰·巴斯比未经登记出版,1600年8月4日有记录显示其印刷遭到"中止"。但《温莎的风流娘儿们》有登记,约翰·巴斯比1602年1月18日登录了它,但其权利立刻让予了阿瑟·约翰逊(Arthur Johnson)。在有些人看来,这一不寻常的做法明确证实了巴斯比的圆滑,如果说不是诡诈的努力,以逃避购买未授权原稿的责任,虽然出售剧本权利而不出版它,远远更有可能是用小小的冒险来赚取微薄利润的完全合法的手段。[42]

无论如何,如果对开本的三十六部剧本中,只有两部此前仅在"偷印的"且"残缺"的版本中流通(甚至这两部当中,一部可以说并不是"偷印的",另一部可以说并不"残缺"),这恐怕不能承担根本区分授权("完好")与未授权("畸形")文本的全部分量,而赫明和康德尔对对开本版本的认可基于这一区分。相反,我认为,他们有争议的句子恰恰意味着表面的意思;对开本出版时已经印刷的剧本是赫明和康德尔嘲笑的对象,他们把这些剧本与集子中一般认定的真实文本区别开来。

但是,我并不是说我们可以因此漠视波拉德、麦克罗和格雷格引人入胜的研究,而回归到马隆关于早期四开本过分悲观的结论:"毋庸置疑,它们**全都**是偷印的,即窃自剧场,未经作者或所有权人同意而付印。"[43]"毋庸置疑",早期印刷品不都是未授权或有缺陷。我只是声称,赫明和康德尔**说**它们都是,也许因为对剧院中的人来说,廉价出版的戏剧书不可能是别的东西,但无疑主要是为了增加新出版的对开本的吸引力。两名演员只是断言,在对开本出版"以前"读者受到讹误文本的"伤害","现在"他们可以欣赏莎士比亚"肢体完好"的剧本,而且"韵律完整,正如他构思的那样"。

这句话展现了广告商经典的"以前和以后"策略,并不能被视为对早期文本的权威描述。它曾被这么看待证明了我们对真实莎士比亚的渴望。对开本以前的印刷剧本并非像赫明和康德尔所说的那么低级,逃脱印刷媒介的剧本也不像他们所称的那么纯粹。但赫明和康德尔的目录学宣称从来都不能被当作权威的文本历史。它是有目的的关于文本生产的幻想,而且有趣的是,它就像对莎士比亚创作过程的描绘一样:"他的心与手同步前进:他如此从容地表达他之所想,以至于我们在他的手稿中几乎找不到一个墨点。"[44]① 莎士比亚似乎毫不费力地写作,这些发表的文本与此前的版本不同,毫无瑕疵地复制了他不花力气的创造。写作与印刷同步前进,恰如他的"心与手"。

赫明和康德尔在他们的书信中,将莎士比亚树立为作者的方法是消除作家艺术创造的条件本身,即其得以实现的积极准则。剧院和印刷厂的多重中介,甚至莎士比亚本人作品的中介,都被否认了。书信坚称剧本的呈现恰如剧作家"构思的那样",但其物化过程不留任何痕迹是不可能的。在赫明和康德尔的叙述中,莎士比亚的绝对权威被视为完整无缺,毫无争议(is left uncontested and intact);或者更确切地说,他们的叙述并未**听任**(leave)莎士比亚的权威不受挑战,这一权威的构造正是依靠这一叙述。莎士比亚从未有过绝对权威,他与琼森不同,从未企图要求过这样的权威。

如今,声称莎士比亚的独一无二作者权很可能事关重大,因为他现在扮演的是他本人从未追求过的角色,即西方道德、社会价值观的见证人和保证人;而对赫明和康德尔以及出版集子的联合体来说,事情可能简单得多。赫明和康德尔把书推荐给预期读者,邀请他们按照自己的意愿做出判断:"衡量您一次六便士的价值,一次一先令的价值,一次五先令的价值,或者更高些,这样您就升到了公平的价格,欢迎您。但无论您怎么做,买下它。"他们敦促说:"阅读他吧,一遍又一遍地读。"但我们会说,出版商的底线是:

---

① 参见附录三。——译者注

"无论您怎么做，买下它。"① 赫明和康德尔可能确实像他们声称的那样，"并无追求自身利益的渴望"，② 但贾加尔德、布朗特、斯梅瑟威客和阿斯普利担负不起同样感觉的后果。

我们不应该忘记对开本的商业背景。今天，在我们看来，这个集子显然是对英国最伟大剧作家的必要的、合适的纪念；但在当时，布朗特及其合作者只是清楚地知道，他们从事着一个代价高昂的出版项目，无法确定能否收回他们数目可观的投资。45 如果说作家莎士比亚必然被发现边缘地分散于早期现代戏剧和图书生产的团体和合作之中，那么早期现代书业的商业欲望已经把他有意地、有力地重构为"**作者**"。46

的确，即便莎士比亚不能被精确地称为以他名字命名的书的创造者，那本书也可以说是莎士比亚的创造者。本·琼森在强烈的文学抱负的驱动下，积极追求作者的角色。而莎士比亚，我们看到，对这类个体化基本漠不关心，他在戏剧的合作精神里舒适地工作着。47 但是，当然，正是莎士比亚崭露头角，成为个体天才的卓越代表。虽然他从未追求过伟大，但他逝世七年之后，伟大找上了他。

---

① 参见附录三。——译者注
② 参见附录二。——译者注

第三章　从当代到经典；或曰，文本修复

我忘记了哪个法国作家曾经说过，英国人就是发疯了的莎士比亚。这种说法不无道理。就莎士比亚而言，我们都是循道宗信徒。①

约翰·博伊尔，奥雷里伯爵（John Boyle, earl of Orrery）

1623年对开本在相对较短的时间内即再次重印；仅仅九年之后，第二版便相继出版。作为赫明和康德尔成功的纪念项目的见证，第二对开本（F2）由托马斯·科茨（Thomas Cotes）负责印刷，然而在该版本的众多出版商中，曾经参与出版第一对开本的人当中此时只有威廉·阿斯普利和约翰·斯梅瑟威客还健在。阿斯普利和斯梅瑟威客对这一商业投资仍然兴趣不减，他们与科茨、理查德·霍金斯、理查德·米恩（Richard Meighen）以及罗伯特·阿洛特一道合作出版了第二对开本。该版本总是标明印刷商是科茨，然而不同印本却标出科茨"代为"某某合伙人印刷，这说明出版商之间至少达成了某种协议，各自拥有一定册数，而且大概是按照各自的投资份额进行分配的。

由于第一对开本的版权业已复归原主，第二对开本的新联合体再一次汇集了各个剧本的权利。[1]1627年7月19日，多萝西·贾加尔德（Dorothy Jaggard）、艾萨克的遗孀将"属于她的那部分莎士比亚剧本"转给科茨和他的兄弟理查德[2]，于是布朗特和贾加尔德在1623年11月8日注册的十六个剧

---

① 循道宗是新教的分支，这句话的意思是说我们对莎士比亚怀有宗教般的热情。——译者注

本的一半权益转到了二人名下。1630年，理查德·科茨还从罗伯特·伯德那里取得了《亨利五世》、《泰特斯·安德洛尼克斯》和一个被称作《约克与兰卡斯特》（即《亨利六世中篇》，尽管也可能包括《下篇》）的所有权；罗伯特·伯德在四年前与爱德华·布鲁斯特一起获得了"帕维尔先生对莎士比亚剧本的所有权"[3]。同年，据伦敦书业公会登记簿记载，布朗特将他拥有的多本图书，其中包括他和贾加尔德共同注册的十六部莎士比亚剧本，转给了罗伯特·阿洛特。[4]这样，阿洛特和科茨兄弟已经取得十九部，或者有可能是二十部剧作的所有权。斯梅瑟威客和阿斯普利仍然保有当初出版第一对开本时的六部剧作的所有权。1630年1月，米恩从阿瑟·约翰逊那里取得了《温莎的风流娘儿们》的所有权，而两年前霍金斯则从托马斯·沃克利处取得了《奥瑟罗，威尼斯的摩尔人》的所有权[5]。

这样，新联合体掌握了二十七部剧作的所有权（如果他们同时拥有《亨利六世中篇》和《下篇》的话，则是二十八部）。其他作品或者已被遗弃无主，或者被其他书商持有，但这些书商显然同意将其所有权租赁给出版联合体。这个版本基本上是对第一对开本的逐行重印，不过第二对开本的确多处"纠正"了第一对开本的文本错误。然而没有任何证据表明这些改动以新材料为依据，具有权威性。另一方面，马隆的评论"希望仔细阅读莎士比亚戏剧的人根本没必要打开第二对开本"则失之严厉［诚如乔治·斯蒂文斯（George Steevens）在1793年饶有兴趣地指出，马隆本人显然打开过这个版本，因为他1790年版的莎士比亚中有一百八十六处纠错都首次出现于第二对开本］。[6]

第二对开本在第一对开本的基础上做了相当数量的编辑工作，但几乎可以肯定地说，这些修改都是在印刷厂里完成的。据马修·布莱克（Matthew Black）和马赛厄斯·沙伯尔（Matthias Shaaber）统计，在1623年的对开本基础上所做的近一千七百处变动中，六百二十三处被现代版本的莎士比亚所经常采用[7]。除了明显的排印错误以外，大多数更改是为了使语言符合现代习惯，这种做法与20世纪莎士比亚编辑们的典型所为并无不同。尽管这些改动尚不够系统全面,但它们至少在拼写和语法上符合17世纪30年代早期的语言环境。例如,"亨利王朝"联剧的页首标题中原来的序数词"Fift"和"Sixt",改成了"Fifth"(第五)和"Sixth"(第六)。"Who"和"whom"的使用通常按照17世纪更加严格的(即拉丁语的)语法标准进行规范统一(例如《冬天的故事》第二幕第二场第六行,第一对开本中"And one, who much I honour"被"纠正"为"And one, whom…")。"To"与"too"的使用一般被区别开来,"lose"则区别于"loose";此外,第一对开本中约有二百五十处复数主语形式后面跟单数动词,其中大约四分之一的用法被更正过来,动词与主语保持了一致,因而更符合现代语法的要求。

第一对开本中明显有讹误的词或短语被校正过来。文本修订者当中至少有一位受过古典训练并发挥了作用。他校正了《爱的徒劳》第四幕第二场第九十一行(TLN 1257)①的拉丁文谬误,把第一对开本原来的"Facile precor gellida, quando pecas omnia…,"改为正确的"Fauste precor, gelida quando pecus omne…,"这无疑是因为注意到了这一引语出自"脍炙人口的老作家"曼图安(Mantuan)的第一首牧歌②(当然他并未考虑这个错误从戏剧效果上考虑是否合理)。他校正了标注演员下场的拉丁文动词的单复数,因此当有多于一个演员退场时,动词更多地使用了 exeunt。他把第一对开本中奥瑟罗向苔丝狄蒙娜讲述的传奇经历中提到的食人生番"Antropophague"校正为"Anthropophagi"(1.3.144);第一对开本《泰特斯·安德洛尼克斯》(1.1.242)中的"Parthan"校订为"Pantheon";他指出第一对开本《安东尼与克莉奥佩特拉》(3.7.51)中"Action"的正确形式为"Actium";第一对开本《哈

---

① TLN 是 Through Line Number(s) 的缩写,意谓"全篇行数",是以 Charlton Hinman 编辑的莎士比亚第一对开本影印本(*The First Folio of Shakespeare*, New York: Norton, 1968[1st ed.], 1996[2nd ed.])为基础的标行系统。——译者注

② 曼图安是文艺复兴时期意大利诗人,该句出自曼图安第一首牧歌第一行,意思是"我请求你,浮士德,乘我们的牧群正在荫凉处反刍的时候"[梁实秋译,《莎士比亚全集》(海拉尔:内蒙古文化出版社,1995;两卷本)上卷311页]。该诗是当时流行的拉丁文教科书之一。——译者注

姆莱特》(2.2.387) 错误地拼写了著名罗马演员罗西乌斯 (Roscius) 的名字 (误为 "Rossius"),在这一版本中也得以纠正。

同样,一些英语词汇也被改为意思更贴切的词语,尽管这些校订只是经过深思熟虑的阅读之后做出的,并无参考其他材料的迹象。第一对开本的《亨利四世上篇》(1.2.76) 中,亨利王子使用各种 "unsavoury smiles" 表现福斯塔夫的忧郁,第二对开本(F2)正确指出,该短语应为 "unsavoury similes"("无聊的比喻");① 再如第一对开本《李尔王》(1.1.109) 中的 "miseries of Hecate" 被校订为更为明晰的 Hecate 的 "mysteries"("赫卡忒式的神秘")。② 不过,同样的做法在其他场合却是行不通的。第一对开本《麦克白》第三幕第四场第一百三十二行,③ 麦克白决定寻访 "the weyard Sisters" 一处,因其少见的拼写方式应该做出修订,但是第二对开本没有像多数现代版本那样把 "weyard" 改为符合现代语言习惯的 "weird",甚或 "wayward",而是给读者展现了一个焦虑的麦克白,出去寻找 "the wizard Sisters"。

总的来说,第二对开本十分警惕第一对开本中语言不规范的错误,其校正工作更多是推理性的,而非学术性的。校订者似乎并未参考早期四开本或任何剧本手稿。1863 年剑桥版编者的批评尽管有点苛刻,倒也精确:"这些修正显然是揣测性质的,虽然偶尔正确,但更多时候是错误的。除了修订者熟悉莎士比亚时代的语言和风俗,以及他们有可能了解剧本的演出情况外,此类修正并不比其他人的猜测更值得尊重。"[8] 因此,第二对开本并不是一个权威的版本,尽管如剑桥版编者所指出的,它与莎士比亚在时间上的接近会使其校订者具有一些其他更严格的学术编辑必然不具备的优势。

然而,即便说第二对开本在版本目录学上价值甚微,它也毫无疑问地具有文化意义。第二对开本确立和稳固了第一对开本赋予莎士比亚戏剧的文学

---

① 中译见《莎士比亚全集》第三卷 112 页(《亨利四世上篇》,朱生豪译,吴兴华校)。——译者注
② 赫卡忒是希腊神话中的冥界女神,后来也被视为魔法和巫术女神。——译者注
③ 此处有修正。——译者注

地位，而且甚至可以说开创了莎士比亚剧本出版史的先河，推动了后来几乎所有的莎剧出版事业：第二对开本首创的修订程序使得莎士比亚成为阅读者的同时代人。莎士比亚剧本的现代化过程很容易为人所见，却不大容易为人所闻，包括规范拼写、语法、字母大小写和斜体，统一人物姓名等等；印刷在纸张之上的莎士比亚戏剧，或者更确切地说，通过印刷出来的书页，莎士比亚戏剧超越了它问世的瞬间，与其被接受的那一时刻同在。当然，第一对开本也进行了一定程度的现代化尝试，但是语言的隔阂已经加大了莎士比亚与17世纪读者的距离，出版一个即便无法完全消除莎士比亚与读者之间的语言距离，但至少将之最小化的莎士比亚版本是第二对开本的根本宗旨。

然而，第二对开本虽然刻意把莎士比亚变为他的读者的同时代人，人们对这个版本显然并没有表现出太大的热情。三十多年以后该版本才得以再版。虽然A.W.波拉德认为第二对开本和第三对开本之间之所以有一段漫长的中断过程，原因在于"1639年后的政治动荡破坏了剧本的市场销售"，[9]我们还必须寻找其他原因。虽然剧本出版在战争年代的确衰减了，但是17世纪50年代戏剧出版却急剧上升。事实上，以十年为单位计算，这一十年是1550年至1700年间戏剧出版上的第三个高峰期。在新旧政府过渡期，出版商们并未因议会颁布各种演出禁令而心灰意冷，相反他们似乎看到了一次机遇，不断增加剧本出版量，以满足观众显然因剧场关闭而激发起来的阅读热情[10]。理查德·布罗姆认为剧场的关闭使"书商从中获利"，而且他还预测这将一直延续到"某一日／剧本印刷遭到取缔，正如剧场现在被关闭"。[11]

也许令人意外的是，莎士比亚并不属于该时期最受欢迎的剧作家之列。剧场关闭以后，新剧本出版量微乎其微，然而即便在重印的都铎王朝和斯图亚特王朝剧作家之中，莎士比亚也是无足轻重的。在这一过渡期仅有莎剧的三个版本出版，即《威尼斯商人》（1652）、《李尔王》（1655）和《奥瑟罗》（1655）。无可否认的是，莎士比亚的受欢迎度已经衰微；其他剧作家中地位最显赫的是鲍蒙特与弗莱彻（二人已经取代莎士比亚成为国王供奉剧团的主要剧作家),他们的剧本充斥于书肆。[12]他们大卷对开本的三十四部剧本的合集,仅限于那些尚未付梓的作品,于1647年出版;①他们其他十七部剧作的四开本则在1640年至1660年间出版。

1652年,彼得·黑林(Peter Heylyn)在记述英国文坛现状的时候,称鲍蒙特和弗莱彻"毫不逊色于泰伦斯(Terence)和普劳图斯(Plautus)",②而"他的朋友本·琼森","其文笔精准可与任何古典作家相媲美";[13]但根本没有提及莎士比亚。斯特拉特福圣三一教堂的约翰·沃德(John Ward)牧师大人很快出来为他的同乡辩护,他认为黑林"遗漏了莎士比亚,使得他对众多戏剧诗人的评论让人难以信服",[14]然而如此冷落莎士比亚之举却并非特例。尽管第二对开本将莎士比亚在拼写上进行了更新,但对于多数人来说,莎士比亚仍然是古老而过时的。黑林冷落莎士比亚的同年,三个出版商为弗莱彻的《追捕野天鹅》版本附加了一个说明,声称如果市场需求足够大,他们会考虑"把本·琼森的两卷本合二为一,以此形式出版;③并重印老作家莎士比亚的作品"。[15]结果,十一年又过去了,终于有了重新出版"老作家莎士比亚"的理由,然而"莎士比亚"的修饰语足以说明问题,如同17世纪有限的莎剧出版史所反映的那样,这一修饰语证明了琼森常常被援引的莎士比亚"并不囿于一代而临照百世"的说法不免言过其实。④

至少在17世纪后半期,莎士比亚显然不是后世所热爱的那个超越时空的艺术家,更不是后世顶礼膜拜的那个莎士比亚。尽管莎士比亚受到高度赞扬,他的确是"老作家莎士比亚",一个受到特定时代限制的文学人物,具有鲜明的时代特征。新的对开本版本最终在1663年和1685年相继发行,见

---

① 1647年对开本除了三十四部剧本外,还有一部假面剧。——译者注
② 泰伦斯(186?—161BC),古罗马喜剧作家,迦太基奴隶出身;普劳图斯(254—184BC),古罗马喜剧作家。——译者注
③ 即对开本形式,1652年出版的《追捕野天鹅》是对开本形式,以便与1647年的鲍蒙特与弗莱彻对开本合订。——译者注
④ 参见附录四。中译采用卞之琳编译,《英国诗选》(北京:商务印书馆,1996),47页。——译者注

证了读者对莎士比亚作品的持久兴趣,但无论莎士比亚如何被赞扬,他变得越来越过时了。新版莎士比亚继续校正拼写和语法,使之符合现代语言习惯,至少使案头上的莎士比亚与时俱进,但这些作品受到重视,更多是出于它们的先驱地位,而不是作为文学文化最优秀的楷模。詹姆斯·德雷克(James Drake)在驳斥杰里米·科利尔(Jeremy Collier)对莎士比亚和舞台不道德性的批评,并捍卫莎剧和剧场时,称莎士比亚为"英格兰最初的剧作家"(Proto-Dramatist),但是"与琼森的艺术和鲍蒙特、弗莱彻的会话相比则不免逊色"。[16]

毫无疑问的是,剧场之上莎士比亚的艺术与时代趣味之间的距离正在不断扩大。1660年夏天,沉寂了十八年之久的剧场重新开放。不仅莎士比亚的语言要像付梓的莎士比亚那样改为现代语言,作品本身也被大肆篡改以迎合挤满剧场的时尚观众的期待;至少凭借着后知之明,我们可以看到,这一时期最大幅度的改编代表了王朝复辟时期英国与莎士比亚的关系。[17]

移动的舞台布景、各种机械设施、幕间的音乐表演以及规范化、精细化的戏剧情节和戏剧语言统统都用来驯化莎士比亚不羁的想象力,来服务于一种崭新的审美情趣。戏剧人物变得善恶分明,人物动机不再曲折含混,道德寓意变得清晰无误,歌曲和宏大场面的比重越来越大,莎士比亚的语言也被简化和篡改。即便莎士比亚属于大洪水之前的巨人族,① 他的巨大存在同样是一个时代错误。1661年约翰·伊夫林(John Evelyn)对《哈姆莱特》的评语同样适用于任何莎士比亚原作:"这部陈旧的剧作开始让这个精致的时代感到厌恶"[18]——于是戏剧界开始努力制造一个能够得到这个"精致的时代"接受和青睐的莎士比亚。

---

① "大洪水之前的巨人族"系约翰·德莱顿语,即《创世记》6:4中的 Nephilim,多为学者引用,比如 Gunnar Sorelius(*"The Giant Race Before the Flood": Pre-Restoration Drama on the Stage and in the Criticism of the Restoration*, Upsala: Almqvist & Wiksells, 1966)和 Harold Bloom(*The Anxiety of Influence*, Oxford University Press, 1973, p. 11:"莎士比亚属于大洪水之前的巨人时代")等。——译者注

我们都对此耳熟能详。人们不断地称赞莎士比亚的卓越不凡,但最终都要使他屈就于不同的趣味标准。例如,德莱顿(Dryden)即宣称"莎士比亚的力量如同国王一般神圣",但他也抱怨莎士比亚的"整体风格因为充斥着修辞表达而显得做作和晦涩",德莱顿因此可以随意在他的《特洛伊罗斯与克瑞西达》中改写莎士比亚,而且声称这是为了突出"作者的杰出天才"。为了达到这一名义上的目的,德莱顿坦言自己"重新设计了情节","删掉众多多余人物",并"充实"了一些值得发掘的人物形象;"不厌其烦地"重新安排场次使得"各场景之间保持连贯";提炼莎士比亚的语言,使得"他的英语更接近我们的时代"[19]。幸存的几部没有经过改编的作品——《哈姆莱特》、《亨利四世上篇》、《裘力斯·凯撒》(*Julius Caesar*)、《奥瑟罗》、《亨利八世》——也俨然成为王朝复辟时期的典型戏剧。在上演时,这些剧本被大幅删减(如1676年版的《哈姆莱特》注释中所说,原作"过于冗长不利于演出"),增加了音乐和布景效果,莎士比亚的语言则一如既往地(正如现代编者所说的那样)被悄无声息地改成现代语言。

虽然1663年和1685年均出版了新的对开本,但是莎士比亚文本只有在按照与原作迥乎不同,甚至格格不入的审美标准进行重塑以后,才能在剧场上得以繁荣发展。这些改动并不以恢复莎士比亚的原作意图为己任,而且也几乎不觉得改编本身有任何不妥之处。以内厄姆·泰特(Nahum Tate)为例,泰特总是乐于承认自己对《李尔王》的"重新改写",改编后的考狄利娅与爱德伽结为连理,李尔大难不死,盼望欣慰地听到"一对天作之合的夫妻/共执朝政,国泰民安"(5.6.151—2)。莎士比亚戏剧中令人困扰的逻辑(rending logic)被泰特抚慰人心的情节安排所取代,作品被改编成大团圆结局也许既是审美标准使然,也是为了迎合时势[20]。如果说这部作品是托利党所信奉的天意思想的戏剧版,那么一个排字错误则提供了一个绝佳的个案,淋漓尽致地展现了该剧的政治无意识:爱德伽痛心地看到"the poor old King bareheaded / And drenched in this foul storm"(3.3.39—40)("可怜的老国王光着头,/在暴风雨中浑身湿透"），这段描写在最早的五个四开本中全部变成了哀怜"poor old King beheaded"（可怜的被斩首的老国王）（折标 E3ᵛ；插图 18）。然而大团圆结局并不必然指向君主制的复辟；根据约翰·唐斯（John Downes）的回忆，甚至《罗密欧与朱丽叶》也有了一个大团圆结局，该剧"让罗密欧和朱丽叶活了下来"，"一天以悲剧形式，另外一天以悲喜剧的形式交替上演"。[21]

泰特坦言承认，"如此大刀阔斧地改写"莎士比亚的《李尔王》令他"忧虑重重，满心不安"，但是当他"发现我的观众反应十分热烈"时，便如释重负下来（《李尔王的历史》，折标 [A3ʳ]）；而且众所周知，泰特版《李尔王》持续受到了观众的"热烈欢迎"，长达一百五十年之久。约翰逊博士说道，"在这个事情上，是公众做出了决定"，不过斯蒂文斯立刻纠正他年长的合作者："约翰逊博士本应该说，最终说了算的是皇家剧院的经理们，公众不过是被迫默许罢了。"[22] 然而不论最终谁应为此负责，莎士比亚在王朝复辟时期的剧场上生存了下来，但主要是以"去除糟粕，扫除障碍，加以提炼"的形式生存下来，乔治·科尔曼（George Colman）在 1768 年充满自豪地如是说。[23]

后世读者对于这种精细加工却没有太多好感。布赖恩·维克斯惋惜地说："那些笃信文学批评是一项高雅、庄严使命的人将会非常失望，那么多热爱莎士比亚和戏剧的聪慧男女都没能阻止莎士比亚剧作的'改写'之风。"[24] 事实上，19 世纪中期，在莎士比亚原作开始重返舞台之际，"泰特化"（Tatification）就已经成为一个贬义词。这是 H. N. 赫德森（H. N. Hudson）为了表达轻蔑之意而发明的新词；莎士比亚改编之风似乎难以抵抗，赫德森为此感到沮丧至极，他文彩熠熠地把泰特版《李尔王》称作是"这一无耻的、这一可恶的精神错乱之作"，然后又像李尔王那样激烈地诅咒这些大不敬者："胆敢对莎士比亚剧作动手的人，你的手萎缩吧，你的臂瘫痪吧。"[25]

然而"莎士比亚的剧作"并没有不可一世地宣布"禁止触摸"（noli me tangere）。莎士比亚能够流传下来，恰恰是由于他在爱好者手中的开放性和可塑性。诚然，这些剧作已经容颜衰老，只有穿上青春的外衣才能讨人喜

> 30　KING LEAR.
> sharp Haw-thorn blows the cold Wind —— Mum, Go to thy
> Bed and warm Thee.——— ha! what do I see? by all my Griefs
> the poor old King beheaded,　　　　　　　　　　　[Aside.
> And drencht in this sow Storm, professing Syren,
> Are all your Protestations come to this?
> 　*Lear.* Tell me, Fellow, dist thou give all to thy Daugh-
> ters?
> 　*Edg.* Who gives any thing to poor *Tom*, whom the soul
> Fiend has led through Fire and through Flame, through Bushes
> and Boggs, that has laid Knives under his Pillow, and Halters
> in his Pue, that has made him proud of Heart to ride on a Bay-
> trotting Horse over four inch'd Bridges, to course his own Sha-
> dow for a Traytor. ——bless thy five Wits, *Tom*'s a cold [*Shivers.*]
> bless thee from Whirlwinds, Star-blasting and Taking: do poor
> *Tom* some Charity, whom the foul Fiend vexes—— Sa, sa, there
> I could have him now, and there, and there agen.
> 　*Lear.* Have his Daughters brought him to this pass?
> Cou'dst thou save Nothing? didst thou give 'em All?
> 　*Kent.* He has no Daughters, Sir.
> 　*Lear.* Death, Traytor, nothing cou'd have subdu'd Nature
> To such a Lowness but his unkind Daughters.
> 　*Edg.* Pillicock sat upon Pillicock Hill; Hallo, hallo, hallo.
> 　*Lear.* Is it the fashion that discarded Fathers
> Should have such little Mercy on their Flesh?
> Iudicious punishment, 'twas this Flesh begot
> Those Pelican Daughters.
> 　*Edg.* Take heed of the sow Fiend, obey thy Parents, keep
> thy Word justly, Swear not, commit not with Man's sworn
> Spouse, set not thy sweet Heart on proud Array: *Tom*'s a Cold.
> 　*Lear.* What hast thou been?
> 　*Edg.* A Serving-man proud of Heart, that curl'd my Hair,
> us'd Perfume and Washes, that serv'd the Lust of my Mistresses
> Heart, and did the Act of Darkness with her. Swore as many
> Oaths as I spoke Words, and broke 'em all in the sweet Face of
> Heaven: Let not the Paint, nor the Patch, nor the rushing of
> Silks betray thy poor Heart to Woman, keep thy Foot out of
> Brothels, thy Hand out of Plackets, thy Pen from Creditors
> Books, and defie the foul Fiend ———— still through the Haw-
> thorn blows the cold Wind —— Sess, Suum, Mun, Nonny,
> 　　　　　　　　　　　　　　　　　　　　　　　　Dolphin

18. 内厄姆·泰特，《李尔王》（1681年），折标 E3ᵛ；承蒙福尔杰莎士比亚图书馆提供。

欢。赫德森为此而大动肝火，是因为他以为莎士比亚的文本可以永葆青春，永远新鲜；如果说后世确实经常作如是观，那么王朝复辟后的一个半世纪中，这些作品已经在书肆里陈列得太久，无疑需要翻新一下了。这并不是对莎翁的大不敬。反而有证据表明，改编是荣誉的象征：鲍蒙特和弗莱彻1711年版的《作品集》坚持认为，"三位杰出的作家，即沃勒（Waller）先生、白金汉公爵（Duke of Buckingham）和约翰，已故的罗切斯特伯爵（John, Earl of Rochester），每人选取了他们的一部剧作进行舞台改编，使得他们名声大振。"[26]莎士比亚的剧本是用来演出的，而且始终听命于剧场演出的实际需要。改编是为了让陈旧的剧本在新时代重放光芒，改编本身是严肃认真、充满敬意的行为。德莱顿甚至为改编莎士比亚找到了古典时代的先例，索福克勒斯时代的雅典对于撰写"独创和全新剧本"的作家以及那些把埃斯库罗斯成功地搬上当代舞台的人给予"同等奖励"。[27]

作为演出脚本，莎士比亚的文本受到了恰如其分的对待。作品被改写——正如它们一贯的命运那样——以适应当时的舞台要求。莎士比亚为人所津津乐道的天才并没有抑制人们的改编欲望；相反，莎士比亚的天才需要人们去"改编"，借以满足云集于剧场里的新观众们。"艾迪生（Addison）的精巧歌谣未免准确而乏味／与莎士比亚充满野性的婉转歌喉相比"，①1700年约瑟夫·沃顿（Joseph Warton）的评论使用了人们熟悉的辞句，[28]然而这一赞美之词同时也证明莎士比亚在剧场中受到的简慢待遇并无任何不妥之处：莎士比亚"充满野性的婉转歌喉"必须在经过驯服以后，才能被当时彬彬有礼的观众完全欣赏。原作文本无论多么有价值，也不可避免地带有瑕疵，因为正如人们常说的那样，作品创作之时，"公众品味仍在襁褓之中"。[29]

---

① "充满野性的婉转歌喉"原文是 warblings wild，典出弥尔顿《欢乐颂》（*L'Allegro*）133—134行："Or sweetest Shakespeare, fancy's child, /Warble his native Wood-notes wild"（"或者最可爱的莎士比亚，想象的天骄！／正在吟哦他的乡野自然的乐调"：赵瑞蕻译，《欢乐颂与沉思颂》，南京：译林出版社，2006，27页），故而作者称沃顿"使用了人们熟悉的辞句"。——译者注

然而需要指出的是，尽管人们对于王朝复辟时代的莎士比亚自然而然就带有一种屈尊俯就的态度，莎士比亚重返舞台时的剧本几乎与1642年离开时毫无二致，而不是人们在接下来的一百五十年里常常看到的，面目全非的改编形式。剧场被官方关闭又重新开放以后合法演出的第一部莎士比亚戏剧是《泰尔亲王配力克里斯》，该剧于斗鸡场剧院上演，剧团经理是约翰·罗兹（John Rhodes）（根据约翰·唐斯的记录，他从前负责管理黑衣修士剧院的戏装[30]），这次演出不可能与该剧在内战前1631年6月寰球剧院的最后一次有记录上演有太大区别。当然，1660年夏，配力克里斯重新获得王位和幸福的老套故事在新的政治环境里被赋予了新的含义。

诚然，王朝复辟时期新的审美标准和剧场规范几乎瞬间就重塑了莎士比亚戏剧，然而这些改编既是由于艺术信念的原因，也是出于客观必然性。1660年12月，威廉·戴夫南特（William Davenant）向宫务大臣申请二十一部剧本的演出权，其中九部是莎士比亚的作品；然而除了为剧团请求增加演出剧目以外，戴夫南特也承诺了艺术革新："提议更新一批曾经在黑衣修士剧院上演过的极为陈旧的剧本，使之更为得体。"宫务大臣在批文中引用戴夫南特的申请作为批准的理由。[31]

然而戴夫南特的计划更多是出于剧场的迫切需要，而非审美上的自信心。国王特许的两家剧场本应赋予两个表演剧团充足和成功的演出剧目，然而剧场长期关闭以来几乎没出现任何新作品，而且前一时代几乎所有最受欢迎的剧目都被托马斯·基利格鲁（Thomas Killigrew）的国王供奉剧团所占有，该剧团被认为是战前"国王供奉"剧团的接班人，而戴夫南特的剧团没有什么可以吸引迫不及待的观众。事实上，戴夫南特的"公爵供奉"剧团似乎只拥有两部剧本的专利权：《变节者》（*The Changeling*）和《奴隶》（*The Bondman*）。[32] 戴夫南特改良戏剧使之得体的承诺似乎更多是出于基本的实际考虑，而非某种审美革命的誓言。只有这样承诺了，戴夫南特的剧团才能获得他们赖以生存的演出剧本。尽管剧本改编常常遭到后来者的冷嘲热讽，但当时的实际情况是法律要求戴夫南特这么做。

如此说来，正是剧场的现实需要促进了戴夫南特的改良尝试，而对于歌剧《围攻罗得岛》（Siege of Rhodes）的作者来说，这种改革的特殊性质也许是不言而喻的。随着舞台演出的成功，戴夫南特开启了一个漫长的时代，莎士比亚戏剧从此与其创作时起决定性作用的审美逻辑分道扬镳。颇为反讽的是，戴夫南特通常被公认为那个时代通向莎士比亚原作的直接纽带——正如约翰·唐斯讲述的贝特顿（Betterton）那样，贝特顿"在（扮演亨利八世的角色）时受到威廉爵士的指导，威廉爵士受到年长的洛温（Lowen）先生的指导，而洛温先生则从莎士比亚先生本人那里得到指导"；[33] 当时甚至有一个广为流传的说法，戴夫南特实际上是"莎士比亚的私生子"，此说出自18世纪特鲁里街剧院（Drury Lane）的提词员之口。[34]

然而无论戴夫南特是否果真为莎士比亚的私生子，他对莎士比亚的戏剧想象力可谓毫无敬意。显然，他并不觉得自己有义务遵循莎士比亚的舞台常规抑或戏剧结构，甚至莎士比亚的语言本身。戴夫南特把莎士比亚变成了一个充满现代气息、格调高雅的当代剧作家，完全适合当时的剧场演出。可以说，正是这种变化才使得莎士比亚能够在舞台上生存下来。"老作家莎士比亚"又焕然一新，以一身当代装扮控制着舞台。戴夫南特的改编直接导致接下来一百年间五十多个改编作品的诞生。这种风尚到很晚以后才渐渐消退。然而，即使在18世纪80年代后很少再有新的改编，那些老的改编剧本仍然顽强地占据着舞台，使得莎士比亚本人的剧本在很长一段时间内受到舞台的冷落：正如琼·马斯登（Jean Marsden）提醒我们的那样，"泰特版《李尔王》直到1836年还在演出，加里克（Garrick）的《凯瑟琳与彼特鲁乔》（Catherine and Petruchio）① 直到1887年还在上演，而他的《罗密欧与朱丽叶》片段则一直演出到1884年。"[35]

---

① 据莎士比亚《驯悍记》改编，凯瑟琳原名凯瑟丽娜，即剧中悍妇，彼特鲁乔是凯瑟丽娜的求婚者。——译者注

然而，为了让莎士比亚保持"鲜活美好"(《特洛伊罗斯与克瑞西达》，4.5.1)，以异质的美学趣味僭用莎士比亚的并非只有剧场里的职业艺人。甚至刘易斯·西奥博尔德(Lewis Theobald)也乐于改编莎士比亚以适应当代剧场，而且改编原则也与前人如出一辙。《理查二世》中他"长久以来一直景仰的""散落各处的佳言妙语""令(他)设想，这些表达如果能够统一在一个常规的故事里，一定会大放异彩……保持情节的统一，使人物不失尊严"。[36] 该剧开场白宣称：

> 不朽的莎士比亚始于本篇，
> 他的历史构思全无经验；
> 本剧作者在这富矿上建构大作，
> 吸取其全部精华，去除其糟粕。(折标 Bb3^r)

含混的代词使用记录了文本权威的复杂性："其全部精华"和"其糟粕"当然是莎士比亚的，然而"大作"指代的应该是西奥博尔德；是"本剧作者"西奥博尔德决定保留什么，摒弃什么，以使作品令人满意地符合新古典主义规范。

这一改编与王朝复辟时期以及18世纪的其他改编在风格和动机上大同小异，最为非同寻常之处则在于改编者竟是西奥博尔德本人。如果有人尊重莎士比亚文本的话，此人一定是最公开主张修订恢复莎士比亚原本的人。西奥博尔德在《修复的莎士比亚》(Shakespeare Restored)中高调批评蒲柏(Pope)版莎士比亚[这才引起蒲柏在《群愚史诗》(The Dunciad)中轻蔑地描绘"微不足道的提博尔德(Tibbald)之徒"]，并宣布自己将"竭尽所能还原莎翁的真本。"[37] 尽管他自称对莎士比亚作品的"崇敬几乎达到顶礼膜拜的地步"(第 iii 页)，他的《理查二世》(必须承认，该剧约在《修复的莎士比亚》出版前七年上演)却只保留了莎士比亚原作的四分之一左右，而且重新分配了其中一些台词。在理查王和刚特(Gaunt)的对话中，西奥博尔德调换（并轻微改写）了原文（1.3.225—6）。波林勃洛克（Bolingbroke）安慰沉浸在丧子之痛中的约克公爵（York）说："你还能活许多年哩。""可是，王上，您不能赐给我一分钟的寿命。"（48页）约克忿忿地回答道。① 刚特"这一个英格兰"的名段被缩减，而且在剧终约克之子因效忠理查王被送上断头台时，将这一段置换给奥墨尔（Aumerle）；剧中非莎士比亚式的语言"这片自由的土地"（54页）无意中透露了该剧本改编时的政治风云。38

然而西奥博尔德的作品既是一部政治剧，也是一个爱情戏。他笔下的理查王不像安茹王朝的国王，② 倒像是莎士比亚笔下的安东尼，为了追求爱情轻率地放弃了自己的政治职责。第一幕结尾，理查王为了王后伊莎贝拉（Queen Isabella）的真挚爱情而放弃了他"鄙夷的帝国荣耀"（11页）。"王冠也无法夺走我对你的挚爱"，理查王宣称；他选择远离政治世界，把它留给野心勃勃的波林勃洛克，他得到的安慰则是与女王"共同分享无尽的悲伤"（27页）。理查王与王后分别之后即被刺杀——"他们再也无法把你从我身边夺走"——他临死前口里还念着伊莎贝拉的名字（58—59页）。在舞台上，该剧中的伊莎贝拉由布洛克夫人（Mrs. Bullock）扮演，在剧终收场白中，她抗议自己被送至法国而无法尽情表达伤痛之情，而且抱怨说："看到他，我一定会变成悲痛的狄多女王（Dido）"。布洛克夫人直接面对台下的女性观众，倾诉她对理查王无尽的爱，以赢得观众的喝彩：

亲爱的女士们，莫要触景伤情：

---

① 这两句的中译见《理查二世》，朱生豪译，吴兴华校，《莎士比亚全集》第三卷21页；刚特的名段见第二幕第一场，同书28—29页。——译者注
② 安茹王朝又称安茹王室、金雀花王室，1154—1485年统治英格兰的王室，先后有十四代国王。他们是安茹伯爵杰弗里（1151年卒）和英格兰国王亨利一世的女儿玛蒂尔达公主的后代，金雀花是杰弗里伯爵的绰号，故名。理查二世（1367—1400）是"黑王子"爱德华的独生子，他继承了祖父爱德华三世的王位，成为英格兰国王（1377—1399年在位）。其王后伊莎贝拉（1387—1406）是法王查理六世之女。参见《不列颠百科全书》。理查二世是在公文上第一个亲笔签名的英国国王（1386）。——译者注

> 无论诗人创作悲剧的初衷何在，
> 我发誓，我们永远也无法结交，
> 除非他能用他的神来之笔，
> 把我带回从前，让我再结连理。
> 不过，诗人也许不再光荣，
> 为了我，请允许理查重生。①（折标 Bb4ʳ）

无论如何评价西奥博尔德的《理查二世》，该剧就风格、形式和动机而言，毫无疑问属于新古典主义流派。西奥博尔德不无自豪地宣称，他的"革新建立在历史和莎士比亚戏剧之上"（折标 Aa1ʳ），但他故意更改情节，其结果与莎士比亚历史剧的旨趣截然不同。莎士比亚剧中的王权政治，即便有所残余，也只依稀见于查理一世（Charles I）被处决的创伤记忆中，正如该剧结束时的对偶句所云："复仇女神也许会延缓片时／枉死国王的血，定诅咒这片土地。"（60页）然而西奥博尔德剧本的中心是莎士比亚剧中所没有的坚贞爱情情节，包括伊莎贝拉对理查王的忠贞以及潘西夫人（Lady Percy）对奥墨尔的爱情。《理查二世》的改编既是为了迎合一个温文尔雅的新古典时代的趣味和爱好，也是当时演出技术的需要，比如那些才华横溢的女演员可以扮演剧中的女性角色。

不过对于我们来说，在西奥博尔德相当传统的改编中，这些细节的重要性远不如他对莎士比亚进行改编这一事实本身的存在。现在看来一定很奇怪，那个时代最热衷——也可以说是最擅长——弥补印刷版本的缺陷从而修复莎士比亚剧本原貌的人，为了满足当时剧场观众的口味，竟然如此彻底地篡改莎士比亚的一部剧本。然而在刘易斯·西奥博尔德身上，我们看到了那个时代对于莎士比亚近乎精神分裂般的态度：总是对莎士比亚毕恭毕敬，但一方面自以为是地改编他的剧本以确保剧场演出的成功，另一方面却毅然决

---

① "重生"（revive）也可以理解成让《理查二世》再次上演。——译者注

然地寻找莎士比亚的原本,继罗(Rowe)之后推出了一系列学术性的莎士比亚版本。西奥博尔德的改编作品——假定果真如此的话[39]——《双重谎言》(*Double Falsehood*)的标题页(插图19)简洁地说明了这一点,上面以近乎矛盾修辞的手法称该作品"由 W. 莎士比亚原作;现在由《修复的莎士比亚》的作者西奥博尔德先生进行修订和舞台改编"。西奥博尔德在标题页上自称是假定存在的莎士比亚戏剧的改编者,但转而又自相矛盾地称自己是《修复的莎士比亚》的作者,如他本人所说,该书"尽其所能挽救(莎士比亚)文本的原初纯洁性"(《修复的莎士比亚》,折标 B1^r)。

对于同时扮演莎士比亚的修改者和修复者两个不同角色,西奥博尔德本人显然并未感觉有任何不妥之处,两个角色带来的双重满足感不仅流露于《双重谎言》的标题页之上,而且表现在《修复的莎士比亚》中他写给约翰·里奇(John Rich)的献辞中。约翰·里奇既不是他的编辑同事,也不是这一事业的赞助人,而是林肯律师学院(Lincoln's Inn)的经理人,他曾经发明了风靡一时的哑剧。因为里奇的剧院中随意处理莎士比亚的剧本,西奥博尔德以调侃的语气称他为"莎士比亚的罪人"(折标 A3^r),但他愿意宽恕他的朋友在剧场中的冒犯行为。西奥博尔德妥协说,"公众的趣味要求你这样做",但他期待有一天公众的"口味会改变"(折标 A3^r),莎士比亚既能在书中,也能在舞台上恢复原貌。然而这要等到一个世纪以后,改编之风才彻底从剧场上消失。在整个 18 世纪20 年代,莎士比亚仍不断被人改写,有阿伦·希尔(Aaron Hill)的《亨利五世》、安布罗斯·菲利普斯(Ambrose Phillips)的《亨利六世中篇》、丹尼斯(Dennis)的《科利奥兰纳斯》(*Coriolanus*)、西伯(Cibber)的《约翰王》(也许从未上演过)等,而且舞台上仍然成功上演着众多早期改编剧本。莎士比亚主要以改编的形式活跃在剧场上,与此同时,学者们仍在孜孜以求地复原莎剧原貌。在舞台上,莎士比亚的语言可以随意调整、提炼和修改,一切都是为了使作品适应时代潮流;而在印刷页上,人们希望最终能够恢复莎士比亚的戏剧原本,但这同

Double Falfhood;
OR,
The DISTREST LOVERS.

A
PLAY,
As it is Acted at the
THEATRE-ROYAL
IN
DRURY-LANE.

Written Originally by *W. SHAKESPEARE*;
And now Revised and Adapted to the Stage
By Mr. THEOBALD, the Author of *Shakespeare Restor'd*.

—— *Quod optanti Divûm promittere nemo
Auderet, volvenda Dies, en! attulit ultrà.* Virg.

The SECOND EDITION.

LONDON:
Printed by J. WATTS, at the Printing-Office in
Wild-Court near *Lincolns-Inn Fields*.
MDCCXXVIII.

19. 刘易斯·西奥博尔德,《双重谎言》(1728年),标题页;承蒙福尔杰莎士比亚图书馆提供。

样也是出于对莎翁的景仰。

很明显,莎士比亚的戏剧演出与学术研究发生抵触的情况,这不会是最后一次,但两者的分歧绝不会如此巨大。剧场中莎士比亚的演出形式层出不穷,不仅表现在莎士比亚的剧本改编上,也表现在舞台的整体效果上,而剧本只是众多因素之一。例如,1726年5月5日在伦敦特鲁里街剧院上演的一场《麦克白》广告称"为莎士比亚所作",但事实上(与往常一样)出自戴夫南特之手,"并伴有歌曲、舞蹈,以及适合演出的其他布景效果",显然还包括乡村舞蹈(muzette)、儿童木屐舞、白面丑角的哑剧以及第二幕戏终了时演奏的一整部科莱利(Corelli)①协奏曲。[40]莎士比亚不仅用于舞台改编,而且常常被简化为晚间的娱乐消遣,尽管莎士比亚的名字日益为这些娱乐形式披上了合法的外衣。[41]

然而18世纪的编者致力于恢复莎士比亚戏剧原本,并非因为莎士比亚已经遭到舞台演出的破坏。人们通常认为,剧本需要适应剧场演出。源源不断出版的莎士比亚《作品集》(这些多卷本莎士比亚"作品集"的标题本身亦颇能说明问题,它代表了编者对于编辑工作的文学预设[42])并非是为了将莎士比亚从剧场的僭用中挽救出来,而是按罗的话说,"为了弥补早期印刷版本的损伤"(折标A2^r)。编辑们侍奉的莎士比亚显然是一个作者,而非剧作家,因此在他们看来,莎士比亚的作品不是供演出的脚本(因而不可避免地需要调整),而是供人们阅读的剧本(因此需要一个正确和稳定的文本)。他们的任务是从早期流传下来的那些不完美的印刷版本中还原莎士比亚的原貌,最终得到一个尽可能接近莎士比亚原创的文本。

当然,确有一些出版版本记录和利用剧本的剧场存在。为了确立文本的权威地位,单行本在出售时注明"现今出版的剧本与皇家剧院的表演一致",正如16世纪末期印刷剧本的标题页所注明的"与公开表演一致"可以为作

---

① 科莱利(1653—1713)是意大利作曲家,创造并发展了大协奏曲形式,为组合现代管弦乐队的先行者。——译者注

品添光增彩一样。1773年(值得一提的是,此时英国上议院对于1709年著作权法案意义的讨论已接近尾声[43]),约翰·贝尔(John Bell)出版了九卷本十二开本的莎士比亚作品集,称该版本"正在伦敦的皇家剧院上演;以舞台演出本为蓝本,经过诸家剧院批准"。显然,这类版本是有市场的,尽管同时代者也认识到了它们的局限性。1832年,J. P. 杰内斯特(J. P. Genest)评论贝尔的版本被广泛"认为是有史以来最糟糕的本子;严格说来这种说法不无道理,因为其中的剧本已经被肢解得面目全非。"[44] "被肢解得面目全非"的作品无疑见证了当时剧场实践的某个侧面(正因为此,该版本才变得如此有趣,当时和现在都是这样),但是正是因为该版本忠实于剧场,才使得它与同时代的编辑们孜孜以求莎士比亚原本的做法格格不入。[45]

如果说舞台上的莎士比亚是观众的同时代人,从而受制于时代的戏剧标准,而且不可避免地服从演出的需要,那么付梓的莎士比亚则如西奥博尔德所言,"处在,或至少应当处在经典作家的位置"(《修复的莎士比亚》,v页),莎士比亚值得人们去发现和修复由于剧场演出、印刷实践以及时间流逝等原因造成的讹误。从王朝复辟时代的僭用中抢救出来的剧本,日益成为一种世俗圣经——当然,它记录的不是神的话语,而是"神圣的莎士比亚"的话语,德莱顿似乎是第一个这样称呼莎士比亚的人。[46] "甜美的"、"流畅的",或者"灵巧的"[甚至如书商兼学者(bookman)弗朗西斯·柯克曼(Francis Kirkman)①所形容的"多产的",这也不难理解,因为柯克曼1671年的目录中划定四十八部作品出自莎士比亚之手]这些词语都曾经用来盛赞莎士比亚,如今莎士比亚成为"不朽的"、"神圣的",如1753年阿瑟·墨菲(Arthur Murphy)所称,莎士比亚本人是"某种国教",他的作品是"世俗圣经"。[47]

甚至在18世纪50年代,莎士比亚作为文化圣人的地位完全确立之前,宗

---

① 弗朗西斯·柯克曼(1632—约1680)是多面手,既任出版商,又编制戏剧目录,**翻译法文书**,有时也编书或创作。数据库"早期英文图书在线"(EEBO)可以查到与他有关的二十八个标题。——译者注

教语言已然开始笼罩莎士比亚的戏剧文本。马库斯·沃尔什（Marcus Walsh）和西蒙·贾维斯（Simon Jarvis）令人信服地证明，莎士比亚的版本研究受到了圣经批评中各种论争的影响。[48]蒲柏为了说明自己如何不情愿修正他编辑的剧作中的缺陷，称自己"对于革新有着宗教般的憎恶"，西奥博尔德同样也说，他"宗教般地忠实于"莎士比亚戏剧的"真正文本"[49]。不过西奥博尔德反对"做出改动时要极其慎重，像对待宗教圣典那样对待莎剧文本"，然而他又立即模糊了划定出来的界限：圣经本身也"存在数千个异文"，他继续道，"如果本特利博士（Dr. Bentley）不是出于特定的原因而放弃他提议的《新约》编辑计划，将会有更多异文"（《修复的莎士比亚》，iv 页），西奥博尔德意识到这也同样适用于他自己的项目。甚至上帝的神圣话语也需要编辑，因而莎士比亚戏剧的编辑介入也越发成为一条信条，或者可以说，如果圣经话语可以通过应用系统的校勘技术得以还原，那么1829年玛丽·考登·克拉克（Mary Cowden Clarke）称为"思想界圣经"的莎士比亚文本也理应如此。[50]

在众多学者当中，迈克尔·多布森（Michael Dobson）对莎士比亚文化地位上升的过程剖析得尤为精辟。[51]多布森对莎士比亚被神化过程中的意识形态动因感兴趣，而我则不然，我更加关心这一过程对莎士比亚文本产生的影响。在古老的莎士比亚慢慢变为我们的莎士比亚、每个人的莎士比亚的时候，人们寻找那个失落的、完美的莎士比亚文本的欲望变得越来越强烈。18世纪的编者无一例外，都像西奥博尔德所说的那样"希望为公众找回他们最伟大的诗人的本真状态"（《作品集》，1733年，第一卷，xxxix 页），然而人们从一开始即非常清楚，彻底实现这个愿望是多么地困难。莎士比亚的确变成了一本供人阅读和鉴赏的书。正如西奥博尔德所言，"我们的作者变成了一本影响如此广泛的书，以至于很少有哪个书房或者图书收藏——即便是很小的书房和图书收藏——没有它的一席之地。"（《修复的莎士比亚》，v—vi 页），显然他在创造人们早已熟悉的转喻说法，尽管在1623年的第一对开本中，赫明和康德尔的教导"因此，阅读他吧；一遍又一遍地读"（折标 A3^r,

着重号为本人所加）已经暗示了这一转喻。不过很明显，"莎士比亚"是一本其文本无法最终确定的书。

1709年尼古拉斯·罗版的莎士比亚是18世纪最早的版本，问世时受到出版商雅各布·汤森（Jacob Tonson）的隆重推介。《伦敦公报》（*The London Gazette*）①称该版本是"装帧整洁、文字准确的六卷本威廉·莎士比亚先生作品集，八开本，饰有版画"。⁵²罗的版本的确十分"整洁"，与它取代的笨重的第四对开本相比较，八开本更便于携带，然而即便是在编辑本人看来，该版本在准确度上的局限也是不言自明的。"我绝不佯称已经一字一句地复原了作者的原文手稿，"罗写道，"这些原稿永远地遗失了，至少我根本无法找回这些原稿；我所能做的，只是比较若干版本，然后根据我最好的判断选择真实的文本。"⁵³然而罗实际比较过的"若干版本"并没有他声称的那么多，除了校订少数几个17世纪晚期的四开本之外（例如他找到并恢复了《罗密欧与朱丽叶》的开场白），他的版本（他因此获得了三十六英镑十先令的酬金）几乎完全建立在第四对开本之上，版权由汤森从亨利·赫林曼（Henry Herringman）②处购得。⁵⁴不过，罗至少懂得，只有依靠现存的印刷记录，我们才能部分追溯莎士比亚的创作意图；罗还声言要比较早期各个版本，尽管他没有实现自己的承诺，但他并未盲目地把作为底本的对开本视为唯一权威，这些原则直到今天都仍然适用。⁵⁵

1721年，罗版莎士比亚第二版出版七年之后，《米斯特杂志》（*Mist's Journal*）宣布，"著名的蒲柏先生正在编辑一部准确的莎士比亚作品集；已故罗先生的版本错误百出。"⁵⁶为了纠正罗版的局限性，蒲柏详细考察了更多的早期版本，远远超出罗对照的寥寥无几的四开本。1721年10月，蒲柏和汤森广告征集"剧本早期单行本"，⁵⁷最终，蒲柏在第一对开本之前出版

---

① 英国政府定期官方公报，前身为《牛津公报》，始于1665年，自第二十四期开始更名为《伦敦公报》，内容包括政府任命和提升名单、破产者名单及其他公共信息等。参见《牛津英语词典》（OED）gazette 词条。——译者注
② 此处作者对原文有修订。——译者注

的十九部剧本中找到了十八部剧本的早期四开本［只有《无事生非》(*Much Ado about Nothing*)除外］，共计二十九本，尽管其中仅有六本是第一版。蒲柏详细考察了这些早期版本，如他对出版商所说，"每天晚上"召集"我的熟人聚会，来校勘这些早期莎士比亚单行本"。[58]即便在版本完成前夕，他仍然在搜集更多的早期本子，然而从他声明启事的措辞中可以看出当时有限的目录学知识。1722年5月的启事这样写道："新版莎士比亚正在印刷中；特此公告，凡有1620年前出版之《暴风雨》(*The Tempest*)、《麦克白》、《裘力斯·凯撒》、《雅典的泰门》(*Timon of Athens*)、《约翰王》和《亨利八世》者，烦与斯特兰德大街（the Strand）① J. 汤森联系，必有酬谢。"[59]

当然不会有人回应——他们要找的所有剧本都是在1623年对开本中首次出版的——然而这却表明，人们是多么希望填补莎士比亚早期印刷史的空白。"根本无法弥补莎翁已经受到的伤害"，蒲柏写道，"时间过于久远，材料十分稀缺"，不过蒲柏仍然竭尽全力去搜集更多的早期版本，因为他知道这些本子是"现存的唯一史料，对于修复文本缺陷与澄清我们对作者的错误认识"大有裨益（《作品集》，1725年，第一卷，xxii—xxiii 页）。

当然，蒲柏和罗一样都未能成就一部"准确的"莎士比亚作品集。作为编辑，蒲柏认为他的职责在于充当中介，而非纠正错误：莎士比亚应该适应新古典时代的读者要求。毫不奇怪，这个本子在1725年出版，今天仍被人们记起主要是由于它不加掩饰地把那个时代的趣味强加于莎士比亚文本之上：诗句被改写得更加工整，"最精彩的段落"在页边用逗号标记出来，最令这个版本声名狼藉的则是，它鉴别出"那些极其拙劣的可疑段落"，将其"降格至页面底端"（《作品集》，1725，第一卷，xxii—xxiii 页）。大约有一千五百行被如此降格。

然而，尽管相对广博的早期版本知识似乎只是让蒲柏更有资格去删减文本，而不是恢复文本（约翰逊说蒲柏"凡他不喜欢的地方一概删除，蒲柏更

---

① 斯特兰德大街在伦敦中西部，与泰晤士河平行。——译者注

愿意做切除，而非治疗"[60]），但因其对早期印刷史的不懈追求——以及他对"比较不同版本的苦差事"的重视——蒲柏的编辑工作今天仍然值得我们纪念[61]。蒲柏对材料的使用无疑不成系统且任性随意，充其量是一个各种有趣文本形式的陈列馆，他也根本无法认识到各种版本之间通常的派生关系会如何影响后期文本的权威性；然而蒲柏认识到而且呼吁早期版本的极端重要性，甚至在其版本中增加"最［原文如此］早期的版本目录，各种文本形式和各个更正段落大都以它们为根据"（《作品集》，1725年，第一卷，xxii 页），在莎士比亚编辑史上，蒲柏既标志着历史考证方法的开始，同时他还开启了敌视剧场的编辑传统，编者既要从"早期出版者的许多主客观错误"中，也要从"作为莎士比亚演出者和编者的无知演员"的损坏中把莎士比亚拯救出来（《作品集》，1725年，第一卷，xiv 页）。

蒲柏的确认识到了早期版本的重要性，不过他更擅长的是版本收集而非校勘，真正为莎士比亚编辑奠定历史考证的基础则要等到西奥博尔德的出现。[62]西奥博尔德是汤森公司选定的下一任编辑［他为此得到了六百多英镑的报酬，外加热那亚纸（Genoa paper）印刷的样书四百部和王裁纸（Royal）印刷的样书一百部，汤森的莎士比亚版权即将到期，西奥博尔德无疑因此而身价倍增[63]］，与众多前辈编者一样，西奥博尔德也是以汤森拥有版权的最新版本为基础进行编辑的。该版本于1733年首次出版，底本是1728年蒲柏第二版的本子，尽管西奥博尔德在其列举的众多校勘版本中，正确地将蒲柏和罗的版本列为"不具有权威性的版本"。[64]这一看似自相矛盾的事件常常被人用来说明西奥博尔德思维混乱，然而与罗当初使用第四对开本、蒲柏使用罗的版本的情况相同，西奥博尔德使用蒲柏的本子同样既是出于便利，也是版权的需要。蒲柏的本子固然容易获得，但更重要的是，汤森家族只有一直延用这个本子才能连续持有版权，因此每一个新版本都是在前一版本的基础上修订出版的。[65]

可以推测，西奥博尔德无权选择编辑的底本，但他知道比较早期版本对于整理出权威的校勘本具有不可或缺的作用。约翰逊批评西奥博尔德把第二对开本摆到与第一对开本同等重要的"权威地位",甚至把第三对开本当作"中级权威",因为在他看来,只有第一对开本意义重大,"其他版本都是由于印刷者的疏忽引起的变体"。[66]然而西奥博尔德很早就认识到了这一点,并将其作为一条基本原则,即"任何一本书的版本越多,自我相继繁衍出来的错误也就越多"(《修复的莎士比亚》,ii—iii 页)。西奥博尔德在比较后期派生出来的版本时,并没有天真地以为这些本子都具有与初版同等重要的作用,而是合理地相信这些版本比他更接近原作的语言环境,因此与现代编者的揣测,甚至最初印刷者匆忙之下的排字相比,它们对于晦涩或有缺陷文本的理解,正确的可能性更大。与此前所有编者以及此后大多数编者相比,西奥博尔德更加了解版本之间的继承关系,他懂得版本演变的内涵(虽然不一定总是付诸实践),而且意识到在"经过数个印次"(《作品集》,1733 年,第四卷,413 页)以后文本质量常常要退化。

西奥博尔德在编辑中可谓谨小慎微,甚至常常学究气十足,他对早期版本的校勘即便不是完全系统,也堪称严谨细致,这使得他既发展出一种莎剧文本传播的理论,也找到了一套文本校正的方法论来。尽管在某些方面仍然存在种种不足,但令人吃惊的是,这些理论和方法常常与 20 世纪新目录学的规范做法不谋而合。西奥博尔德深知现存版本的不足,乐于纠正文中错误,必要时"不惜推翻所有版本",不过他坚持"原文可以解释得通"的情况下"绝不轻易改动"。[67]即便一定要加以改动,也必须首先熟悉作者的词汇和文风,掌握格雷格所谓"对剧场、抄写铺子(scrivener's shop)以及印刷厂等方面具体入微的知识"。[68]

就对这些问题的熟悉程度而言,西奥博尔德在他的时代肯定无人能出其右。然而,尽管他知道"由于缺乏原作,编者往往要被迫加以猜测,以修正"文本(《修复的莎士比亚》,133 页),他却十分乐于"恭维"自己:"这些校订绝非武断、任意的行为,而是非常确实可靠的"(《作品集》,1733 年,第一卷,xlii 页)。无可否认,这种自我满足不免过于自信,而且个性十足,然而我们也应该看到，正是西奥博尔德使得莎士比亚编辑免于变化无常的文学风尚的影响。

在两版莎士比亚的编辑中（包括1733年版和1740年版，以及1739年在都柏林基于1733年版本的少量重印），西奥博尔德并没有达到预期目标，他的名声因蒲柏的挖苦[加之后来沃伯顿（Warburton）和约翰逊的推波助澜]几乎永久败坏，最终拿到的报酬也比他想象的少，但西奥博尔德的大量编辑工作都流传了下来，而且日益赢得更多的仰慕者。亨利·菲尔丁（Henry Fielding）是最早认识到西奥博尔德版莎士比亚价值的人之一，在一篇书信体诗中，他一面批评蒲柏，一面却对西奥博尔德的成就充满了溢美之词：

> 他的名字将与莎士比亚万古长存，
> 而你的丁当声将在我们耳畔消逝；
> 他修复了你手中莎翁的累累伤痕，
> 我们才得以重见他的本来面目。
> 他的功绩注定比你更加光彩照人，
> 因为是他，不是你给了我们莎剧。[69]

尽管菲尔丁的激扬文字已经被文学史证伪，但正如彼得·亚历山大（Peter Alexander）所称，"现代莎士比亚版本无不大量采用最初由西奥博尔德提出的恰当建议"。[70]

后世编者无不在西奥博尔德开辟的道路上继续前行，然而如果把这段编辑史看作是某种渐进的、势不可挡的进化之路，或者借用马格莱特·德·格拉奇（Margreta de Grazia）关于编辑目标的说法，认为这条道路的终点是"最接近于莎士比亚手稿的真本"，那就错了。[71] 汉默（Hanmer）、沃伯顿、约翰逊、卡佩尔、斯蒂文斯、马隆、博斯韦尔（Boswell）等人在天资、学识和勤奋程度上或有差异，但他们每个人都帮助过我们认识莎士比亚的原貌，有助于我们了解莎士比亚的文本如何传播。虽然约翰逊慷慨地称赞他的前任编辑们说，"莎士比亚在每个人的手中都得到了完善"，[72]但这并不等于说莎士比亚的版本研究总是稳步向前，最终趋于完美的。

我并非有意贬低那个时代在莎士比亚编辑上取得的总体成就，也不赞成德·格拉奇的看法，她认为编辑中的篡改行为代表了认识论的断裂（无论这种断裂，如德·格拉奇主张的那样始于马隆，或是卡佩尔，或是西奥博尔德，还是什么其他人）。相反我认为，作为一个整体，18世纪的莎士比亚编辑史恰恰证明了莎士比亚文本的不确定性，人们不断试图解决但却始终难以克服的不确定性。实际上，文本并没有变得更加统一或更具权威性，相反，文本越发成为一个不断变化的、存在严重分歧的领域。虽然人们对找到莎士比亚真本的信心越来越足——例如，1747年沃伯顿在他编辑的版本标题页上赫然写着"真本（参照以往全部版本校勘、更正和修订而成）最终得以确定"（插图20）——然而，一系列版本的前赴后继事实上宣告了莎士比亚剧本的不确定性，总是需要后一个版本来弥补前一版本的不足。

甚至在印刷页上，莎士比亚文本的不稳定性也不言自明。罗的版本几乎没有任何注释，而此后的版本中，编辑的介入越发抢眼，也越发重要起来（插图21和22），并最终在约翰逊、斯蒂文斯和艾萨克·里德（Isaac Reed）的集注版中达到顶峰。评注和其他各种资料与莎士比亚的作品共同分享版面，更使得文本的不确定性显得明白无误，更糟糕的是，如理查德·波森（Richard Porson）所言，这些东西甚至威胁到文本本身，使之"退居为次要地位"。[73]尽管编者始终强调剧本处于首要地位，注释处于次要地位，但正如某位评论者指出，"一个读者，只要他有那么一点点好奇，就很难把自己的视线挪开，尽管他尽力挣扎，但却一再被吸引到这个漩涡中去。"[74]1778年约翰逊和斯蒂文斯版本的广告形象地展示了这一点：广告的页面被分成三栏，每栏包括十七个人名，人名均由小号大写字母印刷，代表了约翰逊和斯蒂文斯在书中汇编的众多评论家（插图23）。

THE
WORKS
OF
SHAKESPEAR

IN EIGHT VOLUMES.

The Genuine Text (collated with all the former
Editions, and then corrected and emended)
is here settled:

Being restored from the *Blunders* of the first Editors,
and the *Interpolations* of the two Last:

WITH

A Comment and Notes, Critical and Explanatory.

By Mr. POPE and Mr. WARBURTON.

———Quorum omnium Interpretes, ut Grammatici, Poetarum
proximè ad eorum, quos interpretantur, divinationem vi-
dentur accedere.   *Cic. de Divin.*

Ἡ ΤΩΝ ΛΟΓΩΝ ΚΡΙΣΙΣ ΠΟΛΛΗΣ ΕΣΤΙ ΠΕΙΡΑΣ
ΤΕΛΕΥΤΑΙΟΝ ΕΠΙΓΕΝΝΗΜΑ.   *Long. de Sublim.*

LONDON:
Printed for *J.* and *P. Knapton*, *S. Birt*, *T. Longman* and
T. Shewell, *H. Lintott*, *C. Hitch*, *J. Brindley*, *J.* and *R. Ton-
son* and *S. Draper*, *R. Wellington*, *E. New*, and *B. Dod.*

MDCCXLVII.

20. 威廉·沃伯顿编,《莎士比亚作品集》(1747年),标题页,承蒙哥伦比亚大学提供。

of King Henry IV.　　1177

Bard. Yea, two and two, *Newgate* Fashion.
Host. My Lord, I pray you hear me.
P. Henry. What say'st thou, Mistress *Quickly*? How does thy Husband? I love him well, he is an honest Man.
Host. Good, my Lord, hear me.
Fal. Prithee let her alone, and list to me.
P. Henry. What say'st thou, *Jack*?
Fal. The other Night I fell asleep here behind the Arras, and had my Pocket pickt: This House is turn'd Bawdy-house, they pick Pockets.
P. Henry. What didst thou lose, *Jack*?
Fal. Wilt thou believe me, *Hal*? Three or four Bonds of forty Pound a piece, and a Seal-Ring of my Grandfather's.
P. Henry. A Trifle, some eight-penny Matter.
Host. So I told him, my Lord; and I said, I heard your Grace say so: And, my Lord, he speaks most vilely of you, like a foul-mouth'd Man as he is, and said he would cudgel you.
P. Henry. What, he did not?
Host. There's neither Faith, Truth, nor Woman-Hood in me else.
Fal. There's no more Faith in thee than in a stew'd Prune; nor no more Truth in thee than in a drawn Fox; and for Woman-hood, Maid-Marian may be the Deputies Wife of the Ward to thee. Go you nothing, go.
Host. Say, what thing? What thing?
Fal. What thing? Why a thing to thank Heav'n on.
Host. I am nothing to thank Heav'n on, I would thou shouldst know it: I am an honest Man's Wife; and setting thy Knighthood aside, thou art a Knave to call me so.
Fal. Setting thy Womanhood aside, thou art a Beast to say otherwise.
Host. Say, what Beast, thou Knave thou?
Fal. What Beast? Why an Otter.
P. Henry. An Otter, Sir *John*, why an Otter?
Fal. Why? she's neither Fish nor Flesh; a Man knows not where to have her.
Host. Thou art an unjust Man in saying so; thou, or any Man knows where to have me, thou Knave thou.
　　　　　　　　　　　　　　　　P. Henry.

21.《亨利四世上篇》,《莎士比亚作品集》,尼古拉斯·罗编（1709年）,第三卷,第1177页;承蒙哥伦比亚大学提供。

22. "第一集注本",《莎士比亚戏剧集》,塞缪尔·约翰逊和乔治·斯蒂文斯编,艾萨克·里德修订(伦敦,1803年),第十一卷,第362—363页;承蒙哥伦比亚大学提供。

出版学术性版本的初衷本来是建立一个"准确"、有信誉、方便阅读的莎士比亚版本，然而最终的结果却是，对文本准确性的论证恰恰成为文本存在的理由。如果说在专业剧场人士手中，莎士比亚剧本为了迎合趣味和时尚的要求而乖乖妥协的话（应该指出，甚至加里克也一边热烈宣称要忠实于莎士比亚原剧，一边却仍旧以完善为名改编剧本，承续剧院的传统[75]），那么在编辑的手中，莎士比亚剧本在学术界的争论面前也勉强屈从下来。一个世纪的学术研究，尽管以其勤奋和才识见称，然而首要的成果却是，人们终于就莎士比亚文本的不确定性和不完美性达成共识。虽然一些人无疑坚信，如1773年拉尔夫·格里菲思（Ralph Griffiths）所言，"莎剧版本的多样性"见证了"莎士比亚作品享有的崇高地位"，但更多的人却和斯蒂文斯本人一样认识到，"我们作者的文本……鉴于迄今以来的种种修正和争议，必然处于悬而未决的状态，并且随着互相抵牾的批评之风飘忽不定。"[76]

或许正是这一理解推动了1807年的古怪版本。伦敦圣约翰广场（St. Johns Square）的E.赖特和J.赖特公司（E. and J. Wright）翻印了1623年对开本。该版本尽管无法做到精确复制第一对开本的活字字体，却认真模仿了对开本的装帧、版面设计、拼字法和编张数号（foliation）；复本美观大方，纸张上印有大写字体的莎士比亚名字的水印（watermark）。托马斯·珀西（Thomas Percy）得知这一浩大工程以后曾致信马隆，可理解地询问他是否"曾经建议或认可"此事。马隆立即做了回复，否认与之有任何牵连，而且极不耐烦地说道："有谁会去买呢？稍知内情的人都不会信赖它。"马隆嘲讽地模仿那些热情洋洋，却完全外行的"城里绅士"看到这个版本的反应："啊，终于有了货真价实的东西，我们终于可以完全理解伟大的作家，而不必受那些评论家的迷惑了。"[77]

颇为反讽的是，后来的结果恰恰与马隆的冷嘲热讽如出一辙。18世纪的舞台与文本编辑对于莎士比亚的构想彼此矛盾，却相得益彰，二者在不断努力使得莎士比亚适合新观众、新读者的过程中，都同样有埋没莎士比亚作

23.《莎士比亚戏剧集》广告，塞缪尔·约翰逊和乔治·斯蒂文斯编；乔治·斯蒂文斯编，《六部古老的莎士比亚源头剧本》（伦敦，1779年）标题页背面；承蒙福尔杰莎士比亚图书馆提供。

品的危险。面对二者,也许我们应该像李尔王那样说,"我们(两个)都已经失掉了本来的面目",然而排印出来的摹本是那个时代最接近"天赋的原形"的东西了(《李尔王》,3.4.98—9)①——马隆讽刺地称之为"货真价实的东西"——诚然,它们如此接近,以至于书商们很快就用赖特的本子来填补他们手中那些原本的残缺书页。但是,对于那些负担不起原版第一对开本(甚至存在替代书页的原版)的读者来说,摹本提供的版本至少自称完成了同时代编者未能实现的目标:这一莎剧版本"正如他构思的那样",远离了削弱文本绝对权威的评注"旋涡",读者可以直接触摸这一"原版"。如果说莎士比亚果真已然成为"英国人的世俗圣经"[78],那么这个版本则满怀豪情地高唱起"唯独圣经"(sola scriptura)的主旋律,恰如它创作年代新教主义的标志一样。

当济慈坐下来"重读《李尔王》"时,使用的正是1807年赖特的版本。[79]显然,他希望品尝原汁原味的"莎士比亚这一甘美而苦涩的果实"。②然而这并非仅仅是又一曲"真实性的凯歌"(Authenticity Triumphans);应该指出的是,1807年同时也见证了亨利埃塔·鲍德勒和托马斯·鲍德勒(Henrietta and Thomas Bowdler)的《家庭版莎士比亚》(Family Shakespeare)的诞生。这一次,莎士比亚的文本再度臭名昭著地屈从于19世纪中产阶级的得体标准之下。当初人们竭力主张恢复一个莎士比亚真本时所使用的宗教语言,如今则装饰了一个莎士比亚新版,一个小心翼翼地删除了"会冒犯虔诚心灵、高尚品德的所有部分"的版本。[80]截止到那个世纪末,《家庭版莎士比亚》共计发行了三十多版;至少在这一时期内,体面原则,而非真实原则,最大程度地左右了英国人对于莎士比亚的热情。

---

① 中译见《李尔王》,朱生豪译,方平校,《莎士比亚全集》第五卷494页。——译者注
② 这是指济慈著名的十四行诗"On Sitting Down to Read *King Lear* Once Again",引文为该诗第八行。——译者注

第四章　从抄本到电脑；
或曰，思想的在场

书因仍旧为书而感到羞愧。

西奥多·W. 阿多诺（Theodor W. Adorno）

在本书前三章里，我参与讨论了最近莎士比亚研究中最富有成效的话题之一，即图书行业的复杂动机和实践如何将作为演出脚本的莎士比亚剧本变成了市面出售、供人阅读的图书，在此过程中，莎士比亚从剧作家变成了作者，从剧场人士变成了印刷中人，尽管他自己并未付出努力。[1]然而，虽然书并非莎士比亚钟情的媒介，他显然对之并不陌生，毕竟印刷书在莎士比亚时代的伦敦是充满活力的文化和商业世界的组成部分。如今，莎士比亚再次被迫选择了一种新的媒介——电子文本的美丽新世界——这当然是一个超乎他所能想象的新媒介。

十年以前，这一崭新媒介甚至对于我们大多数人来说也是难以想象的；然而这正是我们生活的世界，和莎士比亚得以生存的世界——硬盘、光盘只读存储器、互联网和数字碟片等莎士比亚语言的物质载体不再是油墨印刷出来的纸张，而是转瞬即逝的电脑图像，我们电脑的中央处理器把编码数据转换为字母形式，继而将之呈现为图像。

通常人们对此并未表现出多少关注。虽然一场风云巨变正在酝酿，我们还是轻而易举地完成了向电子文本的过渡,尽管其中的具体技术对于多数使用者来说可谓深不可测。我在写作本章时,没有使用笔和纸,而是用电脑(事实上,是几台电脑。我把文章存储到可移动磁盘上,在几台电脑之间来回拷贝)。今天,即使是印刷书,大多也是通过电脑制作和存储的。然而对于那些思考书的未来——或者书没有未来——的人,引起人们恐慌或欣喜的并不在此。他们关注的并非书的生产和存储方式,而是书的传递系统。以数字形式**出版**的书毫无疑问仍然是书;然而以数字形式**显示**的书则不再是书了。

看来引起人们强烈反响的并不是文本的书写或复制技术,而是文本的呈现形式。问题似乎并非是文本如何变为数字形式的,而是文本赖以生存的数字环境本身。在当今数字时代,电子环境变得越发举足轻重,文本仅仅存在于显示屏幕之上,或者更具体准确地说,显示于而非存在于屏幕之上,文本的形态不再固定,而是流动的。

对于新技术乌托邦主义者来说,这恰恰是数字化的优势所在:文本得以从书的专制中解放出来。伊丽莎白·艾森斯坦(Elizabeth Eisenstein)曾经把书英明地称为"变革的动因",[2]如今在许多人眼里,书似乎成了信息时代的压迫力量。有学者甚至称电子文本为"解放技术",杰伊·博尔特(Jay Bolter)则称其为"把写作从页面冻结的结构中解放出来"的手段。[3]热衷新技术者不吝使用"解放式"修辞,声言信息将被从物质束缚中解放出来。"信息渴望自由"成为斯图尔特·布兰德(Stewart Brand)的革命口号。[4](这让我想起了1968年芝加哥大学那个动荡的夏天,我最钟爱的一条涂鸦口号是"让受束缚的期刊自由吧"。①)然而除了这些乌托邦式的热情言语,自然也不乏悲观的声音,他们仿佛先知耶利米一样,预言着人们将大难临头,因为他们敬拜技术这一错误的偶像,背离如乔治·斯坦纳(George Steiner)所谓的

---

① 原文是 Free the Bound Periodicals,这里 bound 本来指为了便于长期保存,数期连续的期刊被装订起来,加上硬壳封面,就像图书馆通常所做的那样;但 bound 同时也有"受束缚的,受约束的"意思,所以才有了这个口号。激进学生的革命热情燃烧到了他们每天阅读的书上。卡斯顿教授的博士学位得自芝加哥大学。——译者注

150

"真实在场"(real presence)。[5]

然而就真实性而言，电脑屏幕上显示出来的文本与纸面上印刷出来的文本可谓难分伯仲。如果说"真实在场"指的是文本在阅读中不可避免的物质属性，那么电脑在这方面与书本相比毫不逊色；数字文本阅读起来也许感官上不那么惬意，但是却很难看出，它如何不如纸质文本那般"真实"。或者，如果说"真实在场"指的是书面文本予以反映和揭示、而任何物质载体必然背弃的创造性智慧的权威，那么书与电脑的声称都不那么令人信服。当然，尽管各不相同，两者都是文字的中介，不管斯坦纳在何种意义上使用这一词语，对于新技术那种乌托邦式的观点最让人感到担忧的不是可能失去所谓的"真实在场"，而是人们不加思考、轻而易举地把对自由和自治的渴望从人转移到信息上来。

然而我们大多数人谈起在"书的末日"[6]人类生存的时候，都表现得十分淡定。当然，这也许是因为我们还没能完全意识到即将到来的巨大变革，不过看上去我们的阅读习惯在诸多方面已经发生了变化，这些变化似乎也并没有多么险恶。我们经常查收电子邮件，上互联网搜索信息和想要购买的东西（大概值得一提的是，正当我写这本书的时候，互联网上图书的销售量超过了其他任何消费品）。如果说我们关心的是新媒介"在场"的缺失，这种"在场"充其量是身体层面，而非精神层面的经历。如今人们在讨论这些熟悉话题的时候，似乎更加担心对神经末梢的刺激，而不是对大脑突触的刺激。"屏幕上的文字"，约翰·厄普代克（John Updike）说道，"让人感觉只是又一个短暂的电子蠕动，书却是有形的实体，让人感到满足：'那个精巧的、布制的小盒子，散发出来的胶水味道，甚至印刷的铅字都是一种美。'"[7]除了审美考虑，还有一个便利性的问题：无论电子文本怎样大声疾呼超链接的自由，它都要连接到一台笨重的大盒子上。正如人们常常听到的那样，人不可能在洗澡间里看电子书。就在我们为抵制数字化而自圆其说的时候，我们也暴露了对书的恋物癖。我们太像一个蹒跚学步的孩子，只喜欢那条心爱的旧毯

151

子；书让我们感到安慰，因为我们感觉舒服，而且走到哪里都可以带着它。

我也喜欢被安慰的感觉，但是认为纸质书优于电子书的两个根据都不太让人信服，部分原因在于数字技术很快就能复制书的物质体验，即便它尚未做到的话。电子书早已问世，没有理由认为它在技术上无法达到厄普代克欣赏的那个"精巧的、布制的小盒子"的水平；也许把电子书拿到洗澡间并不是一个好主意，不过我们同样不会把一般的纸质书拿到洗澡间去（事实上，我们应该记住，在纸质书的发展史上，便携性是很晚才实现的，而且允许读者把书拿到洗澡盆里的东西本身也是平庸乏味的）。看看最近杂志上对电子书的评论吧："外形小巧精致，便于掌上阅读，柔和的蓝白光线照亮屏幕，火箭书（RocketBook）使夹式灯失去市场的同时，又省去了数桩婚姻。"[8]这至少告诉我们，与古老技术相比，新技术同样易于令人痴迷，而且数字环境的物质局限将很快被人们克服。

然而有关舒适性的种种说法之所以经不起推敲，真正原因在于，无论多么真实，它们几乎肯定是一个更深层的不安情绪的情感转移，人们并非对电子文本的环境感到不安，而是对于电子文本本身感到恐慌。相对稳定的白纸黑字被流动的荧屏像素所取代。此前所有的书写技术都或多或少在环境中留下永久的标记：或刻，或写，或印，把文字在选定的媒介中保存起来。无论在技术层面，还是本体论意义上，电子文本都与此迥异；电子文本意义的要素"从根本上说是不稳定的"。[9]

我在键盘上敲打一个字，屏幕上即显示一个字，然而这不像使用打字机那样直接导致字的显现。在打字机上，敲击键盘带动顶端刻有相应形状的金属杆，金属杆击打在色带上，然后继续向前，将印有字母形状的色带紧压在安放于色带与圆柱形滚筒之间的纸张上；金属杆复位，字母的墨印便留在了纸上。只要纸张仍在，字母就不会消失，或者直到墨迹褪去（即使那时，纸上仍依稀存有字母的痕迹，因为纸张纤维在打字时已经受损）。而使用电脑时，敲打字母键盘，电子脉冲被传送到计算机内，继而被转换为二进制代码存放在电脑存储器中；显示器接到电脑的一系列编码指令后，光电元件受到刺激，在屏幕上产生光亮和黑暗区域，最后形成字母图像。切断电脑到显示器的电子脉冲后，字母随即消失，屏幕上不会留下任何印迹。

当然，这是可以恢复的。只要我已经"存"盘（"存盘"不过是把编码指令转移到无需电子脉冲来维持的环境之中），就可以发送新的指令，在屏幕上恢复我曾经保存过的结果。当然，再次出现在屏幕上的已经不是当初的图像。再次显示存盘文本并非重新找回了曾经出现于屏幕上的文字，相反它只是重新组构数据流，对其进行复制。如迈克尔·乔伊斯（Michael Joyce）所言，"印刷是自我保存，电子文本则是自我取代"。[10]

在我看来，正是电子文本与印刷文本在本体论上的差别才真正让人感到不安。如果确实如此的话，这意味着生产模式事实上与显示模式同样至关重要。以此种形式显示的文本具有流动和瞬变的特点，而且显然与使其能够供人阅读的物质实体相互分离。按照乔治·兰度（George Landow）的话来说，"读者眼前出现的永远是存储文本的虚拟图像，而不是最初的原本。"[11]

然而这也暴露出电子文本真正让人不安的一面。新技术至少清晰无误地表明了一件事，即文本从来都不是自足的，它需要存在于某一介质之中才能供人阅读。当然，这一特点并非数字化所独有。我们同样可以说印刷书也是文本的虚拟图像（假如"虚拟"并不是人们通常所认为的那样，仅仅意味着电脑生成的），而非最初的原本。但五百年来，书籍承载着文本，仿佛皮肤附着在身体上一样自然，一切都如此顺理成章，我们看不出书的技术是一种中介。我们应该像罗杰·斯托达德（Roger Stoddard）那样提醒自己，无论作者意欲何为，他们都不是在写书；[12]这种说法看似违反常理，然而一旦我们想到画家和画作之间的物质关系与作家和冠以作者姓名的书之间的关系存在的差异，这一点就昭然若揭了。所以，电子文本最让人不安的地方，也许就不仅在于它的虚拟性，而且在于它并不比其他形式的文本虚拟更多。

在这个陌生而不安的时刻——这一刻将不会太久——电子文本把我们的

注意力吸引到读物的属性上,不是内容,而是载体。新媒介即使不会完全取代,至少也会对印刷文字的主流地位发起有力的挑战,它将很快势不可挡,而且会变得默默无闻。不过就目前来看,新媒介显著突出了文本的物质组成,这恰恰由于它是新生事物,而且我们中的大多数人对这一新媒介的机理知之甚少。电子文本促使读者重新思考我们姑且称之为文本的物质困境的问题,16世纪的某个时候,书曾经使人们停止了对这一问题的思考。几百年来,"读书"即意味着阅读物质化于书中的文本,对二者进行区分似乎只是繁琐哲学的拙劣而多余之举。然而正如电脑与其中存储和传递的电子文本无法等同一样,书与它所包含的文本也并不是同一回事。书并不是文本自然和必然的归属。

书的不自然性尤其表现于它的自足性上,书以实体的形式自诩文本的自主和一致。书皮将书包起来,隔离了它自身复杂的历史性,从而把文本以表面上整体的、未被污染的形态呈现出来,影响读者。T. E. 休姆(T. E. Hulme)在电子媒介出现很久以前就曾经指出,"书的封皮应该为许多错误负责",因为"各种思想被方便地归类在一起,封皮则为之设立界限,而实际上根本没有所谓界限"。[13]电子文本抵制貌似完善的书的"错误",并宣称经过数字化的文本性质与传统文本的性质截然不同。电子文本暴露出文本的临时性和不足性,陌生的物质载体本身构成依存网络,文学理论家和书籍史学家(historians of the book)几乎同时发现这恰恰正是作者权的条件,书需要这些条件来实现自我,但书的物质存在则阻碍它们。[14]

电子媒介的存在仍然隐隐地令人感到不安,促使我们思考文学作品的语言结构与作为其载体的物质形式之间究竟是何关系,这些问题是文学研究中最基本的问题。文本形成的形式原则与其物质原则之间是何关系?文本是否独立于其媒介形式之外而存在,其物质形式是否纯属偶然,是否只是载体而已?抑或文本仅仅存在于其形式中,每一形式都是文本独一无二的化身,且文本物质性本身极大影响了文本意义,并以某种方式改变了作品的语言结构的重要性?

当然,电子媒介的出现并没有把这些问题强加给我们。这类关于阅读文本的问题一直都存在,等待我们去回答。[15]电子媒介在这方面所做的是引发人们更深入地思考,至少让我们无法回避这些问题。实际上,电子媒介使我们与书面文字之间的关系不再自然,它让我们清楚地看到文字载体不是没有疑问的。一旦我们认真思考电子媒介带给我们的问题,我们就会发现自己置身于激活当代文本理论的核心问题。[16]诚然,究竟把文本看作独立自在之物,还是视其为媒介的产物,正是当今辩论的两种主要观点。下面我们将对这两种观点稍作讨论,这将有助于我们更加清醒地认识电子文本给我们带来的机遇和挑战,毕竟我们的阅读环境正在日益"从书转移到屏幕"。[17]

一种观点继承了柏拉图传统,当代最强烈的支持者是 G. 托马斯·坦瑟勒(G. Thomas Tanselle)。坦瑟勒坚持认为,"作品无法通过其任何书面显现被完全知晓",流传下来的文件(按照坦瑟勒的说法)始终只是"它们致力传达的作品的不完美向导"。诚然,坦瑟勒对"作品"理想主义的定义使他声称,文本"无法以实体形式存在"。[18]另一种观点可以称为实用主义传统,其中最有影响的代表是杰罗姆·麦根(Jerome McGann)。值得注意的是,麦根是最早致力于探索电子文本可能性的文本理论家之一。他认为在无形作品与各种有形的作品文本之间做出区分,无论这种区分多么有利于理论分析,在现实中都是难以为继的,因为除非以某种实在形式表现出来,坦瑟勒概念中的"作品"根本无法为人所知。麦根写道:"离开具体的物质生存/抵抗模式,文学作品无法自知,也无法为人所知。"[19]

如 R. B. 麦克罗所指出的,传统意义上"编辑的职责"通常被理解为,"只是展现他所理解的作者意图中的作品形式",而不是呈现流传下来的任何文本。[20]如果说麦克罗的"只是"一词掩盖了一整套关于编辑任务很成问题的假定(就像他不自觉使用的阳性人称代词掩盖了他关于编者身份的有问题假定一样),现代编者(无论男女)则通常致力于从印刷记录对作者不可避免的扭曲中发现作者的原意,还原作品的原始形态,如多弗·威尔逊(Dover Wilson)意味深长地指出的"印刷工的油墨玷污之前的状态"。[21]特别是莎士比亚,他本人对其剧本的出版并不热心,也并未参与,编辑在扑朔迷离的众多早期版本中竭力恢复作家的原始意图。格雷格在给编辑制定的第一条"准则"中说道,"*校勘版(critical edition)的目标应该是,在所有现存证据的基础上最大程度地呈现文本,其形式为我们假定的按照作者最终意图由作者本人抄写的作品清稿(fair copy)。*"[22]按照弗雷德森·鲍尔斯的著名说法,流通的物质形式背离了原文,为了发现作者意图中的文本,编辑需要"从文本中去除印刷的面纱"。[23]在印刷厂里,作品不可避免要遭到改动,这既包括媒介本身的不完美性和局限性,也包括出版商的意愿、排字工和印刷工的操作等多方面原因;编者通过仔细考证保存下来的文本材料,结合作者的用词习惯、拼写习惯以及印刷厂的操作工序,往往能够比较有把握地揣测出作者实际写下了什么,然而作者的原作或者根本未能付梓,或者付印以后受到众多外部因素的干扰,各种异文纠缠在一起,真实的文本不再是不言而喻的。

按照这一理解,校勘编辑的目标是从物质环境中还原符合作者意图的作品,其结果是编辑出来的文本与它借以呈现的媒介之间失去了必然联系。这种编辑的能动原则恰恰认为,媒介充其量是意图中作品的中性的传达者,更有可能是一个有害环境,它赋予中介者而不是作者以权威地位,而且常常掩盖、玷污作者想象中的"理想文本"。如果把媒介主要视为一个载体,那么为校勘版选择(也必须选择)一个(或多个)文本时,需要考虑的就一定是版本外部的因素。校勘版既可以印刷成书,当然也可以是电子形式的;无论哪种形式更有优势,显然与版本本身的内在逻辑无关。

然而就戏剧来说,无论校勘版采取何种物质形式,寻找作者意图的基本承担注定困难重重。剧场必然是集体创作机制,而编辑的目标却是将剧作家的意图从中特意分离出来,这是否合适?所有作家的创作都是在一定的想象空间和体制背景之下得以实现的(有时也受到抑制),然而唯独剧作家的创作环境具有彻底的/固有的/极端的合作性（radically collaborative），这一设计就是为了使个人的文学抱负服从于集体的艺术成就。正如奥登几乎说出来的那样，剧作家的创作总是被人修改，活生生的剧院内部（guts）①为了演出的需要而重新编排剧情、删减或者篡改剧本。即便果真能够找回作者的文本，它也只是作者文本而已，从来不能等同于戏剧（应该指出，颇为反讽的是，提出要从其物质损伤中挽救作者意图的目录学理论的学者们，其首要研究对象恰恰是莎士比亚和文艺复兴时期其他剧作家）。

然而，无论如何，是否能够从起变形作用的印刷记录中找回作者文本却是一个未知数。当然，某些文本缺陷很容易辨认和纠正——例如，一个倒排的字母或者一个明显的拼写错误——不过其余情况下，甚至假定存在的缺陷通常也是批评性判断的结果，而非客观的目录学事实。蒲柏发现莎士比亚剧作中许多诗文的韵律不够工整，但他认为这并非莎翁有意为之，而是版本讹误，于是一一予以"纠正"，一些当代版本仍在沿用蒲柏的许多校正结果。人们不懈追求着印刷书背后隐约存在的理想文本，要一朝放弃绝非易事。

今天的编者也常常按照自己对作品内在完美的理解校正文本。例如斯坦利·韦尔斯认为，"我们相信他注重格律，且在现存文本有明显缺陷时，乐于对其进行修正，这就是对我们的诗人表达敬意。"[24]当然会有人感到不安，认为这将使我们步蒲柏画蛇添足的后尘，恪守那些"我们的诗人"——韦尔斯的换称（antonomasia）意味深长——有意打破的韵律准则，编造或填充不必要的音节以保持韵律工整。

然而在另一个显然更值得商榷的文字层面，我们可以发现同样的倾向。例如，在加里·泰勒编注的牛津版《亨利五世》（1984）中，国王感到自己对父亲篡夺理查王位的所有悔恨都无济于事，"因为我的忏悔在恶行之后到来/向上天请求宽恕"（英文为：Since that my penitence comes after ill, / Imploring pardon）（4.1.292—3）；尽管第一对开本（这些台词的唯一来源）

---

① 除"内部"外，guts 此处也有"勇气、力量"和"厚颜无耻、无礼"之意。——译者注

中亨利的忏悔不是"after *ill*"（在恶行之后），而是"after *all*"（终归，到头来）（强调部分为本人所加）。① 泰勒认为，此处需要加以校正，因为对开本中的"all"表意含混，而且"可能构成一个严重的艺术瑕疵"（298页）；因此需要加以更正。泰勒满意地说，"校订后，这段文字正好达到恰当的平衡：像所有真正的基督徒一样，虔诚的亨利王深知自己或人类忏悔的不足；另一方面，观众早已知晓即将发生的阿金库尔（Agincourt）大捷，战争的胜利说明上帝已经不再将他父亲所犯的罪行迁怒于亨利身上，而且接受了他赎罪的努力和对宽恕的恳求"（301页）。

泰勒满怀信心地以为，校订以后"正好达到恰当的平衡"，但这样做的前提是对作者意图的假定了解。这一校订书写上是可能的，只要我们假设这是混淆了字母 a 和字母 i 的排字错误即可，然而泰勒的做法显然是出于文学批评的考虑，而非版本考证的结果：他不允许莎士比亚出现"严重的艺术瑕疵"（然而这样一来，泰勒更改的"ill"一词至少让莎士比亚犯了一个不太严重的**逻辑**错误，因为不是"在恶行之后"到来的忏悔讲不通），并坚信莎士比亚此处的意图是在两者之间"正好达到恰当的平衡"：亨利意识到自己的缺陷，而观众却不愿意看到一个不完美的亨利。我并非有意贬低泰勒的编辑成就；他或许是我们最杰出的校勘学者。我只是想说明，阐释毫无疑问既是对文本的回应，同时也生产文本。

莎士比亚潜藏在遭到毁坏的文本背后，无论我们多么渴望他的"真实在场"，无论我们多么愿意，至少偶尔感觉我们似乎已经找到了真本，我们却只有印刷文本而已，而且它们无疑以各种方式歪曲了莎士比亚的意图。但我们只有这些。没有莎士比亚的亲笔手稿，而且即便有一天出现了手稿，我们也不会像想象的那样更有把握理解莎士比亚的意图，[25] 所以早期印刷文本通常是我们最能接近莎士比亚作品的途径。电影《莎翁情史》中约瑟夫·费恩

---

① 按照对开本的原文（"after all"），中译是"因为到头来，必须我自己忏悔，向上天请求宽恕"（方平译，《莎士比亚全集》第三卷421页），也是讲得通的。——译者注

尼斯（Joseph Feinnes）①那沾满油墨的手指特写镜头爱意绵绵，淋漓尽致地展现了我们依旧多么渴望莎士比亚的在场，然而迄今为止我们发现的只有他在各种文件上的七个签名，以及《托马斯·莫尔爵士》的手稿中一百四十六行的手写笔迹。②

我并不是说作者意图不重要，而是说就莎士比亚而言，我们根本无从得知作者意图，而且无论就演出还是出版而言，作者意图从来都不是剧本的唯一决定因素。但是我的确相信作者意图是重要的。作者是有创作意图的，而且在某种程度上是可知的，不过大概只能达到出版文本所设法表现的那种程度；然而没有哪一本书是作者意图的完整表现，或者仅仅表达作者意图。作者意图只有在与其他中介意图的相互作用中才能得以实现。书在表现作者意图的生产过程中，需要各种物质和机构条件，在这一点上，书与剧本并无二致。即便是单枪匹马控制所有生产流程的布莱克，最终也发现媒介本身的物质性存在局限。

这样一来，如果作者意图既无法由书完全体现，也不对之负责，编辑却仍然致力于恢复作者的意图，这多少就显得有些不切实际了：因为编辑的目的就是为了填补权威文本的空白，编辑文本充其量是最大程度地重建作者意图创作的文本，一个在编辑工作完成以前并未以实体形式存在的文本。这样的编辑一定会带有偏见：因为重建作者文本并非势在必行之举，而且这一做法本身就具有意识形态色彩（我只是如实描述，无意对此进行评判），尽管有情可原，但却不必一定认为作者意图创作的文本一定比现存的实际版本更有权威。这并非主张不以重构作者意图下的文本为编辑目标——作者的意图即便难以捉摸，也仍然是值得追求的目标——然而我们应该认识到，编辑

---

① 电影中莎士比亚的扮演者。——译者注
② 学术界一般认为现存六个莎士比亚的亲笔签名，其中一个包括两个单词（by me）；第七个签名见于William Lombarde的一本书中，其真实性尚未被广泛接受。《托马斯·莫尔爵士》手稿中被认定为莎士比亚手写部分的行数因为删改等原因，有一百四十六行、一百四十七行、一百四十八行等不同说法。——译者注

活动还有其他目标,即文本的物质化过程不被视为实现作者意图的不必要障碍,而是它的必需条件。

如果我们希望看到的是一个理想的文本,只有当写作摆脱了坦瑟勒所谓的"物质世界的危害"(《校勘原理》,93页)时才会得以出现的文本,那么对于编辑活动的传统理解与实践是恰当的:至少如此构想的文本是他们重构的目标,制定出来的所有程序都适应这一目标,而且常常在重构过程中做得极为出色。一个理想的本子(所谓"理想",指的是它代表了作者想象中的作品,此时的作品在物质化以前还没有遭受各种侵扰过程)或多或少是可以成功重构和呈现的。然而,如果我们感兴趣的不是那些未能实现作者意图,很可能也是无法实现的文本,而是实际出版印刷的作品,这些版本即便不够完美(或者,正因为其不完美),却见证了作品产生的历史条件,那么编辑的任务和挑战就会截然不同。

一旦我们认为,编辑的目标不是把作者意图从它们的表现媒介和生存环境中隔离开来,而是恰恰相反,编辑的目标是把文本放置于使生产和阅读成为可能的社会和文化机制的网络之中,那么我们将难以想象这样的版本形式如何,应该如何编辑。事实上,编辑是否还有存在的必要都很成问题,因为未经编辑的文本纵然存在明显的错误,却明确见证了文本生产的复杂环境。编辑活动消除了文本的历史原貌,因而只会削弱或扭曲早期版本提供的证据。[26]

当然,版本还是必不可少的,事实上我们需要多种版本,不过可能不需要像现在这么多千篇一律的版本。应该有一些版本致力于恢复莎士比亚作品受制于剧场和印刷厂生产需要之前的原貌;但也应该有一些版本严肃对待剧本的实际演出,毕竟莎士比亚的主要意图之一是为剧场创作出能够成功上演的剧本。这两种版本都应该有,既可以出版符合现代拼写习惯、价格低廉的平装单行本,以及全集,也可以出版旧式拼写版本。还要有未经编辑过的早期版本的影印本。然而即使是影印本也无法传达出早期文本携带的所有物质信息——例如，纸张的质量——而且，损害影印本价值的是，影印本把某一册书的文本规范化，而早期版本实际上每一册之间几乎肯定在许多方面各不相同。（因此，即使是戏剧书原本也无法完全展现剧本的全貌，当然能拥有一本未尝不是一件美事。）每一不同版本都能为莎士比亚读者提供一些其他版本所不具备的信息，不过每个本子都有其内在局限，无法向读者提供其他版本里可以找到的某种信息，而且在有些情况下，这一信息可能是至关重要的。

最理想的状况是，人们在书店的莎士比亚专柜里可以找到以上所说的各种版本，然而事实上，我们通常只能找到几种不同版本的单个剧本（至少如果我们要找《哈姆莱特》或《李尔王》的话，如果换成是《约翰王》或者《配力克里斯》，我们可能一个版本都找不到），而且这些版本都过于相似，都是现代拼写的注释本，注释的繁简视读者对象而定，或者符合学术市场要求，或者供大学使用，或者符合普通读者的要求等。营销考虑而非学术要求，在很大程度上决定了我们在书店里能够找到哪些版本，而且营销考虑在很大程度上也造成了学者的重复劳动，而真正有价值的各种文本却被有意忽视。我不是说出版社应该为此负责；出版需要很高的成本，今日出版商与莎士比亚剧本早期出版商一样，都需要确保投资能够有所回报。然而在我看来，出版一套与新剑桥版、新企鹅版、牛津版、阿登版，以及充满反讽含义的哈维斯特（Harvester）"莎士比亚原本"等不同，价格合理、平装影印的首次印刷版系列，至少应该有些微薄利润吧。

不过，不管怎样，如果我们要全面了解文本的历史物质属性，仅有一个本子是远远不够的。对于学者，拥有全部版本自不必说——而且应该更多：所有早期出版的本子；王朝复辟时期修订的版本，当然这是许多剧本近一个半世纪中被观看的形式；18世纪以罗版为起点的古怪但通常杰出的版本；19世纪60年代的寰球版（Globe text），莎士比亚首次环游世界的版本；以及各种重要的现代版本。我们知道，任何一个版本都无法完全代表剧本的全貌，尽管每一版本都或明或暗地声称自己的权威可靠性。附属于文本的有关版本权威性的种种令人难忘的声明——令人叹服的绪言、海量的注释、冗长但通常难以理解的校勘说明等等——所有这些都显示出编者对于文本的掌控，既反映了编者解决问题过程中所取得的成绩，也同样雄辩地证明了文本难以克服的不稳定性。

事实上，本书的目的之一即在于说明，尽管三百七十五年来编辑在不断地努力将其稳定化，但莎士比亚的文本始终令人不安（也许是令人兴奋？）地表现出流动性。由于找不到真正的原本，实际上人们关于何为原本都难以达成一致的意见，在此情况下，每一个版本如同每一场表演一样，都是人们在历史长河中体验到的戏剧的一部分；我们对这一历史了解得越多，就越有把握衡量剧本取得的成绩和产生的影响。然而剧本在印刷出版时几乎从来不这样看待文本；通常选择的是某一具体文本，这一选择与其说是基于编辑的判断，不如说不可避免地受到空间、成本、可读性等因素的影响，所有这些因素都暴露出抄本作为信息技术手段的局限性。

不过这却清楚无误地把我们带回到了我们开始讨论的话题，因为电子文本的降临即便没有为我们提供解决办法，至少也使得我们能够避免因文本理解和偏好不同而引起的不可调和的矛盾。数字环境容量巨大，新媒介下的版本似乎可以涵盖任何数量的文本版本，既有作品的编辑文本，也有任何或者全部早期的文献资料。[27]

与文字显然存在于页面之上的印刷文本不同，电子文本并不保留于我们阅读的屏幕上，因此纸质的书受到物质的限制，而电子文本则拥有书所没有的自由。尺寸规模不再是文本生产中必须考虑的因素；文本好像也不再受到便利性或成本考虑的约束。事实上，文本根本无需装订／不受约束（not bound）。

伴随物质自由而来的还有另外一种自由。电子文本具有外形完整的印刷文本所不具备的可渗透性，并不与其他文本隔离开来，而是共存于同一环境之内，更不会将网络中"其他版本拒之门外"。[28]任何文献都可以与其他任何文本进行链接，并成为其中的一部分。这样产生的超文本（hypertext）因而实现了罗兰·巴尔特意义上的（Barthian）文本性，在这样的文本环境中，任一文本都同时与无数其他文本交叉相连。[29]每部作品都在多个层面上得以实现，既包括独立的版本，也包括合并本，文本可以随意按照各种预设和原则进行编排；与理想（化）的文本不同，我们得到的文本成为一个多形体，这种多样性构成了乔治·兰度所谓的"各种变体的复合场"（《超文本》，56页），而不是偏离了某个想象中完美文本的变异版本的集合（或校勘）。

由此出发，编辑的发展前途是显而易见的。[30]全面思考超文本环境下写作行为本身（而非我当下考虑的问题：超文本版本）的发展前景大大超出了本书范围，甚至远远超出笔者的能力范围。然而也许有必要指出的是，电子环境下的写作大多讨论的是文本建构中的读者参与，电子媒介因其自身性质允许读者永无止境、毫不费力地重塑媒介所包含的组成元素。如博尔特所说，"电子技术使得文本变得个性化和私人化"（《写作空间》，9页）。但电子版本赋予读者另外一种自由：读者不是重新建构各组成元素，而是在巡览（但不改动）现有材料的过程中，以非常"个性化和私人化"的方式参与到文本中去。然而恰恰是这些可以巡览的海量材料的潜力，似乎向我们展示了一条走出当前编辑理论二元困境的道路。

在过去，无论作品有怎样的文本历史，也无论编者个人对编辑活动如何理解，抄本的属性总是发挥影响，部分决定了版本的形态。尺寸和成本等外在限制通常决定了必须选择（或建构）作品的单一版本。然而这些偶然因素将不再左右编辑对版本的选择，因为对于超文本来说，文本的表现形式没有了数量限制。如帕特里克·康纳（Patrick Conner）指出，所有"版本和异文都能得以体现，并以结点的方式相互链接，甚至可以把它们处理到文本中，这样人们就可以随心所欲地复制任一版本的内容"，[31]甚至包括尚未物质化的版本，例如作者或编者想象中的理想文本。对于莎士比亚版本来说，我们可以包括一个（或者不止一个）编辑过的文本，也可以包括所有早期版本的数字影印版；还可以收录附加资料，例如源头文本（source texts）或者语词

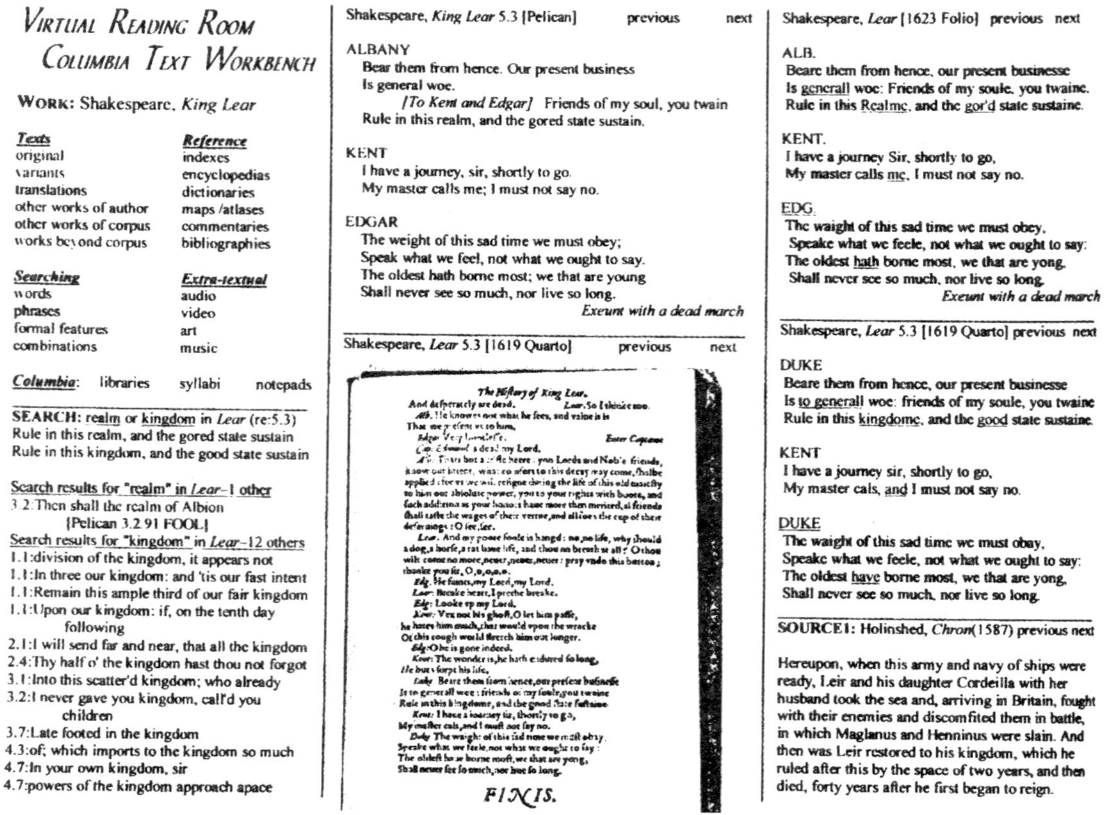
VIRTUAL READING ROOM
COLUMBIA TEXT WORKBENCH
WORK: Shakespeare, King Lear
Texts
original
variants
translations
other works of author
other works of corpus
works beyond corpus
Reference
indexes
encyclopedias
dictionaries
maps /atlases
commentaries
bibliographies
Searching
words
phrases
formal features
combinations
Extra-textual
audio
video
art
music
Columbia: libraries syllabi notepads
SEARCH: realm or kingdom in Lear (re:5.3)
Rule in this realm, and the gored state sustain
Rule in this kingdom, and the good state sustain
Search results for "realm" in Lear–1 other
3.2:Then shall the realm of Albion
[Pelican 3.2.91 FOOL]
Search results for "kingdom" in Lear–12 others
1.1:division of the kingdom, it appears not
1.1:In three our kingdom: and 'tis our fast intent
1.1:Remain this ample third of our fair kingdom
1.1:Upon our kingdom: if, on the tenth day following
2.1:I will send far and near, that all the kingdom
2.4:Thy half o' the kingdom hast thou not forgot
3.1:Into this scatter'd kingdom; who already
3.2:I never gave you kingdom, call'd you children
3.7:Late footed in the kingdom
4.3:of; which imports to the kingdom so much
4.7:In your own kingdom, sir
4.7:powers of the kingdom approach apace
Shakespeare, King Lear 5.3 [Pelican] previous next
ALBANY
Bear them from hence. Our present business
Is general woe.
[To Kent and Edgar] Friends of my soul, you twain
Rule in this realm, and the gored state sustain.
KENT
I have a journey, sir, shortly to go.
My master calls me; I must not say no.
EDGAR
The weight of this sad time we must obey;
Speak what we feel, not what we ought to say.
The oldest hath borne most; we that are young
Shall never see so much, nor live so long.
Exeunt with a dead march
Shakespeare, Lear 5.3 [1619 Quarto] previous next
The History of King Lear.
FINIS.
Shakespeare, Lear [1623 Folio] previous next
ALB.
Beare them from hence, our present businesse
Is generall woe: Friends of my soule, you twaine,
Rule in this Realme, and the gor'd state sustaine.
KENT.
I have a journey Sir, shortly to go,
My master calls me, I must not say no.
EDG.
The waight of this sad time we must obey,
Speake what we feele, not what we ought to say:
The oldest hath borne most, we that are yong,
Shall never see so much, nor live so long.
Exeunt with a dead march
Shakespeare, Lear 5.3 [1619 Quarto] previous next
DUKE
Beare them from hence, our present businesse
Is to generall woe: friends of my soule, you twaine
Rule in this kingdome, and the good state sustaine.
KENT
I have a journey sir, shortly to go,
My master cals, and I must not say no.
DUKE
The waight of this sad time we must obay,
Speake what we feele, not what we ought to say:
The oldest have borne most, we that are yong,
Shall never see so much, nor live so long.
SOURCE1: Holinshed, Chron(1587) previous next
Hereupon, when this army and navy of ships were ready, Leir and his daughter Cordeilla with her husband took the sea and, arriving in Britain, fought with their enemies and discomfited them in battle, in which Maglanus and Henninus were slain. And then was Leir restored to his kingdom, which he ruled after this by the space of two years, and then died, forty years after he first began to reign.

24. 超文本页，“《李尔王》”（哥伦比亚大学，文学/人文课）；承蒙理查德·萨克斯提供。

索引（concordances）、剧评、插图、声音剪辑，甚至电影版本等，所有这些都可以加以链接，以方便人们来回使用。

然而当这一切到来的时候，人们并不感到惊讶。行文至此，我感觉就像是弥尔顿笔下的押比叠（Abdiel），他"发现/他原想作为新闻来报的信息大家/早已知晓"（《失乐园》，第六卷，第19—21行）。① 这样的超文本资源早已问世，而且越来越为人们所熟知。插图24就是一个典型的超文本屏幕的例子。这是我的一个朋友，理查德·萨克斯（Richard Sacks）制作的，其中的资源很容易从哥伦比亚大学图书馆找到，超文本服务的课程人们习惯上叫作文学/人文（Lit./Hum.），这是哥伦比亚大学版的伟大经典课。当然，当时间更充裕、收集到更多材料以后，我们可以继续完善它（其中包括，我会选择1608年巴特的《李尔王》第一四开本，而不愿意使用1619年的四开本，帕维尔和贾加尔德本来打算用这一个本子策划一个合集，但未能实现[32]）。然而这张图片清晰显示了超文本的非凡可能性。屏幕左方是菜单选项；上方是整洁的、现代拼写的文本，版式和文本细节都让人倍感亲切；下方则是扫描的早期版本的对应页面［理论上，我们可以添加任何数量的早期和其他版本作为主体文本（control text）的辅助］。右方是现代版式的对开本和四开本文本，异文有特别标记。右下方是剧本的出处霍林希德（Holinshed）的相关资料；左下方是一个词语搜索的例子，它清楚表明了一处异文的有趣内涵：奥本尼对肯特和爱德伽说，"两位朋友，帮我主持大政"（"you twaine/Rule in this Realme"），② 对开本使用了"Realme"（国度），而四开本则是"kingdome"（王国）一词。

现在最引人注目的莎士比亚电子版本是麻省理工学院彼得·唐纳森（Peter Donaldson）主持的项目，题为"莎士比亚电子档案"（与很多最新的

---

① 参见金发燊译，《失乐园》（桂林：广西师范大学出版社，2004；两卷本）上卷257页。——译者注
② 中译参见《李尔王》，朱生豪译，方平校，《莎士比亚全集》第五卷，551页。——译者注

数字项目比起来,这个名称多少缺乏想象力)。为了说明这个工程的庞大容量,可以《哈姆莱特》为例:除了源自牛津版《莎士比亚全集》的电子文本以外,档案还收录了"第一对开本完整的高清晰度影印版,包括校正前和校正后的全部页面,《哈姆莱特》两个四开本所有现存复本的完整影印版,一千五百个《哈姆莱特》的艺术作品和插图,以及若干《哈姆莱特》的电影版本"。[33]所有材料都非常便于使用,大多数都链接到基础文本(base text)上,因此使用者只要点击某一小段文字,就可以进入菜单选项,查找关于该段文字的版本和演出情况。

《哈姆莱特》项目——以及其他此类项目——也许使编辑工作变得可有可无,但或者更有可能的情况是,它将再次使得编辑工作必不可少。如果说这些资源因其能够提供印刷版本无法做到的大量相关材料,似乎表明我们将从传统的文本编辑的义务中解放出来,从而不用再生产"作者意图创作"的剧本版本的话,那么这些海量信息同时也让我们再次渴望得到一个单一文本,尽管电子档案似乎已经让它变得既不充分,也无必要。无疑,这类超文本资源可以用来证实维特根斯坦(Wittgenstein)的名言,"只有详尽无遗的事物才是有趣的",[34]不过如此"详尽无遗",也如此令人筋疲力尽的丰富资源,很可能也使得剧本(我在仔细斟酌我的用词)①根本无法阅读。

然而麻省理工学院的项目并非一般意义上的作品版本;它不是为了供人阅读而设计的,而是一个档案库,正如所有档案库一样,它只是那些勤奋、能干的研究者的宝库。但是一个版本却不是用来展示档案库的,而是代表人们在档案库中的研究成果。尽管这些研究成果的权威性受到档案库的规模和研究者个人能力的限制,但它们至少在有限范围内提供了一个可供人们安心和方便阅读的文本——也许不是莎士比亚的《哈姆莱特》,因为究竟何为莎士比亚的《哈姆莱特》呢,除了哈罗德·詹金斯(Harold Jenkins)的《哈姆

---

① "剧本"的原文 play 也有"游戏,娱乐;活动,活动的自由;摇曳,变幻"等意思。——译者注

莱特》,或者是G. R. 希巴德(G. R. Hibbard)的《哈姆莱特》,再或者是即将出版的安·汤普森(Ann Thompson)和尼尔·泰勒(Neil Taylor)的《哈姆莱特》。①编辑优先权不是僭取创造性权威的行为,而是坦然承认版本不可避免地代表了编者的个人癖好和局限。

当然,这些根本无伤大雅。[不过有时情况也很糟糕:最近某一个版本的《哈姆莱特》中丹麦王子思考的问题成了:"生存,还是生存"("To be or to be"),我猜想,正是因为被剥夺了选择的权力才酿成了哈姆莱特的悲剧吧。]对于普通读者、大多数学生、演员来说,各种合格的印刷版本就足够用了。他们都想阅读剧本,而非重构剧本,而且即便他们阅读的版本是按照任何一种可信的原则编辑出来的,这种妥协也是可以接受的。大多数时候我们要的只是剧本而已:编辑负责、印刷整洁、价格实惠、制作合格的剧本,书翻开时页面不会脱落。

然而对于学者来说,"只是剧本而已"是个让人困扰的说法。何为只是剧本而已?是舞台演出的戏剧吗?哪个舞台?哪场表演?哪个晚上(或者白天)?是作者创作的剧本吗?作者最初头脑中的那个版本?还是根据演出情况经作者修改过的版本?抑或是公认文本(textus receptus):在历史上实际流传的那个版本(例如,《李尔王》经过编辑的合并本,毕竟过去一百五十年里,人们阅读和演出的主要都是这一版本)?这些版本中,哪一个才算是"只是剧本而已"?哪一个不算?

我们通常熟悉的舞台剧与纸上剧之间的二元对立将被另一组二元对立所取代:纸上剧与屏上剧(play on the computer screen)。页面上,剧本是固定不变的,这既是印刷使然,也是编辑的承诺:编辑承诺要恢复作者最终意图,找到现存最好的本子,或某一场表演的演出脚本,或者往往只是超过了版权保护期,无需付费就可以重印的本子。抄本总是关乎选择和界限;这既

---

① 本书已经出版:Ann Thompson and Neil Taylor (eds.), *Hamlet* (London: Arden Shakespeare, 2006)。——译者注

是它的优势,也是它的局限。而屏幕上,剧本总是表现出潜在的多元性和不稳定性。没有必要在不同的文本理解之间做出选择:理论上,剧本的所有现存版本都可以收录进来,我们可以随意来回移动。这是电子文本的优势和局限所在。[35] 书具有规训作用;它让我们为自己的决定负起责任,承担后果。电子文本则给了我们自由的幻象:没有必要做出选择;也不必承担后果。

书籍慰藉人心,向我们承诺自足和权威,将要取代它的电子文本则令人欢欣鼓舞,它承诺无限的可能和无拘无束的自由。不过,我们有必要停下来打破这个简单的两分法,因为这种说法不过是纸上谈兵。事实上,电子文本没有那么开放自由,书也并不那么完整自足。具体书的完整性(不是抽象意义上的"书",因为它只是一种意识形态的建构物)总是受制于读者富有成效的、经常也是任性执拗的阅读习惯,读者常常愉快地标记、涂抹、抄写、误读,或者以其他方式僭用手中"阅读"的书(或其一部分);而电子文本表面上的自由要受到不容忽略的硬件、版权、数据录入、网站设计与维护的成本等因素的限制(且不论设法说服人们付费购买使用权有多么不容易,因为这个,若干数字出版计划最近被放弃,其他一些也被主管人视为亏本大户),此外由于电子文本要依赖读者所不具备的技术,读者对无法控制文本徒唤奈何。换言之,哥伦比亚大学无法从书架上移除我拥有的书,但却可以轻而易举地移除它维护的网站上的数字文本,尽管我已经在上边做了标记准备日后再读。(去查一下你网页浏览地址簿中的书签吧,你会发现有多少个已经找不到了。)网站能够维持多久,总是不断进步的新技术是否能够兼容被淘汰的旧技术,这两个相关问题对于我们思考数字环境作为"硬拷贝"替代品的问题十分重要。[如今我们还能找到多少20世纪80年代末到90年代初在电脑上亲手撰写的文章呢,除非是纸质印刷本/打印本(printed copies)?]

然而尽管我们把这些警告牢记在心,电子文本却在风姿撩人地向我们招手,热衷者为印刷时代的寿终正寝吹响号角,怀疑者则小声抱怨为之辩护,说人们也许低估了书的寿命。与其说印刷书与电子文本关乎我们对待词语（word）的不同方式，不如说它们关乎我们看待世界（world）的不同方式。人们可以轻松地逃避这些选择抛给我们的二元对立，指出一个不争的事实——但无疑也是一个无趣的事实——即它们都有各自的用途，与其说这是一个伦理抉择，不如说它是一个生理选择。并非哪个是好的，或者对我们来说是好的，而是我们渴望哪一个，或者我们说服自己（或者我们的图书馆）需要哪一个。

然而对我来说更有趣的是，为什么我们可以如此轻松地逃避。无论如何，只要我们把印刷和电子文本仅仅当作工具，那么事情就会变得很容易。有时候我们需要铁锹，有的时候我们需要耙子，没有理由认为哪一个更好，只是看哪种工具更适合我们手头所做的工作。但是如果我们换一个角度思考，不是把它们当成工具，而是把它们看作技术，那么常见的反应就显得草率和天真了。技术不同于工具，它不仅是实现某种功能的手段，更是一系列动机与手段的集合，技术有其机制保障和文化后果。抛开其独特的工具特征不谈，技术进步几乎令人难以抗拒的逻辑——抑或是希望？——使得我们拒绝相生共存的模式，转而接受淘汰取代的模式。"这个将杀掉那个"（Ceci tuera cela），雨果（Hugo）的作品《钟楼怪人》（*The Hunchback of Notre Dame*）①中的副主教手里拿着一本书，仰望大教堂道出这句名言（对于憧憬和勾画数字时代的未来主义者来说，这几乎是时尚必然需要的文本时刻）。[36]

当然，某些新的"这个"的确常常淘汰旧的"那个"。例如，如今只有那些研究剧场历史的专家才会记得"在石灰光灯下"（in the limelight）的字面意思是什么。②但是通常情况下，旧技术要比我们想象的更有活力。绘画在摄影之后幸存下来，电影在电视之后幸存下来，手稿则在印刷术之后幸存下来——尽管每一次新技术的热心者都满怀信心地拥抱新技术，并向愿意

---
① 亦即雨果名著《巴黎圣母院》。——译者注
② limelight 本来是"石灰光灯，石灰光灯所照射的舞台部分"的意思，成语"在石灰光灯（聚光灯）下"引申为"引人注目，成为注意中心"的意思。——译者注

倾听的所有人保证"这个将杀掉那个"。甚至打字机也幸存下来（尽管已是凤毛麟角），很多时候填写表格的时候只能使用打字机。那么书作为信息的"石灰光灯"，将来是否也注定只有在打比喻的时候才会想起，而它的实际所指将消失于我们的记忆之中；或者书也会像绘画一样具有顽强的生命力，将继续作为人类的交流手段，为后人巧妙利用以适应他们的需要和愿望呢？

当然，我并不知道问题的答案。没有人知道。书不仅保持而且事实上培养了人们的阅读习惯，如果这些阅读习惯能够得以延续，那么书也会继续生存下去。如果一定要我打赌，我想说，书还会以可辨认的形式生存很多年（且不说电子文本的新时代所取得的成就之一即在于，它迫使我们看到书本身作为一种技术具有相当大的优越性），不过同时我也认为，现存的书籍出版和经销系统将很快发生巨变。然而真正的答案只有随着时间的推移才能变得明晰，这取决于时间对书的文化逻辑的考验，这次考验将比印刷文化在最初取代手稿文化以后所经历的考验更加严峻。数字技术无疑容量更大、更加灵活、更容易传播，面对这一挑战，书自我标榜的一致性与权威性还会继续令人信服吗？

也许莎士比亚版本的例子有助于我们澄清问题。显而易见，超文本形式所提供的关于某个剧本的概念比任何一种纸质版本都更加丰富、更有质感。然而约翰·拉瓦格尼诺（John Lavagnino）却认为，尽管超文本档案库提供的材料不无裨益，但它们的价值却十分有限，"因为它们无法超越其功用层面，进而改变我们对于那些文本的理解。"[37]然而在我看来，能够改变我们对文本的理解恰恰是超文本档案具有重要价值的原因所在。这不仅是因为超文本扩大了传统印刷版本的容量，可以收录更多的文本版本，而且使得各版本与一个浓密的语境信息网络相互连接；而是因为超文本完全改变了我们对于剧本的认知模式，这一模式也许更能真实反映剧本的本质特征，原因是超文本版本的结构本身清晰无误地表明，剧本远非如印刷版本所必然展示的那样一成不变和连贯一致。

170

《哈姆莱特》不是某一个单一文本，这不仅因为现存三个不同的早期版本，而且由于剧本还存在于所有舞台演出之中，每一次表演当然都不同（即便是在连续演出中），所有的电影改编各不相同，各个编辑版本也互不相同，甚至种种翻译也各有差异。也许应该认识到，《哈姆莱特》根本不是某种本质的东西，相反，它只是一个名称，我们可以借此心安理得地将剧本的各个不同实现看作是某种形而上的统一体；《哈姆莱特》只是一个名字，它指称的并不是某种先于表现的原初之物，而是如格雷戈里·贝特森（Gregory Bateson）所说的"连接模式"。[38]甚至超文本版本也不能把所有的一切"连接"在一起——至少它不可能完全包含剧本的每一场演出——但是超文本的《哈姆莱特》告诉我们，剧本并不等同于某一特定版本。超文本可以轻而易举地实现不同文本、图像、音频和电影的互联与导航，这些并非辅助性材料，而是见证了剧本多样和多变的基本生存处境的原始证据。

然而印刷出版的剧本则是独一、不变的。即便是那些声称剧本"正如多次公开表演的那样"的早期印刷版本，也不过提供了一个文本，显然不同于它在不同场合实际演出的台词。印刷出版以后，剧本从作为其载体的书中吸收了与其本性不同的异质特征。书的物质完整性同时承载和强加了一系列独立于特定印刷文本之外的文化预设。书把文本封闭和保护起来，使之成为一个完整的可理解之物，进而冠以作者之名以确保其独创性。我们有威廉·莎士比亚的《哈姆莱特》，也有威廉·福克纳的《哈姆莱特》，尽管在这两个例子中，作者对于"他的"文本之实际权利，以及各自承担的责任迥然不同，然而二者都无法毫无异议地宣称作品完全是"他的"。反而我们却越发倾向于将作品的专利权转让给作者，这些本是物质形式的书所阐明、宣告和利用的所有权。当然，这些权利并非是不证自明的，它们的形成经历了一个漫长的意识形态的发展过程，当然书并非其中的唯一动因，然而书无疑加速了这一进程，并几乎使之变得不可抗拒。[39]

显然，在莎士比亚剧本得以出版的那一历史时刻，那些权利尚未存在。

然而更多是出于商业动机，而非保护知识产权的动机，莎士比亚剧本日益以书的形式问世，只有作者本人才有权控制剧本语言结构的观念也日渐形成。书成为剧本的载体，并确立剧本"由威廉·莎士比亚创作"，或者"由 W. 莎士比亚修改和增补"，或者最终成为"威廉·莎士比亚的作品，包括他的全部喜剧、历史剧和悲剧"。剧本被广告为"他的"作品；无论作品经历了何种改动，都被认定为出自莎士比亚之手。

至少一旦剧本从必然采取合作经济模式的剧场迁移到独享所有权的文学领域，莎士比亚即被认为占有这些剧本的绝对所有权——人们因此对16世纪的"坏四开本"、王朝复辟时期的改编，或者19世纪的阉割表现得不屑一顾。当然，作者可以修改、补充或删节他们自己的文本，但他人企图改动作者文本面貌的行为则是不合法的外来干涉，因而理应遭到谴责。一旦作者提出对文本的所有权要求，或者委托他人提出所有权要求，因而成为"作者"时，文本即变得不可侵犯：如拉菲勒·西莫内（Raffaele Simone）所说，我们的文化"承认读者阐释文本的权力，但却不允许读者触摸文本，或者说让身体变样"（《文本的身体》，241页）。

如此一来，至少作为语言结构来说，文本的所有权归作者，至少书如是说，作者确立了自己对书的所有权，暗中包括文本的独创性和完整性。因此，文本的身体应该保持纯洁，除非受到正式邀请，不得受到他人侵犯。对我来说非常有说服力的是，这里有一个道德逻辑（尽管我想这更是因为我是一个十多岁女儿的父亲，而不是因为我是一个莎士比亚学者或书籍史家）。然而从文本研究的角度看，这种逻辑是完全错误的，即便不是对所有写作而言，但对戏剧而言无疑是错误的，因为在戏剧中，作者的文本必然是开放性的，它随时欢迎负责剧本表演的人士参与进来，无论他们是否受到邀请。在所有文学样式之中，戏剧是最不尊重作者文学抱负的一种。然而，付梓的戏剧为作者的文学梦想发出了声音（就莎士比亚而言，它表达了作者本人从未表示过的宏图大志）。

我们听到的声音正是所谓"真实在场",并认为电子媒介背叛了作者的"真实在场",然而现在应该清楚了,即便在印刷媒介中,这一"在场"也并不怎么真实。这种存在,无论是在1608年纳撒尼尔·巴特的四开本《李尔王》中,还是在1623年贾加尔德和布朗特的对开本中,无论他们如何一再重申,都是由图书行业中的商业抱负用活字有意建构出来的。如果说书的作者实际上并不写书,那么无论在17世纪早期的书铺,还是在今天的书店,作者的确促进了书的销售。

事实是所有的书写技术都会背叛"真实在场";它们总是提供声音的幻觉,而这一声音就其定义而言是不在场的。因此,人们对于技术的偏好不应建立在更多真实性的假定上。也许我们应该提醒自己,铅笔作为书写工具而言并不比电脑自然多少。只不过我们更容易理解铅笔的工作原理,铅笔留下的痕迹与作者的联系更加直接而已;也就是说,它们较之印刷或数字显示,更少依赖其他中介,但这并不因此削弱铅笔作为作者话语的媒介色彩。

手稿通过宣称作者亲手把文字书写到纸面上,显示作者的在场——然而正如我们所见,莎士比亚最多只有《托马斯·莫尔爵士》中的一百四十六行手稿和现存七个签名。书借助物质完整性和印制成铅字的作者署名,显示作者的在场——对于莎士比亚而言,这是通过压制不容忽视的剧场合作以及作者本人对印刷明显的漠不关心取得的。电子文本则宣称,作为呈现作者的媒介,它能够将文本表现为事件,而不只是文件——对于莎士比亚而言,电子文本将戏剧文本嵌入到一个附加的文本和视觉材料的网络之中,进而试图模拟戏剧本身的基本现实,即戏剧是一种多媒体的、综合多变的实践行为。

这里的讽刺可谓显而易见:手稿并不存在,莎士比亚对作品的出版大多漠然置之,而且当然他对数字化闻所未闻。我们阅读莎士比亚的所有方式中,没有任何一种是真实可靠的。[40]我们也无法勉为其难地承认,只有在剧场中才能找到真实的莎士比亚,因为剧场从一开始就心甘情愿地为了演出需要而牺牲在场性,作者的文本无非是用来表演和摆弄的戏剧脚本,它集成和展现了其他戏剧艺术家的天才,而他们都将自己的意愿加之于文本之上。

在从抄本向电脑的转换过程中,我们不会丢失莎士比亚,然而我们也不会以某种更加真实的方式与他相遇。正如我在本书中所论证的那样,莎士比亚从未像我们佯称的那样真正存在于任何一个文本空间之中。然而我们却赋予它们以莎士比亚之名,在各种物质表现形式中发现了我们想象出来的作者在场的迹象。[41] 我们多少有点像哈姆莱特,按照他平生所学的知识判断,眼前出现的不可能是父亲的鬼魂。它的"形状十分可疑",尽管在威登堡(Wittenberg)受到的教育告诉他,幽灵不可能是真实的,丹麦王子还是决定承认它的真实可信:"我要叫你哈姆莱特,/君王,父亲,尊严的丹麦先王"(1.4.44—5)。① 面对着呈现剧本的众多可疑形状,我们同样决心(与哈姆莱特一样,更多是出于意愿,而非知识)在"坚实的"抑或"受攻击的"② 文本背后,找到我们称为莎士比亚的幽灵般的存在,无论它以何种媒介形式展示在我们面前。

---

① 中译参见《哈姆莱特》,朱生豪译,吴兴华校,《莎士比亚全集》第五卷,303页。这一段原文是诗体,朱译为散文形式。——译者注
② 这是《哈姆莱特》文本中一处有名的难点,学者多有争论。第一对开本为"solid Flesh"(坚实的肉体),第一四开本和第二四开本作"sallied flesh"(受攻击的肉体),现代编者约翰·多弗·威尔逊(1934)等修订为"sullied flesh"(被玷污的肉体;1.2.129)。——译者注

注　释

绪论

1 William J. Mitchell, *City of Bits: Space, Place, and the Infobahn* (Cambridge, Mass.: MIT Press, 1995), pp. 56.

2 D. F. McKenzie, "History of the Book," in *The Book Encompassed: Studies in Twentieth-Century Bibliography* (Cambridge: Cambridge University Press, 1992), pp. 297. 这当然是杰罗姆·J. 麦根（Jerome J. McGann）著作的主要观点，参见 *The Textual Condition* (Princeton: Princeton University Press, 1991)。很明显，麦肯齐（McKenzie）和麦根的著作对我影响很大，不过麦根认为"文本是一个语言和文献代码系统构成的交织网络"(p.13)，这种说法无论在多大程度上恢复了文本的物质属性对于意义体系的重要性，在我看来似乎过于急切地禁锢了决定文本物质存在的实际动因。对于麦根来说，这常常听起来像是"这两大符号系统相互作用"(p.67) 本身创造了意义，而不是相关个体的有效运作创造了意义。同时参见 E. A. Levenson, *The Stuff of Literature: Physical Aspects of Texts and Their Relation to Literary Meaning* (Albany: State University of New York Press, 1992)。

3 René Wellek and Austin Warren, "The Mode of Existence of a Literary Work of Art," in *The Theory of Literature,* 3rd ed. (New York: Harcourt Brace,

1956), pp. 143—144.

4 对于这一观点论述最为有力的是 G. 托马斯·坦瑟勒（G. Thomas Tanselle）。参见其 *Textual Criticism Since Greg: A Chronicle 1950—1985* (Charlottesville: University of Virginia Press, 1987), 以及精练之作 *A Rationale of Textual Criticism* (Philadelphia: University of Pennsylvania Press, 1989); 但比较本书第四章第117—120页。【译者附言：坦瑟勒 *A Rationale of Textual Criticism* 中译《校勘原理》见苏杰编译，《西方校勘学论著选》（上海：上海人民出版社，2009），175—231页。】

5 *The Prelude*, book 5, lines 46—47.

6 Roger Chartier, *The Order of Books: Readers, Authors, and Libraries in Europe Between the Fourteenth and Eighteenth Centuries*, trans. Lydia G. Cochrane (Stanford: Stanford University Press, 1994), p. ix. 同时参见 D. F. 麦肯齐著 *Bibliography and the Sociology of Texts* (London: British Library, 1986), 该书原为作者1985年在大英图书馆的 Panizzi 讲座揭幕演讲，它将"物质效应"纳入人们的视野，影响巨大。

7 William Prynne, *Histrio-mastix* (London, 1633), 折标 **6^v.

8 M. C. Bradbrook, *The Rise of the Common Player: A Study of the Actor and Society in Shakespeare's England* (Cambridge, Mass.: Harvard University Press, 1964), pp. 38.

9 凯瑟琳·邓肯-琼斯（Katherine Duncan-Jones）认为，1609年版十四行诗是根据莎士比亚本人修改的手稿印刷的，该版本被莎士比亚出售给托马斯·索普（Thomas Thorpe）；参见她的论文"Was the 1609 *Shake-speares Sonnets* Really Unauthorized?" *Review of English Studies* 34 (1983): 151—171. 由于大都与当前论题无关的种种原因，我并不认同该卷代表莎士比亚有意出版其作品的观点，不过即便邓肯-琼斯是正确的，这也与我认为莎士比亚无意出版自己剧作的观点不相矛盾。

10 *William Shakespeare: The Complete Works*, ed. Stanley Wells and Gary Taylor (Oxford: Oxford University Press, 1986), pp. xxxviii.

11 Michael Goldman, *Acting and Action in Shakespearean Tragedy* (Princeton: Princeton University Press, 1985), pp. 15. 其他舞台批评的众多优秀研究成果中，参见 Anthony Dawson, *Watching Shakespeare* (London: Macmillan, 1988); Robert Hapgood, *Shakespeare the Theatre-Poet* (Oxford: Oxford University Press, 1988); and Barbara Hodgdon, *The Shakespeare Trade: Performances and Appropriations* (Philadelphia: University of Pennsylvania Press, 1998). 一部研究莎士比亚剧作最初上演的舞台条件的重要之作是 Alan C. Dessen, *Recovering Shakespeare's Theatrical Vocabulary* (Cambridge: Cambridge University Press, 1995)。

12 参见拙文"The Play (text)'s the Thing: Teaching Shakespeare (Not in Performance)," URL: <http://www.ardenshakespeare.com:9966/main/ardennet/>。

13 参见探讨印刷与表演之间复杂关系的两部精彩作品：W.B. Worthen 的 *Shakespeare and the Authority of Performance* (Cambridge: Cambridge University Press, 1997), esp. pp.1—45。Robert Weimann 的 *Author's Pen and Actor's Voice: Playing and Writing in Shakespeare's Theatre* (Cambridge: Cambridge University Press, 2000)。

14 参见 Weimann 的论文 "Bifold Authority in Shakespeare's Theatre," *Shakespeare Quarterly* 39 (1988): 401—417。

15 Stephen Orgel, "What is an Editor?" *Shakespeare Studies* 24 (1996): 23.

16 *Samuel Johnson on Shakespeare*, ed. H. R. Woudhuysen (Harmondsworth: Penguin, 1989), pp. 136。

17 Terry Eagleton, *Criticism and Ideology* (London: Verso, 1978), pp. 65.

18 John Aubrey, "*Brief Lives,*" *chiefly of Contemporaries, set down by John*

Aubrey, between the Years 1669 & 1696, ed. Andrew Clark (Oxford: Oxford University Press, 1898), vol. 2, pp. 244.

19 参见 Malcolm Rogers, "The Meaning of Van Dyck's Portrait of Sir John Suckling," *Burlington Magazine* 120 (1978): 741—745。

第一章

1 正如众多校勘学者所指出的,即使这种固定性也有其局限,至少在印刷厂里,校对和纠正过程几乎总会导致任一印刷本与其他印刷本在更正与未更正的页面组合方面无法保持一致。然而几乎没有证据表明当时已经意识到这一点,即使他们对此有所察觉,这也丝毫不能动摇印刷文本。即便出版商的确注意到了存在着不同复本,他们也表现得极其镇定自若,例如在威廉·古奇(William Gouge)的作品《上帝的全副盔甲》(1616; *The Whole-Armor of God*)中,出版商在勘误表中说道:"因此当你发现有任何使意义晦涩难懂的错误,请与其他书本进行比较,这样即可弥补该处错误"(折标 A10^v)。如此看来,存在不同本子的事实并不破坏文本的意义,相反,文本意义借此得以稳固。

2 William Prynne, *Histrio-Mastix: the Players Scourge* (London, 1633), 折标 **6^v. 【译者附言:普林关于戏剧书比布道文更畅销的话出自折标 *3^r。】

3 参见 Kari Konkola, "'People of the Book': The Production of Literary Texts in Early Modern England," *Publication of the Bibliographic Society of America* 94 (2000): 5—31, esp. pp. 18, n. 26。

4 Peter W. M. Blayney, "The Publication of Playbooks," in *A New History of Early English Drama*, ed. John D. Cox and David Scott Kastan (New York: Columbia University Press, 1997), pp. 389. 同时参见 Mark Bland, "The London

Book-Trade in 1600," in *A Companion to Shakespeare*, ed. David Scott Kastan (Oxford: Blackwell, 1999), pp. 450—463。

5 *Letters of Thomas Bodley to Thomas James, First Keeper of the Bodleian Library*, ed. G. W. Wheeler (Oxford: Oxford University Press, 1926), pp. 219, 222. 两部剧本的确包含在饱蠹楼的早期藏书之内；图书馆1620年的目录列出了罗伯特·戴博恩（Robert Daborne）的《变节的基督徒》(1612；*A Christian Turn'd Turke*) 和托马斯·海伍德（Thomas Heywood）的《伦敦四学徒》(1615；*The Four Prentices of London*)。当然，博德利在1613年1月底就去世了，然而截至1620年藏书中只有两部剧本，说明这很可能只是偶然的收录，并非标志着图书馆政策的改变。

6 *The Three Parnassus Plays*, ed. J. B. Leishman (London: Nicholson and Watson, 1949), pp. 247—248. 约翰·斯蒂芬斯（John Stephens）在其作品《辛西娅复仇记》(*Cynthia's Revenge*；London, 1613) 中说，一些作者们"渴望收获使人酩酊大醉的四十先令，让诗歌（Hellicon，赫利孔山，相传为文艺诸女神缪斯居住之所，常代指诗歌。——译者注）名副其实的恩主蒙羞"（折标 A_2^v）；乔治·威瑟（George Wither）在其作品《学者的炼狱》(*The Schollers Purgatory*；London, 1624) 中也指出，"书商只需四十先令就可以雇用拮据的不学无术之人"（折标 $I1^v$）。

7 这一分析显然极大得益于彼得·布莱尼的研究，他极其出色地重构出当时剧本出版的经济状况，参见 "The Publication of Playbooks," esp. pp. 405—413。

8 这些统计数字由艾伦·法默（Alan Farmer）提供，目前他正在哥伦比亚大学完成他的出色的博士论文，论题是该时期剧本的出版和流通问题。【译者附言：Alan Bryan Farmer 已于2006年完成他的博士论文："'Made Like the Times Newes': Playbooks, Newsbooks, and Religion in Caroline England."】

9 George Wither, *The Schollers Purgatory* (London, 1624), 折标 $B6^v$—

7ʳ, H₅ʳ。

10 Thomas Heywood, *An Apology for Actors* (London, 1612), 折标 G₄ʳ。

11 Alexander Roberts, *An Exposition Upon the Hundred and Thirtie Psalme* (London, 1610), 折标 O4ʳ。

12 布莱尼指出，"我们一直忙于追踪想象中的盗版者"，以至于无法理解一般情况下，剧本得以付梓的过程（"The Publication of Playbooks", pp. 394）。如劳丽·E. 马圭尔（Laurie E. Maguire）指出，盗版行为"从技术上来说与出版环境有关，指的是某一书商对于另一书商权力的侵犯"。参见其著作 *Shakespearean Suspect Texts: The "Bad" Quartos and their Contexts* (Cambridge: Cambridge University Press, 1996), pp.16。亦可参见 Cyril Bathurst Judge, *Elizabethan Book-Pirates* (Cambridge, Mass.: Harvard University Press, 1934)。

13 Samuel Daniel, *The Vision of the Twelve Goddesses* (London, 1604), 折标 A3ʳ。

14 Stephen Egerton, *A Lecture preached by Maister Egerton, at the Blacke-friers, 1589* (London, 1603), 折标 A₄ᵒ。

15 Fredson Bowers, *On Editing Shakespeare and the Elizabethan Dramatists* (Philadelphia: University of Pennsylvania Press, 1955), pp. 41.

16 有关《哈姆莱特》复杂的"文本状况"的详尽而富有启发性的论述，参见 Leah Marcus, *Unediting the Renaissance: Shakespeare, Marlowe, Milton* (London: Routledge, 1996), pp. 132—176。

17 参见 Gerald D. Johnson, "Nicholas Ling, Publisher 1580—1607," *Studies in Bibliography* 37 (1985): 203—214。关于此类印刷权的保留问题，参见 Arber III. 92，托马斯·克里德（Thomas Creede）对于 *The Cognizance of a True Christian* 的登录说明是："该本将始终由**托马斯·克里德为尼古拉斯·林（Nicholas Linge）印刷出版，印次不限**。"

18 STC 16743.2 and 16743.3, *A true bill of the whole number that hath died in the Cittie of London*（London, 1603）. 参见 Gerald D. Johnson, "John Trundle and the Book-Trade 1603—1626," *Studies in Bibliography* 39（1986）, esp. pp. 191—192.

19 Vickers, "*Hamlet* by Dogberry: A Perverse Reading of the Bad Quarto," *Times Literary Supplement,* 1993年12月24日, pp. 5。

20 有关《燃怦骑士》的相关情况，参见 Zachary Lesser, "Walter Burre's *Knight of the Burning Pestle,*" *English Literary Renaissance* 29（1999）: 22—43；当然《特洛伊罗斯与克瑞西达》的出版时间是1609年，该版本有两个不同的标题页，其中一个宣称该剧"曾由国王供奉剧团在寰球剧场上演"，另外一个只标明"由威廉·莎士比亚创作"，出版商的广告则声称，这是一部"新剧本"，"从未遭受鄙陋群氓之鼓掌欢呼"。【译者附言：出版商广告见附录七。】

21 关于《李尔王》标题页的部分材料略有变动，已收入拙作 *Shakespeare After Theory*（New York: Routledge, 1999）, pp. 37, 81。

22 几乎没有学者认为《约翰王麻烦重重的统治》出自莎士比亚之手，然而 W. J. 考托普（W. J. Courthope）坚持认为"莎士比亚是唯一作者"。参见他的著作 *History of English Poetry*（New York: Macmillan, 1903）, vol. 4, p. 55。新近以来，埃里克·萨姆斯（Eric Sams）也持相似观点，他认为这部匿名剧本是年轻的莎士比亚学徒时期的作品。参见他的著作 *The Real Shakespeare: Retrieving the Early Years, 1564—1594*（New Haven: Yale University Press, 1995）, pp. 146—153。尽管两部剧作在文字上存有若干相近之处，但只有两三句台词完全相同，这说明其中一部不可能是另一部的早期版本。然而学者们确实相信，其中一部显然受到另外一部的影响，通常认为是那部匿名的、女王供奉剧团持有的剧本是莎士比亚历史剧的资料来源。

23 George Walton Williams 认定该版本的时间为1622年；参见 "The Printer and the Date of *Romeo and Juliet* Q4," *Studies in Bibliography* 18（1965）: 253—254。

24 E. K. Chambers, *The Elizabethan Stage* (Oxford: Oxford University Press, 1923), vol. 3, pp. 187; *A Dictionary of Printers and Booksellers... 1557—1640*, gen. ed. R. B. McKerrow (London: Bibliographical Society, 1910), pp. 84.

25 W. W. Greg, *Two Elizabethan Stage Abridgements: "The Battle of Alcazar" and "Orlando Furioso": An Essay in Critical Bibliography* (Oxford: Oxford University Press, 1923), pp. 130.

26 D. Allen Carroll, "Who Wrote *Greenes Groats-worth of Witte* (1592)?" *Renaissance Papers 1992*, ed. George Walton Williams and Barbara J. Baines (Durham, NC: Southeast Renaissance Conference, 1993), pp. 75.

27 *Records of the Court of the Stationers' Company, 1576—1602*, ed. W. W. Greg and E. Boswell (London: The Bibliographical Society, 1930), pp. 21 (1586年11月3日); *A Transcript of the Stationers' Registers*, ed. Edward Arber (London, 1875), vol. 2, pp. 706 (1589年9月30日) (此后略为 *SR*)。

28 Greg and Boswell (eds.), *Records of the Court of the Stationers' Company*, pp. 46 and 56 (1593年3月5日; 1597年4月10日)。

29 Henry R. Plomer, "The Printers of Shakespeare's Plays and Poems," *The Library*, 2nd series, 7 (1906): 153.

30 参见 W. Craig Ferguson, *Valentine Simmes* (Charlottesville: University of Virginia Press, 1968), pp. 86—89。

31 Harry Hoppe 计算出,第一四开本平均每页有零点九个印刷错误,第二对开本的平均错误是一点四个。参见 *The Bad Quarto of "Romeo and Juliet": A Bibliographic and Textual Study* (Ithaca: Cornell University Press, 1948), pp. 8—9。

32 *The Complete Works of Shakespeare*, ed. David M. Bevington (New York: HarperCollins, 1992), pp. A—14.

33 Greg and Boswell (eds.), *Records of the Court of the Stationers'*

Company, p. 78（1600年7月7日）。

34 新牛津版《罗密欧与朱丽叶》的编者吉尔·L. 莱文森（Jill L. Levinson）认为，第一对开本"有明显迹象表明该版本与演出密切相关"；不过她认为，第二对开本"若干段落的重复"表明有"作者修改"的迹象，因此该版本建立在"作者创作稿本的基础上，而不是剧场中使用的脚本"。参见她的"Editing *Romeo and Juliet*: 'A challenge [,] on my life,'" in *New Ways of Looking at Old Texts, II*, ed. W. Speed Hill (Tempe: Medieval and Renaissance Text Society, 1998), esp. pp. 69。

第二章

1 "Upon *Aglaura* Printed in Folio," in *Parnassus Biceps, or, Several Choice Pieces of Poetry, 1656*, ed. G. Thorn-Drury (London: Etchells and Macdonald, 1927), pp. 57—58.

2 Thomas Heywood, *The Rape of Lucrece*, (London, 1608), 折标 A_2^r。

3 Heywood, *Apology for Actors* (London, 1612), 折标 A_4^r。

4 W. W. Greg, *The Shakespeare First Folio: Its Bibliographic and Textual History* (Oxford: Oxford University Press, 1955), pp. 2.

5 Greg, *The Editorial Problem in Shakespeare: A Survey of the Foundation of the Text*, 2nd ed. (Oxford: Oxford University Press, 1951), pp. 157.

6 1765年版莎士比亚戏剧集序言，收入 *Samuel Johnson on Shakespeare*, ed. H. R. Woudhuysen (London: Penguin, 1989), pp. 147。安德鲁·墨菲（Andrew Murphy）也注意到约翰逊与格雷格对于莎士比亚晚年思想的不同想象。参见"'To Ferret Out Any Hidden Corruption': Shakespearean Editorial Metaphors," *TEXT* 10 (1997): 202—204。

7 Heywood, *The English Traveller* (London, 1633),折标 A$_3^r$;有关海伍德在图书出版方面的抱负,参见 Ben Robinson, "Thomas Heywood and the Cultural Politics of Seventeenth-century Play Collections," 收入即将出版的 *Studies in English Literature*。【译者附言:该文已出版,参见 Benedict Scott Robinson, "Thomas Heywood and the Cultural Politics of Play Collections." *SEL: Studies in English Literature, 1500—1900* 42.2 (2002):361—380。】

8 E. K. Chambers, *William Shakespeare: Facts and Problems* (Oxford: Oxford University Press, 1930), vol. 2, p. 234. 艾萨克·格兰茨爵士 (Sir Isaac Gollancz) 首先注意到这首诗歌;参见 "Contemporary Lines to Heminge and Condell," in *Times Literary Supplement*, 1922 年 1 月 26 日, pp. 56。

9 有关此种程序的实例,参见 J.W., "Original Letters of Jo. Davies," *Gentleman's Magazine* 60 (1790):23—24,其中 1628—1629 年约翰·戴维斯 (John Davies) 写给理查德·温和欧文·温 (Richard and Owen Wynne) 的前四封信涉及在伦敦书商中间散发戴维斯关于一部威尔士语字典的提议(并且他担保自己笔迹"清晰易读","不会有太多添加的行间文字")。

10 *Records of the Court of the Stationers' Company, 1602—1640*, ed. W. A. Jackson (London: The Bibliographical Society, 1957), pp. 110.

11 参见 A. W. Pollard, *Shakespeare Folio and Quartos* (1909; rpt. New York: Cooper Square, 1970), pp. 81—104; Greg, *The Shakespeare First Folio*, pp. 9—17; Leo Kirschbaum, *Shakespeare and the Stationers* (Columbus: Ohio State University Press, 1955), pp. 227—242. 根据作品流传下来的相似比例来看,这十个剧本很可能常常是同时购买的。

12 Algernon Charles Swinburne, *Studies in Prose and Poetry* (London: Chatto & Windus, 1894), pp. 90.

13 对于印刷商来说,只要价钱合适,工作量大小无关紧要;事实上,工作量大反而具有优势,因为这能保证作业的一贯性。然而出版商则要承担相应的财政风险,因为他们需要预付图书制作和批发销售的成本;因此,对于出版商而言,规模越大风险也就越大。

14 转引自 Greg, *The Shakespeare First Folio*, pp. 3—4。

15 有关图书行业的各种活动,参见 Laurie Maguire, "The Craft of Printing (1600)," in *A Companion to Shakespeare*, ed. David Scott Kastan (Oxford: Blackwell, 1999), pp. 434—449, esp. pp. 435—436。

16 R. 克朗普顿·罗兹(R. Crompton Rhodes)在他的著作中简要介绍了布朗特的事业生涯,参见 *Shakespeare's First Folio* (Oxford: Basil Blackwell, 1923), esp. pp. 47—51。在许多方面,迄今为止最优秀的研究成果仍然是 Sidney Lee 的 "An Elizabethan Bookseller," *Bibliographica I* (1895): 474—498。对于布朗特的生平和工作更为详尽的记述,可参阅加里·泰勒即将出版的 "Edward Blount, Publisher of Shakespeare"。

17 Greg, *The Shakespeare First Folio*, pp. 4.

18 罗兹在《莎士比亚第一对开本》(*Shakespeare's First Folio*)中认为,布朗特是"这一联合体的首领"(48页),甚至彼得·布莱尼也认为布朗特和艾萨克·贾加尔德是该集子的"主要出版商"[Peter W. M. Blayney, *The First Folio of Shakespeare,* (Washington, D. C.: The Folger Shakespeare Library, 1991) pp. 2]。当然,该集子问世的时候,他们的确是主要出版商,不过我认为很可能的情况是(正如我在此论证的那样),在这一出版计划已经成形以后好久,布朗特才加入进来。

19 R. B. McKerrow, *A Dictionary of Printers and Booksellers in England, Scotland, and Ireland, 1557—1640* (London: The Bibliographical Society, 1910), p. 217. 有关庞桑比(Ponsonby)的情况,参见 Michael Brennan, "William Ponsonby: Elizabethan Stationer," *Analytic and Enumerative Bibliography 7* (1983): 91—110。

20 参见 D. F. McKenzie, *Stationers' Company Apprentices, 1605—1640* (Charlottesville:

Bibliographic Society of the University of Virginia, 1961), pp. 45。菲利普·唐尼森 (Philip Townesend) 于1623年7月成为布朗特的最后一个学徒。

21 1624年11月3日,布朗特将《希洛与利安德》的所有权转让给了塞缪尔·维克斯 (Samuel Vickers), 此时该作品已经出版了八个版本 (*SR*, vol. 4, pp. 126)。

22 William A. Jackson (ed.), *Records of the Court of the Stationers' Company, 1602—1640* (London: The Bibliographical Society, 1957), pp. 180.

23 1630年11月16日,布朗特将一十八部莎士比亚戏剧的所有权转给罗伯特·阿洛特 (Robert Allot) (*SR*, vol. 4. pp. 243)。有关书铺的出售情况参见 Peter W. M. Blayney, *The Bookshops in Paul's Cross Churchyard* (London: The Bibliographical Society, 1990), pp. 26—27。

24 琼森对开本第二版要等到1640年才得以出版,已经是作者逝世以后三年的事情了。1631年,最初对开本没有收入的三部作品也作为1616年版本的补充,以对开本形式发行 (*Bartholomew Fair, Staple of News, Devil is an Ass*)。1640年出版了1616年对开本的新版本,此前的三部剧本也由 Richard Meighen 重新发行,标题页上注明"第二卷"。这些发行计划的背后,情况十分复杂,部分细节时至今日仍不清楚。参见 W.P. Williams, "Chetwin, Crooke, and the Jonson Folios," *Studies in Bibliography* 30 (1977): 75—95。

25 转引自 *Ben Jonson*, ed. C. H. Herford and Evelyn Simpson (Oxford: Oxford University Press, 1950), vol. 9, pp.13; Henry Fitzgeffrey, "Satyra prima," in *Satyres and Satyricall Epigrams* (London, 1617),折标 A8^r。

26 "Conversations with William Drummond," in Ben Jonson, *The Complete Poems*, ed. George Parfit (Harmondsworth: Penguin, 1975), pp. 471.

27 Blayney, *The First Folio of Shakespeare*, pp. 21—24.

28 参见 Scott McMillin, *The Elizabethan Theatre and "The Book of Sir Thomas More"* (Ithaca: Cornell University Press, 1987); Trevor Howard-Hill (ed.),

Shakespeare and "Sir Thomas More": Essays on the Play and its Shakespearean Interest (Cambridge: Cambridge University Press, 1989);以及 *Shakespeare's Hand in "The Play of Sir Thomas More": Papers by Alfred W. Pollard, W. W. Greg, E. Maunde Thompson, J. Dover Wilson, and R. W. Chambers* (Cambridge: Cambridge University Press, 1923)。

29 Stanley Wells and Gary Taylor, with John Jowett and William Montgomery, *William Shakespeare: A Textual Companion* (Oxford: Oxford University Press, 1987), pp. 557. 该版本本身出版于1986年。

30 James Spedding, "Who wrote Shakespeare's Henry VIII?" *Gentleman's Magazine*, n.s. 34 (1850): 115—124, 381—382. 几乎与此同时, 塞缪尔·希克森 (Samuel Hickson) 发表了一篇短文, 做出了相同的结论, 文章的题名也是 "Who wrote Shakespeare's *Henry VIII*?", 见 *Notes and Queries* 43 (24 August 1850): 198。

31 在众多有关该剧合作创作情况的研究中, 参见 Ants Oras, "Extra Monosyllables in *Henry VIII* and the Problem of Authorship," *Journal of English and German Philology* 52 (1935): 198—213; A.C. Partridge, *The Problem of "Henry VIII" Reopened* (Cambridge: Cambridge University Press, 1949); Robert Adger Law, "The Double Authorship of *Henry VIII*," *Studies in Philology* 56 (1959): 471—488; Marco Mincoff, "*Henry VIII* and Fletcher," *Shakespeare Quarterly* 12 (1961): 239—260; MacDonald P. Jackson, "Affirmative Particles in *Henry VIII*", *Notes and Queries* 207 (1962): 372—374; 以及新近的权威研究 Jonathan Hope, *The Authorship of Shakespeare's Plays: A Socio-linguistic Study* (Cambridge: Cambridge University Press, 1994), esp. pp. 70—83。

32 然而《麦克白》将收入到 *Collected Works of Thomas Middleton* 之内, 该文集即将由牛津大学出版社出版, 编者为加里·泰勒。【译者附言: 该文集已经出版: *Thomas Middleton: The Collected Works*, ed. Gary Taylor et al.,

Oxford: Clarendon, 2007.】

33 有关剧本修改情况最完整的记述,参见 Grace Iopollo, *Revising Shakespeare* (Cambridge, Mass.: Harvard University Press, 1991)。

34 1708年发现了一条证明该剧为莎士比亚独创的证据——或者至少证明在剧场团体之内人们关于作者问题一直持有此种观点——参见 John Downes 的 *Roscius Anglicanus,* ed. Montague Summers (1929; rpt. New York: Benjamin Blom, 1968)。唐斯称赞贝特顿(Betterton)扮演亨利八世"把握准确、恰到好处",对于如何扮演亨利八世的角色,贝特顿"受到威廉[·戴夫南特]爵士的指导,威廉爵士受到年长的洛温(Lowen)先生的指导,而洛温先生则从莎士比亚先生本人那里得到指导。"

35 参见 Margreta de Grazia, *Shakespeare Verbatim* (Oxford: Clarendon Press, 1991), pp. 14—48; Leah Marcus, *Puzzling Shakespeare: Local Reading and its Discontents* (Berkeley: University of California Press, 1988), pp. 2—25, 43—50。亦可参见 Stephen Orgel 的重要论文,"The Authentic Shakespeare," *Representations* 21 (1988): 1—25。

36 "Ode to Himself," *Ben Jonson*, ed. Herford and Simpson, vol. 6, p. 492.

37 书商们"出于对推进学术进步的热情",同意在博德利的要求之下,每次出版新书之后都会留存给图书馆一本样书,条件是书业公会会员在需要重印该书时可以随意借阅使用。结果,尽管人们做出了种种努力,甚至对不服从者处以罚款,很多书商还是拒不提供样书。参见 Ian Philips, *The Bodleian Library in the Seventeenth and Eighteenth Centuries* (Oxford: Oxford University Press, 1983), pp. 27—29; 同时参见 Robert C. Barrington Partridge, *History of the Legal Deposit of Books Throughout the British Empire* (London: The Library Association, 1938), pp. 289。

38 参见布莱尼书中德林(Derring)账本的照片,*The First Folio of Shakespeare*, pp. 25。

39 本章以下部分观点的早期版本收入拙作 *Shakespeare After Theory* (New York: Routledge, 1999), pp. 87—91。

40 A. W. Pollard, *Shakespeare's Fight with the Pirates* (Cambridge: Cambridge University Press, 1920), pp. 45—46.

41 参见 Margreta de Grazia, "The Essential Shakespeare and the Material Text," *Textual Practice* I (1988), esp. pp. 72—77; Paul Werstine, "Narratives about Printed Shakespeare Texts: 'Foul Papers' and 'Bad' Quartos," *Shakespeare Quarterly* 41 (1990): 65—86。

42 尽管，例如，钱伯斯称巴斯比是"那些偷偷摸摸的印刷商的头目"(*The Elizabethan Stage* [Oxford: Oxford University Press, 1923], vol.3, p. 191)，他的这一做法似乎并无异常或不妥之处。参见 Gerald D. Johnson 的"John Busby and the Stationers' Trade," *The Library*, 6th series, 7 (1985): 1—15，这篇文章是约翰逊就早期现代出版商问题撰写的众多优秀论文之一。约翰逊认为，两次登记剧本的做法毫无异常之处：巴斯比购买并登记剧本，目的仅在于出让所有权，他后来的确把剧本所有权转卖给了阿瑟·约翰逊（Arthur Johnson）。只不过巴斯比刚刚注册完该剧本，这笔交易就谈成了（或者两笔交易都在早些时候达成，只是双双登记延误），这似乎让人感觉两次登录有些不同寻常，似乎背后有什么见不得人的行为。

43 Edmond Malone (ed.), *The Plays and Poems of William Shakespeare* (London, 1790), vol. I, pp. xii.

44 尽管波拉德十分看重这一描述的准确性（*Shakespeare's Fight with the Pirates,* pp. 59—61），然而应该指出的是，在1647年鲍蒙特和弗莱彻的对开本中，汉弗莱·莫斯利（Humphrey Moseley）在致读者信中同样也说，"弗莱彻先生的笔迹不存在行间添改；他的朋友也证实说他在创作中总是一挥而就：似乎他有某种罕见的天赋，可以在脑海中一次全部完成创作；在下笔之前，他就已经将头脑中的想法组织、修饰完毕，或增或减已经胸有成竹,在他动笔之前,一切都已成形,而且分毫不差,仿佛镌刻在黄铜或大理石之上。"稍微看一眼弗莱彻的亲笔文稿,就可以看出莫斯利说的只是一些客套话。

[45] 当然,该项目中承担金融风险最大的人是布朗特:斯梅瑟威客(Smethwick)和阿斯普利(Aspley)很可能将之作为最大一笔投资贡献了他们部分莎剧的所有权,贾加尔德的印刷事业则正在蒸蒸日上。

[46] 杰弗里·马斯滕(Jeffrey Masten)同样认为,"除非在我们阅读的文本材料里的建构中,所谓'17世纪作者'并不存在",参见他的杰作 *Textual Intercourse: Collaboration, Authorship, and Sexualities in Renaissance Drama* (Cambridge: Cambridge University Press, 1997), esp. pp. 113—155(引言见120页)。

[47] Richard Dutton 也认为莎士比亚是一个"剧团中人",参见他的出色论文"The Birth of an Author," in *Texts and Cultural Change in Early Modern England,* ed. Cedric C. Brown and Arthur F. Marotti (New York: St. Martin's Press, 1997), pp. 153—178。

第三章

[1] 迄今为止有关莎士比亚剧本所有权问题,最优秀的研究成果仍然是 Giles E. Dawson 的论文 "The Copyright of Shakespeare's Dramatic Works," in *Studies in Honor of A. H. R. Fairchild,* ed. Charles T. Prouty (Columbia: University of Missouri Press, 1946), pp. 11—35。

[2] *SR,* vol. 4, pp. 182。

[3] 有关帕维尔的版权转让参见:1626年8月4日:*SR,* vol. 4, pp. 165;有关伯德的版权转让参见:1630年11月8日:*SR,* vol. 4, pp. 242。

4 有关布朗特的版权转让参见：1630 年 11 月 16 日：*SR*, vol. 4, pp. 243。

5 有关沃克利到霍金斯的版权转让参见：1627/1628 年 3 月 1 日：*SR*, vol. 4, pp.194；从约翰逊到米恩的版权转让参见：1629/1930 年 1 月 29 日：*SR*, vol. 4, pp. 227。

6 Edmond Malone (ed.), *The Plays and Poems of William Shakespeare* (London, 1790), vol. I, pp. xliii; Samuel Johnson and George Steevens (eds.), *The Plays of William Shakespeare* (London, 1793), vol. I, pp. xxviii.

7 Matthew Black and Matthias Shaaber, *Shakespeare's Seventeenth-century Editors, 1632—1685* (New York: MLA, 1937), pp. 32.

8 *The Works of William Shakespeare,* ed. W. G. Clarke and John Glover (Cambridge and London: Macmillan, 1863), vol. I, pp. xi.

9 A. W. Pollard, *Shakespeare Folios and Quartos:A Study of the Bibliography of Shakespeare's Plays* (London: Methuen, 1909), pp. 158.

10 关于剧场的关闭情况，参见拙作 "'Publike Sports' and 'Publike Calamities': Plays, Playing, and Politics," in *Shakespeare After Theory* (New York: Routledge, 1999), pp. 201—220。

11 Ric. Brome [原文如此]，敬献给鲍蒙特和弗莱彻的诗歌，*Comedies and Tragedies* (London, 1647)，折标 E1^r。

12 事实上他们也主宰了戏剧舞台，如德莱顿在 *Essay of Dramatick Poesie* (1668) 中所言，如果整年中他们有两部作品上演的话，那么只有一部莎士比亚或者琼森的作品上演。转引自 *Shakespeare: The Critical Heritage*, ed. Brian Vickers (London and Boston: Routledge, Kegan and Paul, 1974), vol. 2, pp. 139。所有研究莎士比亚声望的学者都从维克斯编撰的六卷本皇皇巨著中受益匪浅。

13 Heylyn, *Cosmographie* (London, 1652)，折标 Zz2^v。

14 *The Diary of the Rev. John Ward*, ed. Charles Severn (London: H.

Colburn, 1839), pp. 41.

15 "The Booksellers to the Reader"(署名 John Martyn, Henry Herringman, and Richard Mariot), *The Wild-Goose Chase* (London, 1652). 该说明在鲍蒙特和弗莱彻的第二对开本中再次重印, *Fifty Comedies and Tragedies* (London, 1679), 折标 A1^v。【译者附言：此处有修正。】

16 转引自 Vickers (ed.) *Shakespeare: The Critical Heritage*, vol. 2, pp. 94。

17 可参见 Jean I. Marsden 有创见的研究, *The Re-Imagined Text: Shakespeare, Adaptation and Eighteenth-Century Literary Theory* (Lexington: University Press of Kentucky, 1995); Hazelton Spencer, *Shakespeare Improved* (Cambridge, Mass.: Harvard University Press, 1925); Gunnar Sorelius, *"The Giant Race Before the Flood": Pre-Restoration Drama on the Stage and in the Criticism of the Restoration* (Upsala: Almqvist & Wiksells, 1966)。

18 *Diary of John Evelyn,* ed. E. S. De Beer (Oxford: Oxford University Press, 1955), vol. 3, pp. 304.

19 "Prologue"(第24行) to *The Tempest, or The Enchanted Island: A Comedy* in *The Works of John Dryden,* vol. 10, ed. Maxmillian E. Novak (Berkeley: University of California Press, 1970), pp. 6; "Preface to the Play," *Troilus and Cressida, or, Truth Found Too Late, in The Works of John Dryden*, vol. 13, ed. Maxmillian E. Novak (Berkeley: University of California Press, 1984), pp. 226.

20 有关作品的政治问题，参见 Nancy Maguire, "Nahum Tate's *King Lear*: 'The King's Blest Restoration,'" in *The Appropriation of Shakespeare: Post-Renaissance Reconstruction of the Works and the Myth,* ed. Jean I. Marsden (Hemel Hempstead: Harvester Wheatsheaf, 1991), pp. 29—42。

21 John Downes, *Roscius Anglicanus*, ed. Montague Summers (1929; New York: Benjamin Blom, 1968), pp. (22).

22 *Samuel Johnson on Shakespeare*, ed. Henry Woudhuysen (Harmondsworth:

Penguin, 1989), pp. 222. 斯蒂文斯转引自 Vickers (ed.), *Shakespeare: The Critical Heritage,* vol. 6, pp. 59, 语出一篇未署名文章 "Observations on the plays altered from Shakespeare," in *St. James Chronicle* (1779年3月13—16日)。

23 George Colman, *The History of King Lear* (London, 1768), pp. iv.

24 Brian Vickers, *Returning to Shakespeare* (London: Routledge, 1989), pp. 229.

25 H. N. Hudson, *Lectures on Shakespeare, II* (New York: Baker and Scribner, 1848), pp. 277—278.

26 *The Works of Mr. Francis Beaumont, and Mr. John Fletcher* (London, 1711), vol. 1, pp. viii.

27 Preface to *Troilus and Cressida, in Works of John Dryden*, vol. 13, pp. 225.

28 转引自 Colin Franklin, *Shakespeare Domesticated: The Eighteenth-century Editions* (Aldershot: Scolar, 1991), pp. 194。

29 此语出自沃伯顿，源自他的前言，*The Works of Shakespear* (London, 1747), vol. I, pp. xvi。

30 Downes, *Roscius Anglicanus,* pp. (17).

31 该文献复制于 Allardyce Nicoll, *A History of English Drama,* 4th ed. (Cambridge: Cambridge University Press, 1961), vol. I. pp. 352—353。亦可参见 John Freehafer, "The Formation of the London Patent Companies," *Theatre Notebook* 20 (1965): 6—30。

32 参见 Robert D. Hume, *The Development of English Drama in the Late Seventeenth Century* (Oxford: Oxford University Press, 1976), pp. 20。

33 Downes, *Roscius Anglicanus,* pp. (24).

34 William Rufus Chetwood, 转引自 E. K. Chambers, *William Shakespeare: A Study of Facts and Problems* (Oxford: Oxford University Press, 1930), vol. 2, pp. 254。

35 Marsden, *The Re-Imagined Text*, pp. 1.

36 *The Tragedy of King Richard the II…Alter'd from Shakesper, by Mr. Theobald* (London, 1720), 折标 A2^r。

37 Lewis Theobald, *Shakespeare Restored* (London, 1726), pp. 165.

38 大卫·休谟注意到,"引人注目的是,在莎士比亚的所有历史剧中……很少提及公民自由的问题。"参见 *The History of England from the Invasion of Julius Caesar to the Revolution of 1688* (Indianapolis: Liberty Classics, 1983), vol. 4, pp. 386n。

39 当然,众多学者认为《双重谎言》是西奥博尔德的伪作,而不是修订。参见该剧沃尔特·格雷厄姆(Walter Graham)的版本(Cleveland: Western Reserve University Press, 1920), esp. pp. 9—11;尽管也有学者认为,西奥博尔德的舞台改编的确以一份17世纪手稿为基础,参见 Brean S. Hammond, "Theobald's *Double Falsehood*: An 'Agreeable Cheat'?" *Notes and Queries* 31 (1984): 2—3。

40 该广告见于 Robert Hume, "Before the Bard: 'Shakespeare' in Early Eighteenth-century London," *ELH* 64 (1997): 46。

41 王朝复辟后的半个世纪内,剧场节目单和其他广告通常不会标明作者。然而18世纪的节目单则日渐包括莎士比亚的名字,但这并不能够保证莎士比亚的作品会保持原样上演。参见 Hume, "Before the Bard: 'Shakespeare' in Early Eighteenth-century London," esp. pp. 44—45。

42 安德拉斯·凯泽利(András Kiséry)在一篇尚未发表的文章中精彩讨论了将版本称为"作品"的历史内涵:"'Authorities from Himself': Shakespeare's *Works*"。

43 唐纳森与贝克特(Donaldson v. Beckett)一案的焦点是书商的专利权问题,上议院对此案的裁决把作品所有权判给了作者而不是出版者。参见 Mark Rose, *Authors and Owners: The Invention of Copyright* (Cambridge, Mass:

Harvard University Press, 1993)。有关汤森家族的情况,参见下文98—101页。

44 J. P. Genest, *Some Account of the English Stage from the Restoration in 1660 to 1830* (Bath: Thomas Rodd, 1832),vol. 6, pp. 439.

45 有关17世纪后期和18世纪初期剧本出版与剧场赞助之间的联系,参见 Laurie E. Osborne, "Rethinking the Performance Editions: Theatrical and Textual Productions of Shakespeare," in *Shakespeare, Theory, and Performance*, ed. James C. Bulman (London and New York: Routledge, 1996),pp. 168—186。

46 John Dryden, "Preface," *All for Love, or The World Well Lost*, in *The Works of John Dryden*, vol. 13, p. 18. 关于莎士比亚接受使用的宗教语言和宗教情感,参见彼得·戴维哈兹(Péter Dávidházi), *The Romantic Cult of Shakespeare: Literary Reception in Anthropological Perspective* (Houndsmill, Basingstoke: Macmillan, 1998)。

47 "甜美的莎士比亚"出自 W [illiam] C [ovell], *Polimanteia* (1595),in *The Shakspere Allusion-Book*, rev. John Munro (1909; Freeport, New York: Books for Libraries Press, 1970),vol. 1, pp. 23(当然还有琼森的名言"埃文河上俊美的天鹅");"流畅的莎士比亚"出自托马斯·海伍德之口,参见 *The Hierarchie of the Blessed Angels* (1635), in *The Shakspere Allusion-Book*, vol. 1, pp. 393 [当然还有米尔斯(Meres)的评语"流畅的、甜蜜的莎士比亚"];"灵巧的莎士比亚"作者匿名,语出 *Choyce Drollery, Songs, and Sonnets* (1652), in *The Shakspere Allusion-Book*, vol. 1, pp. 280;"多产的莎士比亚"出自弗朗西斯·柯克曼的献辞书信, *The Loves and Adventures of Clerio and Lozia* (1652),参见 *The Shakspere Allusion-Book*, vol. 2, pp. 24 [韦伯斯特也指出莎士比亚的"多产和勤奋",参见《白魔》(*The White Devil*)的序言];纳撒尼尔·李(Nathaniel Lee)在 *Mithradites* 的序言中称"不朽的莎士比亚",参见 *The Shakspere Allusion-Book*, vol. 2, pp. 264;"神圣的莎士比亚"出自 Thomas Betterton, *The Prophetess* 收场白, in *The Shakspere Allusion-Book*,

vol. 2, pp. 338. Murphy 语见 *Grays-Inn Journal*（1753年7月28日），转引自 Vickers, (ed.), *Shakespeare: The Critical Heritage: The Story of Shakespeare's Reputation,* vol. 4, pp. 93; "世俗圣经"语出亨利·莫利（Henry Morley），转引自 Louis Marder, *His Exits and Entrances* (Philadelphia and New York: J. B. Lippincott, 1963), pp. 18。【译者附言：琼森的名言"埃文河上俊美的天鹅"参见附录四。】

48 Marcus Walsh, *Shakespeare, Milton, and Eighteenth-century Literary Editing: The Beginnings of Interpretive Scholarship* (Cambridge: Cambridge University Press, 1997), esp. pp. 111—198; Simon Jarvis, *Scholars and Gentlemen: Shakespearian Textual Criticism and Representations of Scholarly Labour, 1725—1765* (Oxford: Oxford University Press, 1995), esp. 17—20.

49 Alexander Pope (ed.), "Preface" in *Works of Shakespear* (London, 1725), vol. 1, pp. xxii; Lewis Theobald (ed.), "The Preface," in *The Works of Shakespeare in Seven Volumes* (London, 1733), vol. 1, pp. xl.

50 转引自 Marder, *His Exits and His Entrances*, pp. 18。

51 Michael Dobson, *The Making of the National Poet: Shakespeare, Adaptation and Authorship* (Oxford: Oxford University Press, 1992). 有关莎士比亚名望的历史研究，可以参见加里·泰勒流浪汉冒险小说般引人入胜的著作 *Reinventing Shakespeare: A Cultural History from the Restoration to the Present* (New York: Vintage, 1991), esp. pp. 7—161。

52 *The London Gazette*, 1709年3月14—17日；转引自 Alfred Jackson, "Rowe's Edition of Shakespeare," *The Library,* fourth series, 10 (1929—1930) : 455。

53 Nicholas Rowe (ed.), *The Works of Mr. William Shakespear* (London, 1709), vol. I, 折标 A2^r-A2^v。【译者附言：此处有修正。】

54 参见 Giles Dawson, "The Copyright of Shakespeare's Dramatic Works," p. 25。亦可参见 Terry Bellinger, "Tonson, Wellington and the Shakespeare Copyrights,"

in *Studies in the Book Trade in Honour of Graham Pollard*, ed. R.W. Hunt, I. G. Philip, and R. J. Roberts (Oxford: Oxford Bibliographic Society, 1975), pp. 195—209。有关 Jacob Tonson 的全部出版生涯，参见 Harry M. Geduld, *Prince of Publishers: A Study of the Work and Career of Jacob Tonson* (Bloomington: University of Indiana Press, 1969)。

55 奇怪的是，考虑到罗作为首位莎士比亚职业编辑的身份，迄今为止人们对他的编辑工作的研究，比起对他许多后继者的研究，不怎么细致，但有两个可贵的例外。参见 Barbara A. Mowat, "Nicolas Rowe and Twentieth-Century Shakespeare Text," in *Shakespeare and Cultural Traditions: The Selected Proceedings of the International Shakespeare Association World Congress, Tokyo, 1991*, ed. Tetsuo Kishi, Roger Pringle, and Stanley Wells (Newark, Del.: Associated University Presses, 1994), pp. 314—322; and Peter Holland, "Modernizing Shakespeare: Nicholas Rowe and *The Tempest*," *Shakespeare Quarterly* 51 (2000): 24—32。

56 转引自 F. E. Halliday, *The Cult of Shakespeare* (London: Duckworth, 1957), pp. 45。

57 *Evening Post*, 1721年10月21日；转引自 Arthur Sherbo, *The Birth of Shakespeare Studies: Commentators from Rowe (1709) to Boswell-Malone (1821)* (East Lansing, Mich.: Colleagues Press, 1986), pp. 2。

58 致小 Jacob Tonson 的信（1772年5月），见于 *The Correspondence of Alexander Pope*, ed. George Sherburn (Oxford: Oxford University Press, 1956), vol. 2. pp. 118。

59 *The Evening Post*, 1722年5月5日；转引自 Sherbo, *The Birth of Shakespeare Studies*, pp. 2。

60 *Samuel Johnson on Shakespeare*, ed. Woudhuysen, pp. 149。

61 John A. Hart 对蒲柏的编辑做了颇有创见的思考，参见 "Pope as Scholar-Editor," *Studies in Bibliography* 23 (1970): 45—59; 对于蒲柏编辑工

作也许是最积极的评价，参见 A. D. J. Brown, "The Little Fellow Has Done Wonders," *Cambridge Quarterly* 21（1992）：120—149。

62 Peter Seary 对于西奥博尔德取得的成就深感同情，参见 *Lewis Theobald and the Editing of Shakespeare*（Oxford: Oxford University Press, 1990），esp. 65—86, 171—198；亦可参见 R. F. Jones, *Lewis Theobald: His Contribution to English Scholarship, with Some Unpublished Letters*（New York: Columbia University Press, 1919）。对于西奥博尔德的编辑实践更为温和的研究，参见 Javis, *Scholars and Gentlemen*, pp. 94—106。

63 有关现金支付问题，参见汤森的账目记录，"Paid for the Editors of Shakespear," Folger MS. S. a. 163, 复制于 David Foxon, *Pope and the Early-Eighteenth Century Book Trade*（Oxford: Oxford University Press, 1991），pp. 90。样书很大程度上是作为给西奥博尔德的补偿，有关该问题以及即将到期的版权对于谈判的影响，参见 Geduld, *Prince of Publishers*, pp. 143—144。

64 参见 Richard Corballis, "Copy-Text for Theobald's Shakespeare," *The Library*, 6th series, 8（1986）：156—159; Theobald, *Works*, 1733, vol. 7, 折标 Hh8^r。

65 Seary, *Lewis Theobald*, pp. 133—135；同时参见海·坎贝尔（Hay Campbell）的论述："在英格兰，许多人曾经出版过莎士比亚的作品；其中包括罗先生、西奥博尔德先生、托马斯·汉默爵士、塞缪尔·约翰逊先生等等，如果这些批评家对彼此的评论值得信赖，那么他们的改动经常让原本变得更糟，而不是更好；然而，尽管改动很糟糕，它们却在出版的书中成为一种财产……"（转引自 Margreta de Grazia, *Shakespeare Verbatim: The Reproduction of Authenticity and the 1790 Apparatus* [Oxford: Oxford University Press, 1991]，p. 194）. 坎贝尔由此认为，"每个批评家都成为了自己无法创作的作品的主人"，然而是汤森家族通过编者的编辑活动取得了对莎士比亚作品的所有权。罗的版本是汤森版莎士比亚系列中的第一版，该版本于版权法颁布的那一年出版并非偶然，如马格莱特·德·格拉奇指出，罗的版本是第一部"注明编者姓名"

的版本（192页）。当汤森家族于1767年出让版权之时，仿佛莎剧是"汤森家可以永久保存或转让的财产"（193页）。

66 *Samuel Johnson on Shakespeare*, ed. Woudhuysen, pp. 150.

67 1729年4月8日致沃伯顿的信函；参见 *Illustrations of the Literary History of the Eighteenth Century,* ed. John Nicholls (London, 1817), vol. 2, pp. 209—210。

68 W.W. Greg, *The Editorial Problem in Shakespeare: A Survey of the Foundations of the Text*, 3rd ed. (Oxford: Oxford University Press, 1954), pp. 3. 例如，西奥博尔德将《裘力斯·凯撒》第二幕第一场第四十行中的"3月1日"（1st of March）更正为"3月15日"（Ides of March）（《作品集》，1733年，第六卷，143页），西氏认为，手稿中的缩写造成了"文本的讹误"。

69 Isobel Grundy, "New Verse by Henry Fielding," *PMLA* 87 (1972): 244.

70 Peter Alexander, "Restoring Shakespeare: The Modern Editor's Task," *Shakespeare Survey* 5 (1952): 2.

71 De Grazia, *Shakespeare Verbatim*, pp. 4. 有关18世纪编者成就的综述，参见 R. B. McKerrow, "Shakespeare's Text by his Earlier Editors (1709—1768)," in *"Studies in Shakespeare" British Academy Lectures*, ed. Peter Alexander (Oxford: Oxford University Press, 1964), pp. 103—131; Grace Ioppolo, "'Old' and 'New' Revisionists: Shakespeare's Eighteenth-Century Editors," *Huntington Library Quarterly* 52 (1989): 347—361; Colin Franklin 的著作非常宝贵, *Shakespeare Domesticated: The Eighteenth-century Editions* (Aldershot: Scolar, 1991); Paul Werstine, "Shakespeare," in *Scholarly Editing: A Guide to Research,* ed. D. C. Greetham (New York: MLA, 1995), esp. pp. 256—264。

72 *Samuel Johnson on Shakespeare,* ed. Woudhuysen, pp. 154—155.

73 转引自 Vickers (ed.), *Shakespeare: The Critical Heritage*, vol. 6, pp. 49。

74 *English Review* 3 (1784): 179. 有关集注版页面安排背后文化逻辑的

敏锐分析，参见 Joanna Gonderis, "'All This Farrago': The Eighteenth-Century Shakespeare Variorum Page as a Critical Structure," in *Reading Readings: Essays on Shakespeare Editing in the Eighteenth Century,* ed. Gonderis (Cranbury, NJ: Associated University Presses, 1998), pp.123—139。

75 此处不便对加里克展开讨论，然而人们对于这位伟大演员追求真实莎士比亚的付出和努力的评价不免言过其实。1750年（6月，279页）《伦敦杂志》的一首匿名诗歌记述莎士比亚的鬼魂称加里克为"我的伟大的修复者"，并称赞加里克拒绝"向西伯和泰特屈服"。然而与那些人相比，加里克同样是一个莎士比亚的"改良者"，尽管他在剧场当中热情洋溢地宣称要保持莎士比亚的"真实性"。例如，他大幅度修改《冬天的故事》，删除了莎士比亚原作前三幕的大部分内容，而且还在开场白中不无反讽地表达了自己"不想丢失不朽诗人的一点一滴"的愿望（第55行）。参见 George Winchester Stone, "Garrick's Long Lost Adaptation of Hamlet," *PMLA* 49 (1834): 890—921。

76 Griffiths, 转引自 Vickers (ed.), *Shakespeare: The Critical Heritage,* vol. 5, p. 1; Steevens (ed. with Samuel Johnson), *The Complete Plays of William Shakespeare* (London, 1793), vol. I, p. xi。

77 *The Correspondence of Thomas Percy and Edmond Malone,* ed. Arthur Tillotson (Baton Rouge: Louisiana University Press, 1944), pp. 238—242.

78 Marder 引自 *The Saturday Review* (1863), in *His Exits and His Entrances,* pp. 18。

79 加里·泰勒在《重新发明莎士比亚》中也指出，济慈的诗歌被抄写到他的墓本之中；泰勒写道，墓本本身表达了"浪漫主义者的典型愿望，他们希望去除任何烦琐的中介，推翻十八世纪所有的编者和评论者……在实际排版和隐喻象征的双重意义上，重新回归文艺复兴时期活字的幻想的纯洁状态，从而直面诗人的灵魂"（152页）。

80 *The Family Shakespeare* (London: J. Hatchard, 1807), vol. I, pp. vii.

第四章

1 在最近有关早期图书行业对于我们阅读的文本之影响的众多重要研究成果中，可参见 Douglas A. Brooks, *From Playhouse to Printing House: Drama and Authorship in Early Modern England* (Cambridge: Cambridge University Press, 2000); Jeffrey Masten, *Textual Intercourse: Collaboration, Authorship, and Sexualities in Renaissance Drama* (Cambridge: Cambridge University Press, 1997); Peter W. M. Blayney, "The Publication of Playbooks," in *New History of Early English Drama*, ed. John D. Cox and David Scott Kastan (New York: Columbia University Press, 1997), pp. 383—422; Leah Marcus, *Unediting the Renaissance: Shakespeare, Marlowe, Milton* (New York: Routledge, 1996); Margreta de Grazia and Peter Stallybrass, "The Materiality of the Shakespearean Text," *Shakespeare Quarterly* 44 (1993): 255—284; Stephen Orgel, "Acting Scripts, Performing Texts," in *Crisis in Editing*, ed. Randall McLeod (New York: AMS, 1993), pp. 251—294; 以及他的重要论文 "What is a Text," *Research Opportunities in Renaissance Drama* 26 (1981): 3—6; 还有甚至可以视为本研究起点的论著：E. A. J. Honigmann, *The Stability of Shakespeare's Text* (London: Edward Arnold, 1965), 假如 Honigmann 能有先见之明在书名的第二个字前加上一个前缀 "In"（不），那么他的作品在今天将会变得更有新意和影响力。

2 Elizabeth L. Eisenstein, *The Printing Press as an Agent of Change* (Cambridge: Cambridge University Press, 1979). 也可参见 *The Advent of Printing: Historians of Science Respond to Elizabeth Eisenstein's "The Printing Press as an Agent of Change"*, ed. Peter F. McNally (Montreal: McGill University Graduate School of

Library and Information Studies, 1987); Adrian Johns, *The Nature of the Book: Print and Knowledge in the Making* (Chicago: University of Chicago Press, 1998)。

3 Paul Duguid, "Material Matters: The Past and Futurology of the Book," in *The Future of the Book,* ed. Geoffrey Nunberg (Berkeley: University of California Press, 1996), pp. 77; and J. David Bolter, *Writing Space: The Computer, Hypertext, and the History of Writing* (Hillsdale: Lawrence Erlbaum Associates, 1991), pp.21.

4 Stewart Brand, *The Media Lab: Inventing the Future at MIT* (New York: Viking, 1989), pp. 202.

5 当斯坦纳陈述电子文本环境的危险,为文本"将在自我的回响室里丧失其内爆力"而担忧时,他的浪漫主义暴露无遗。参见 *Real Presences: Is There Anything in What We Say?* (Chicago: University of Chicago Press, 1989), pp. 39; 以及 Sven Birkerts, *The Gutenberg Elegies: The Fate of Reading in an Electronic Age* (New York: Ballantine Books, 1994),书中作者富有激情地述说新印刷技术的威胁:新技术不仅"改变了作家和读者的传统角色"(158页),而且导致"在场性的消散"(227页),"人类本身的某些基本权威"因此被削弱(228页)。理查德·兰厄姆(Richard Lanham)同样宣称"我们的文化命脉与书紧密相连",他呼吁"联邦政府成立相应的机构对之加以保护",参见 *The Electronic Word: Democracy, Technology, and the Arts* (Chicago: University of Chicago Press, 1993), pp. 154。

6 毫无疑问很多人使用过这种说法,但杰勒德·吉内特(Gerard Genette)也许是最早的一个,参见 "Structuralism and Literary Criticism," in *Figures of Literary Discourse,* trans. A. Sheridan (New York: Columbia University Press, 1982), pp. 82。

7 厄普代克的话转引自 John Pickering, "Hypermedia: When Will They Feel Natural," in *Beyond the Book: Theory, Culture and the Politics of Cyberspace,*

⁸ Steve Silberman, "Ex Libris: The Joys of Curling Up with a Good Digital Reading Device," *Wired* July 1998, p. 101. 在此感谢艾伦·法默（Alan Farmer）向我提供这篇评论。

⁹ Bolter, *Writing Space: The Computer, Hypertext, and the History of Writing*, pp. 31.

¹⁰ Michael Joyce, "A Feel for Prose: Interstitial Links and the Contours of Hypertext," *Writing on the Edge* 4.1（1992）: 87.

¹¹ George P. Landow, *Hypertext: The Convergence of Contemporary Theory and Technology* (Baltimore: The Johns Hopkins University Press, 1992), pp. 19.

¹² Roger Stoddard, "Morphology and the Book from an American Perspective," *Printing History* 17（1987）: 2.

¹³ T. E. Hulme, *Speculations: Essays on Humanism and the Philosophy of Art,* ed. Herbert Read (London: Routledge and Kegan Paul, 1936), pp. 224.

¹⁴ 在这个领域的优秀研究成果中，可参见该分支领域的奠基之作：D. F. McKenzie, *Bibliography and the Sociology of Texts* (London: British Library, 1986); Jerome J. McGann, *The Textual Condition* (Princeton: Princeton University Press, 1991); Roger Chartier, *The Cultural Uses of Print in Early Modern France,* trans. Lydia G. Cochrane (Princeton: Princeton University Press, 1987)。

¹⁵ 可参见 Randy McLeod 的精彩论文"Spellbound," in *Play-Texts in Old Spelling: Papers from the Glandon Conference,* ed. G. B. Shand and Raymond C. Shady (New York: AMS Press, 1984), pp. 81—96。

¹⁶ 有关文本理论中众多有争议术语和概念的缜密表述，可参见 Peter L. Shillingsburg, *Resisting Texts: Authority and Submission in Constructing Meaning* (Ann Arbor: University of Michigan Press, 1997)。

17 Michael Best, "From Book to Screen: A Window on Renaissance Electronic Texts," *Early Modern Literary Studies* 1.2 (August 1995): URL: <http://purl.oclc.org/emls/01-2/bestbook.html>.

18 G. Thomas Tanselle, "Textual Criticism and Deconstruction," *Studies in Bibliography* 43 (1990): 4; and Tanselle, *A Rationale of Textual Criticism* (Philadelphia: University of Pennsylvania Press, 1989), pp. 69. 公正地说，坦瑟勒主张，"文学作品使用无形的媒介"的观点"并非是柏拉图主义的"；参见其 "Textual Criticism and Literary Sociology," *Studies in Bibliography* 44 (1991), pp. 97,n.18. 不过也请参见 D. C. Greetham, *Theories of the Text* (Oxford: Oxford University Press, 1999)，作者坚持认为这是坦瑟勒"柏拉图主义的怀旧思想"（39页）。

19 McGann, *The Textual Condition*, pp. 11.

20 R. B. McKerrow (ed.), *The Works of Thomas Nashe* (1904—1910; Oxford: Blackwell, 1966), vol. 2, pp. 197.

21 J. Dover Wilson, "The Task of Heminge and Condell," in *Studies in the First Folio* (London: Oxford University Press, 1924), pp. 71.

22 W. W. Greg, *The Editorial Problem in Shakespeare: A Survey of the Foundations of the Text*, 3rd ed. (Oxford: Oxford University Press, 1954), pp. x（原文即为斜体）。

23 Fredson Bowers, *On Editing Shakespeare* (Charlottesville: University of Virginia Press, 1966), p. 87. 本段中的四处引语代表了新目录学的主要文本和原则的样本。

24 Stanley Wells, *Re-Editing Shakespeare for the Modern Reader* (Oxford: Oxford University Press, 1984), pp. 50.

25 参见 Barbara A. Mowat, "The Problem of Shakespeare's Text (s)," *Shakespeare Jahrbuch* 132 (1996): 26—43, 作者令人信服地论证，"发现'作者的最初手

稿'只会给我们提供另一个可能的文本,另一组需要深思的异文,而不是'确切的文本'"(33页)。

26 参见 Stephen Orgel, "What is an Editor?" *Shakespeare Studies* 24 (1996): 23—29; 以及拙作 "The Mechanics of Culture: Editing Shakespeare Today", in *Shakespeare After Theory* (New York: Routledge, 1999), pp. 59—70。

27 当然,这是坦瑟勒的区分法;参见他的专著 *Rationale*, esp. pp. 37—38, 57—58, and 68—70。亦可参见 Paul Eggert's "Document and Text: The 'Life' of the Literary Work and the Capacities of Editing," *TEXT* 7 (1994): 1—24。

28 Landow, *Hypertext: The Convergence of Contemporary Critical Theory and Technology,* pp. 61. 以及 Jerome McGann, "The Rationale of HyperText," 此文在许多地方都可以找到,不过也许最适当的出处是 URL: <http://jefferson.village.Virginia.edu/public/jjm2f/rationale.html>。

29 可参见 Roland Barthes, S/Z (1970), trans. Richard Miller (New York: Hill and Wang, 1975), pp. 5—6。

30 参见 Peter S. Donaldson, "Digital Archive as Expanded Text: Shakespeare and Electronic Textuality," in *Electronic Text: Investigations in Method and Theory,* ed. Kathryn Sutherland (Oxford: Oxford University Press, 1997), pp. 173—197; Peter Holland, "Authorship and Collaboration: The Problem of Editing Shakespeare," in *The Politics of the Electronic Text,* ed. Warren Cherniak, Caroline Davis, and Marilyn Deegan (Oxford: Office for Humanities Communication, 1993), pp. 17—23; and Philip Brockbank, "Towards a Mobile Text," in *The Theory and Practice of Text-Editing,* ed. Ian Small and Marcus Walsh (Cambridge: Cambridge University Press, 1992): pp. 90—106。

31 Patrick W. Conner, "Hypertext in the Last Days of the Book," *Bulletin of the John Rylands University Library of Manchester* 74 (1992): 20.【译者附言:此处有修正。】

32 参见本书第二章，57页。【译者附言：此处有修正。】

33 Donaldson, "Digital Archive as Expanded Text: Shakespeare and Electronic Textuality," p. 174.

34 也许这就不难理解理查德·诺尔斯（Richard Knowles）为何在他的文章中引用"维特根斯坦的警句"，参见"Variorum Commentary," in *TEXT* 6 (1994): 41。

35 有关超文本和数字化的悲观看法，参见加里·泰勒（Gary Taylor）有意使用的不容易让人记住的题目"c:\wp\file.txt 05:41 10-07-98" in *The Renaissance Text: Theory, Editing, Textuality*, ed. Andrew Murphy (Manchester: Manchester University Press, 2000), pp. 44—54。关于超媒体技术影响的更为乐观的观点，可参见有用的论文集 *The Literary Text in the Digital Age*, ed. Richard J. Finneran (Ann Arbor: University of Michigan Press, 1996)。

36 参见 Umberto Eco, "Afterward" to *The Future of the Book*, ed. Geoffrey Nunberg (Berkeley: University of California Press, 1996), pp. 295。

37 John Lavagnino, "Electronic Editions and the Needs of Readers," in *New Ways of Looking at Old Texts, II*, ed. W. Speed Hill (Tempe, Ariz.: Renaissance English Text Society, 1998), pp. 151.

38 Gregory Bateson, *Mind and Nature: A Necessary Unity* (New York: Bantam, 1980), pp. 12.

39 有关书的文化预设问题，参见 Raffaele Simone, "The Body of the Text," in *The Future of the Book*, ed. Geoffrey Nunberg (Berkeley: University of California Press, 1996), esp. pp. 240—242。也可以参见 Mark Rose 关于确立现代作者权观念的历史条件的重要研究：*Authors and Owners: The Invention of Copyright* (Cambridge, Mass.: Harvard University Press, 1993)。

40 参见 Stephen Orgel 关于文本和表演对真实性的不同声称的精彩分析："The Authentic Shakespeare," *Representations* 21 (1988): 5—25。【译者附言：

此处有修正。】

41 参见 Andrew Murphy 的启发性文章 "'Came Errour Here by Mysse of Man': Editing and the Metaphysics of Presence," *Yearbook of English Studies* 29 (1999) : 118—137。

附　录

一、致读者（本·琼森）

To the Reader.

This Figure, that thou here seest put,

It was for gentle Shakespeare cut;

Wherein the Grauer had a strife

with Nature, to out-doo the life:

O, could he but haue drawne his wit

As well in brasse, as he hath hit

His face; the Print would then surpasse

All, that was euer writ in brasse.

But, since he cannot, Reader, looke

Not on his Picture, but his Booke.

B. I.

二、《莎士比亚戏剧集》献辞（赫明和康德尔）

TO THE MOST NOBLE
AND
INCOMPARABLE PAIRE
OF BRETHREN.
WILLIAM
Earle of Pembroke, &c. Lord Chamberlaine to the
Kings most Excellent Maiesty.
AND
PHILIP
Earle of Montgomery, &c. Gentleman of his Maiesties Bed-Chamber. Both Knights of the most Noble Order
of the Garter, and our singular good
LORDS.

Right Honourable,

Whilst we studie to be thankful in our particular, for the many fauors we haue receiued from your L.L. we are falne vpon the ill fortune, to mingle two the most diuerse things that can bee, feare, and rashnesse; rashnesse in the enterprize, and feare of the successe. For, when we valew the places your H.H. sustaine, we cannot but know their dignity greater, then to descend to the reading of these trifles: and, while we name them trifles, we haue depriu'd our selues of the defence of our Dedication. But since your L.L. haue beene pleas'd to thinke these trifles some-thing, heeretofore; and have prosequuted both them, and their Authour liuing, with so much fauour: we hope, that (they out-liuing him, and he not hauing the fate, common with some, to be exequutor to his owne writings) you will vse the like indulgence toward them, you have done vnto their parent. There is a great difference, whether any Booke choose his Patrones, or finde them: This hath done both. For, so much were your L.L. likings of the seuerall parts, when they were acted, as before they were published, the Volume ask'd to be yours. We haue but collected them, and done an office to the dead, to procure his Orphanes, Guardians; without ambition either of selfe-profit, or fame: onely to keepe the memory of so worthy a Friend, & Fellow aliue, as was our *SHAKESPEARE*, by humble offer of his playes, to your most noble patronage. Wherein, as we haue iustly obserued, no man to come neere your L.L. but with a kind of religious addresse; it hath bin the height of our care, who are the Presenters, to make the present worthy of your H.H. by the perfection. But, there we must also craue our abilities to be considerd, my Lords. We cannot go beyond our owne powers. Country hands reach foorth milke, creame, fruites, or what they haue: and many Nations (we haue heard) that had not gummes & incense, obtained their requests with a leauened Cake. It was no fault to approch their Gods, by what meanes they could: And the most, though meanest, of things are made more precious, when they are dedicated to Temples. In that name therefore, we most humbly consecrate to your H.H. these remaines of your seruant Shakespeare; that what delight is in them, may be euer your L.L. the reputation his, & the faults ours, if any be committed, by a payre so carefull to shew their gratitude both to the liuing, and the dead, as is

Your Lordshippes most bounden,
IOHN HEMINGE.
HENRY CONDELL.

三、致形形色色的读者（赫明和康德尔）

To the great Variety of Readers.

From the most able, to him that can but spell : There you are number'd. We had rather you were weighd. Especially, when the fate of all Bookes depends vpon your capacities: and not of your heads alone, but of your purses. Well! It is now publique, & you wil stand for your priuiledges wee know: to read, and censure. Do so, but buy it first. That doth best commend a Booke, the Stationer saies. Then, how odde soeuer your braines be, or your wisedomes, make your licence the same, and spare not. Iudge your six-pen'orth, your shillings worth, your fiue shillings worth at a time, or higher, so you rise to the iust rates, and welcome. But, what euer you do, Buy. Censure will not driue a Trade, or make the Iacke go. And though you be a Magistrate of wit, and sit on the Stage at Black-Friers, or the Cock-pit, to arraigne Playes dailie, know, these Playes haue had their triall alreadie, and stood out all Appeales; and do now come forth quitted rather by a Decree of Court, then any purchas'd Letters of commendation.

It had bene a thing, we confesse, worthie to haue bene wished, that the Author himselfe had liu'd to haue set forth, and overseen his owne writings; But since it hath bin ordain'd otherwise, and he by death departed from that right, we pray you do not envie his Friends, the office of their care, and paine, to haue collected & publish'd them; and so to haue publish'd them, as where (before) you were abus'd with diuerse stolne, and surreptitious copies, maimed, and deformed by the frauds and stealthes of iniurious impostors, that expos'd them: euen those, are now offer'd to your view cur'd, and perfect of their limbes; and all the rest, absolute in their numbers, as he conceiued thĕ. Who, as he was a happie imitator of Nature, was a most gentle expresser of it. His mind and hand went together: And what he thought, he vttered with that easinesse, that wee haue scarse receiued from him a blot in his papers. But it is not our prouince, who onely gather his works, and giue them you, to praise him. It is yours that reade him. And there we hope, to your diuers capacities, you will finde enough, both to draw, and hold you: for his wit can no more lie hid, then it could be lost. Reade him, therefore; and againe, and againe: And if then you doe not like him, surely you are in some manifest danger, not to vnderstand him. And so we leaue you to other of his Friends, whom if you need, can bee your guides: if you neede them not, you can leade your selues, and others. And such Readers we wish him.

Iohn Heminge.
Henrie Condell.

四、《莎士比亚戏剧集》题词
（本·琼森）

To the memory of my beloued,
The AVTHOR
MR. WILLIAM SHAKESPEARE:
AND
what he hath left vs.

To draw no enuy (*Shakespeare*) on thy name,
Am I thus ample to thy Booke, and Fame:
While I confesse thy writings to be such,
As neither *Man*, nor *Muse*, can praise too much.
'Tis true, and all mens suffrage. But these wayes
Were not the paths I meant vnto thy praise:
For seeliest Ignorance on these may light,
Which, when it sounds at best, but eccho's right;
Or blinde Affection, which doth ne're aduance
The truth, but gropes, and vrgeth all by chance;
Or crafty Malice, might pretend this praise,
And thinke to ruine, where it seem'd to raise.
These are, as some infamous Baud, or Whore,
Should praise a Matron. What could hurt her more?
But thou art proofe against them, and indeed
Aboue th'ill fortune of them, or the need.
I, therefore will begin. Soule of the Age!
The applause! delight! the wonder of our Stage!

My *Shakespeare*, rise; I will not lodge thee by
Chaucer, or *Spenser*, or bid *Beaumont* lye
A little further, to make thee a roome:
Thou art a Moniment, without a tombe,
And art aliue still, while thy Booke doth liue,
And we haue wits to read, and praise to giue.
That I not mixe thee so, my braine excuses;
I meane with great, but disproportion'd *Muses*:
For, if I thought my iudgement were of yeeres,
I should commit thee surely with thy peeres,
And tell, how farre thou didst our *Lily* out-shine,
Or sporting *Kid*, or *Marlowes* mighty line.
And though thou hadst small *Latine*, and lesse *Greeke*,
From thence to honour thee, I would not seeke
For names; but call forth thund'ring *Æschilus*,
Euripides, and *Sophocles* to vs,
Paccuuius, *Accius*, him of *Cordoua* dead,
To life againe, to heare thy Buskin tread,
And shake a stage: Or, when thy Sockes were on,
Leaue thee alone, for the comparison
Of all, that insolent *Greece*, or haughtie *Rome*
sent forth, or since did from their ashes come.
Triumph, my *Britaine*, thou hast one to showe,
To whom all Scenes of *Europe* homage owe.
He was not of an age, but for all time!
And all the *Muses* still were in their prime,
When like *Apollo* he came forth to warme
Our eares, or like a *Mercury* to charme!
Nature her selfe was proud of his designes,
And ioy'd to weare the dressing of his lines!
Which were so richly spun, and wouen so fit,
As, since, she will vouchsafe no other Wit.
The merry *Greeke*, tart *Aristophanes*,
Neat *Terence*, witty *Plautus*, now not please;

But antiquated, and deserted lye
As they were not of Natures family.
Yet must I not giue Nature all: Thy Art,
My gentle *Shakespeare*, must enioy a part.
For though the *Poets* matter, Nature be,
His Art doth giue the fashion. And, that he,
Who casts to write a liuing line, must sweat,
(such as thine are) and strike the second heat
Vpon the *Muses* anuile: turne the same,
(And himselfe with it) that he thinkes to frame;
Or for the lawrell, he may gaine a scorne,
For a good *Poet*'s made, as well as borne.
And such wert thou. Looke how the fathers face
Liues in his issue, euen so, the race
Of *Shakespeares* minde, and manners brightly shines
In his well turned, and true-filed lines:
In each of which, he seemes to shake a Lance,
As brandish't at the eyes of Ignorance.
Sweet Swan of *Auon*! what a sight it were
To see thee in our waters yet appeare,
And make those flights vpon the bankes of *Thames*,
That so did take *Eliza*, and our *Iames*!
But stay, I see thee in the *Hemisphere*
Aduanc'd, and made a Constellation there!
Shine forth, thou Starre of *Poets*, and with rage,
Or influence, chide, or cheere the drooping Stage;
Which, since thy flight frŏ hence, hath mourn'd like night,
And despaires day, but for thy Volumes light.

B E N: IO N S O N.

五、《莎士比亚戏剧集》题词
（伦纳德·迪格斯）

TO THE MEMORIE
of the deceased Authour Maister
W. SHAKESPEARE.

Shake-speare, at length thy pious fellowes giue
The world thy Workes: thy Workes, by which, out-liue
Thy Tombe, thy name must when that stone is rent,
And Time dissolues thy *Stratford* Moniment,
Here we aliue shall view thee still. This Booke,
When Brasse and Marble fade, shall make thee looke
Fresh to all Ages: when Posteritie
Shall loath what's new, thinke all is prodegie
That is not *Shake-speares*; eu'ry Line, each Verse
Here shall reuiue, redeeme thee from thy Herse.
Nor Fire, nor cankring Age, as *Naso* said,
Of his, thy wit-fraught Booke shall once inuade.
Nor shall I e're beleeue, or thinke thee dead,
(Though mist) vntill our bankrout Stage be sped
(Jmpossible) with some new straine t'out-do
Passions of *Iuliet*, and her *Romeo*;
Or till J heare a Scene more nobly take,

Then when thy half-Sword parlying *Romans* spake.
Till these, till any of thy Volumes rest
Shall with more fire, more feeling be exprest,
Be sure, our *Shake-speare*, thou canst neuer dye,
But crown'd with Lawrell, liue eternally.

L. Digges.

六、主要演员名录

The Workes of William Shakespeare, containing all his Comedies, Histories, and Tragedies: Truely set forth, according to their first *ORJGJNALL*.

The Names of the Principall Actors in all these Playes.

William Shakespeare.	Samuel Gilburne.
Richard Burbadge.	Robert Armin.
John Hemmings.	William Ostler.
Augustine Phillips.	Nathan Field.
William Kempt.	John Vnderwood.
Thomas Poope.	Nicholas Tooley.
George Bryan.	William Ecclestone.
Henry Condell.	Joseph Taylor.
William Slye.	Robert Benfield.
Richard Cowly.	Robert Goughe.
John Lowine.	Richard Robinson.
Samuell Crosse.	Iohn Shancke.
Alexander Cooke.	Iohn Rice.

七、《特洛伊罗斯与克瑞西达》
1609 年四开本前言

A neuer writer, to an euer reader. Newes.

Eternall reader, you haue heere a new play, neuer stal'd with the Stage, neuer clapper-clawd with the palmes of the vulger, and yet passing full of the palme comicall; for it is a birth of your braine, that neuer vnder-tooke any thing commicall, vainely: And were but the vaine names of commedies changde for the titles of Commodities, or of Playes for Pleas; you should see all those grand censors, that now stile them such vanities, flock to them for the maine grace of their grauities: especially this authors Commedies, that are so fram'd to the life, that they serue for the most common Commentaries, of all the actions of our liues, shewing such a dexteritie, and power of witte, that the most displeased with Playes, are pleasd with his Commedies. And all such dull and heauy-witted worldlings, as were neuer capable of the witte of a Commedie, comming by report of them to his representations, haue found that witte there, that they neuer found in them-selues, and haue parted better wittied then they came: feeling an edge of witte set vpon them, more then euer they dreamd they had braine to grinde it on. So much and such sauored salt of witte is in his Commedies, that they seeme (for their height of pleasure) to be borne in that sea that brought forth *Venus*. Amongst all there is none more witty then this: And had I time I would comment vpon it, though I know it needs not, (for so much as will make you thinke your testerne well bestowd) but for so much worth, as euen poore I know to be stuft in it. It deserucs such a labour, as well as the best Commedy in *Terence* or *Plautus*. And beleeue this, that when hee is gone, and his Commedies out of sale, you will scramble for them, and set vp a new English Inquisition. Take this for a warning, and at the perrill of your pleasures losse, and Iudgements, refuse not, nor like this the lesse, for not being sullied, with the smoaky breath of the multitude; but thanke fortune for the scape it hath made amongst you. Since by the grand possessors wills I beleeue you should haue prayd for them rather then beene prayd. And so I leaue all such to bee prayd for (for the states of their wits healths) that will not praise it. *Vale.*

索引

斜体页码为插图页。

《词法》（斯坦布里奇）	45
表演剧团	30
合作	14–15, 16, 17, 20, 26, 48, 68, 69, 71, 72, 74, 77, 78, 88, 119, 134, 136
与剧作家	14–15, 16, 17, 20, 48, 68, 69
在王朝复辟时期的英国	89–90
剧本所有权	17, 47, 68
亦可参见具体剧团	
约瑟夫·艾迪生	88–89
西奥多·W.阿多诺	111
埃斯库罗斯	88
《阿格劳拉》（萨克林）	51
彼得·亚历山大	102–103, 153n
威廉·亚历山大	62
爱德华·阿尔德	45
爱德华·阿莱恩	14
罗伯特·阿洛特	63, 79, 80, 144n

《对跖地》（布罗姆）	20, 31–33
《安东尼与克莉奥佩特拉》（莎士比亚）	65, 81
《为演员辩护》（海伍德）	55
《阿卡迪亚》（格林）	48
《阿卡迪亚》（锡德尼）	62
威廉·阿斯普利	60, 61, 78, 79, 80, 147n
约翰·奥布里	11, 139n
W. H. 奥登	119
作者，作者权	22, 134–135
与演出剧团	14–15, 16, 17, 20, 48, 68, 69
合作的	17, 64–72
不具有版权	23–24, 25, 52, 134, 150n
意图	3–4, 5, 16, 17–20, 26, 73, 86, 88, 91, 113 116, 118–119, 120–123, 127, 129, 135–136
剧本标题页署名	17, *18*, 19–20, *28*, 30–31, *32*, 33–34, *34*, *37* *39*, *43*, 47–49, 55–57, *56*, 64, 71, 93, *94*, 134
寻求印刷出版	16–20, 31–33, 71, 140n
谈印刷文本的质量	24, 25–26
作为象征的莎士比亚	14, 16, 48–49, 63–64, 134
单独一人	14–15, 16, 17, 68–71, 77, 78, 111, 145n
与未经授权出版	20, 23–24, 25–26, 27, 29, 33–35, 52, 73, 74
"坏四开本"	26–30, 44, 45–47, 72–76, 134
威廉·鲍德温	10
歌谣	44, 63
巴纳比·巴恩斯	19–20

理查德·巴恩菲尔德	55
《贵族战争》（德雷顿）	30
罗兰·巴尔特	125,157n
《巴托罗缪市集》（琼森）	144n
格雷戈里·贝特森	133,158n
刘易斯·贝利	10
弗朗西斯·鲍蒙特	21,67,83,84,88,148n
鲍蒙特与弗莱彻对开本	67,83,146n–47n,148n
贝德福德伯爵夫人	25
约翰·贝尔	96
特里·贝林杰	151n
理查德·本特利	97
迈克尔·贝斯特	156n
托马斯·贝特顿	90,145n,150n–51n
戴维.M.贝文顿	46,142n
圣经	5,97
伦敦地区出生与死亡周报表	30
罗伯特·伯德	66,79–80,147n
斯文·伯克茨	155n
马修·布莱克	80,147n
黑衣修士剧院	8,89
威廉·布莱克	121
马克·布兰德	139n
彼得.W.M.布莱尼	22,23,24–25,64,139n,140n,143n–144n,146n,154n
爱德华·布朗特	40,60,65–66,78,79,80,135,143n–144n,147n
出版生涯	61–63

饱蠹楼	22,72,139n,146n
托马斯·博德利	22,139n,146n
J.戴维·博尔特	112,127,155n,156n
《奴隶》(马辛杰)	90
书,参见印刷,印刷书籍	
书业规范	23-24,25-26,45,57
E.博斯韦尔	141n-142n
詹姆斯·博斯韦尔	103
亨利埃塔·鲍德勒和托马斯·鲍德勒	109-110,134
弗雷德森·鲍尔斯	27,118,140n,157n
约翰·博伊尔	79
M.C.布拉德布鲁克	6,138n
斯图尔德·布兰德	112,155n
迈克尔·布伦南	144n
爱德华·布鲁斯特	66,79-80
《不列颠的特洛伊》(海伍德)	24
菲利普·布罗克班克	157n
理查德·布罗姆	20,31-33,51,83,148n
道格拉斯.A.布鲁克斯	154n
A.D.J.布朗	152n
布洛克夫人	92
理查德·伯比奇	14,54-55
卡斯伯特·伯比	31,40,45,46-47
约翰·巴斯比	75,76,146n
纳撒尼尔·巴特	33-35,75,128,135

海·坎贝尔	152n
爱德华·卡佩尔	69
D. 艾伦·卡罗尔	44,141n
威廉·卡特赖特	62
《最近或正在印刷以便出版的英文书目录》（W. 贾加尔德）	61
《凯瑟琳与彼特鲁乔》（加里克）	91
米格尔·德·塞万提斯	62
宫内大臣剧团	54
E. K. 钱伯斯	44,141n,143n,146n,149n
《变节者》（米德尔顿和罗利）	90
查理一世，英格兰国王	93
罗歇·沙尔捷	5,137n,156n
亨利·切特尔	45
菲利普·切特温德	64
威廉·鲁弗斯·切特伍德	149n
《变节的基督徒》，（戴博恩）	139n
科利·西伯	95,154n
玛丽·考登·克拉克	97
桑普森·克拉克	35
W. G. 克拉克	82,147n
《鞋匠的预言》（威尔逊）	47
斗鸡场剧院	20,89

合作：

  合著   17,64–72

  在印刷厂   16,67,69,72,77,78,118,121,123

  在剧院   14–15,16,17,20,26,48,68,69,71,72,74,77,78,88,119,134,136

杰里米·科利尔	84
乔治·科尔曼	86,149n
哥伦比亚大学	128
《英格兰之公益》（史密斯）	48
亨利·康德尔	9,15,20,50,52,53,79,98,
作为莎士比亚对开本（1623年）编辑	54–55,57–60,71–78
帕特里克.W.康纳（Conner）	127,157n
版权	23–24,25,52,96,134,150n
理查德·科巴里斯	152n
《科利奥兰纳斯》（莎士比亚）	95
理查德·科茨	79
托马斯·科茨	79–80
W. J. 考托普	141n
威廉·科维尔	150n
托马斯·克里德	47,140n
《辛白林》（莎士比亚）	61
《辛西娅复仇记》（斯蒂芬斯）	140n
罗伯特·戴博恩	139n
塞缪尔·丹尼尔	25,26,47,140n
约翰·丹特	22,44–48
威廉·戴夫南特	89–90,95,145n
罗伯特·达文波特	16
彼得·戴维阿兹	150n
约翰·戴维斯	143n
安东尼·道森	138n

贾尔斯.E.道森	147n,151n
《通报令人震惊的天主教欺骗行为》(哈斯内特)	30
马格莱特·德·格拉奇	103,145n,146n,152n–153n,154n
托马斯·德克	45
约翰·丹尼斯	95
德比伯爵剧团	40
爱德华·迪林	61,72,146n
艾伦.C.德森	138n
《魔鬼是驴》(琼森)	144n
《魔鬼的证书》(巴恩斯)	19–20
托马斯·迪尤	35–40
伦纳德·迪格斯	54
迈克尔·多布森	97,151n
彼得.S.唐纳森	128,157n
唐纳森诉贝克特案	150n
《堂吉诃德》(塞万提斯)	62
《双重谎言》(西奥博尔德)	93–95,94,149n
约翰·唐斯	86,89,90,145n,148n,149n
詹姆斯·德雷克	84
迈克尔·德雷顿	30,48
《浮士德博士》(马洛)	21
马丁·德罗肖特	69
威廉·德拉蒙德	64
特鲁里街剧院	95
约翰·德莱顿	85,86,88,97,148n,149n,150n
《马尔菲公爵夫人》(韦伯斯特)	7–8,17–19

保罗·杜吉德	155n
公爵供奉剧团	90
凯瑟琳·邓肯-琼斯	138n
《群愚史诗》（蒲柏）	91
理查德·达顿	147n
特里·伊格尔顿	9,139n
E.赖特，J.赖特	107–109
电子书	114
安贝托·艾柯	158n
编辑理论	24–25,117–123,125–129
其中的作者意图	3–4,16,118–119,120–123,127,129
与圣经批评	97,109–110
在18世纪	95–110
与电子文本	125–127,128–129
"理想文本"	3–4,16,117,119–120,122,125,127
柏拉图传统	117–119,122,156n
蒲柏的贡献	99–100
实用主义传统	117–118
斯蒂芬·埃杰顿	25–26,47,140n
保罗·埃格特	157n
伊丽莎白.L.艾森斯坦	112,155n
电子文本	111–117,125–133
其中的作者意图	113,127,129,135
大容量	125,127–129,130,132–133,136
校勘版	119,125

与编辑理论	125–127,128–129
文本的流动性与渗透性	114–115,116,125,127,130,132,133,136
《哈姆莱特》	128–129
《李尔王》	*126*,128–129
物理局限	113–114
可能导致印刷书籍的终结	1,2,5,111,112,113,131,155n
与读者	113,127,155n
"真实在场"	112–113,135
技术	111–115,125,130–132
英国内战	83,93
英文储备书	63
《论戏剧诗》（德莱顿）	148n
《随笔集》（蒙田）	62
约翰·伊夫林	85,148n
《人人扫兴》（琼森）	17,18
《仙后》（斯宾塞）	62
《爱的家庭》（米德尔顿）	31
《家庭版莎士比亚》（亨利埃塔·鲍德勒和托马斯·鲍德勒）	109–110
艾伦·法默	140n,156n
约瑟夫·费恩尼斯	121
W·克雷格·弗格森	142n
理查德·菲尔德	6
亨利·菲尔丁	102
亨利·菲茨杰弗里	63,144n
约翰·弗莱彻	21,67–68,69,83,84,88,146n–147n,148n

罗伯特·弗莱彻	50
约翰·弗洛里奥	62
弗朗西斯·弗劳尔	45
《伦敦四学徒》(海伍德)	139n
戴维·弗克松	152n
法兰克福书展	60,61
科林·富兰克林	149n,153n
约翰·弗里哈弗	149n
弗里克博物馆	11
戴维·加里克	91,107,153n–154n
哈里.M.格德尔德	151n,152n
J.P.杰内斯特	96,150n
杰勒德·吉尼特	155n
寰球剧院	8,89,141n
约翰·格洛弗	82,147n
迈克尔·戈德曼	6,138n
艾萨克·格兰茨	143n
乔安娜·公德里斯	153n
亨利·戈森	66
威廉·古奇	139n
沃尔特·格雷厄姆	149n
罗伯特·格林	48
《格林之汝亦如是》(库克)	33
D.C.格里瑟姆	156n
W.W.格雷格	44,53,73,76,102,118,141n–142n,143n,153n,157n

拉尔夫·格里菲斯	107,154n
伊索贝尔·格伦迪	153n
F. E. 哈利迪	152n
《哈姆莱特》（莎士比亚）	9,11,*12*,26–30,*28*,48,73,75,81,85,123, 128–129,133,134,136
《哈姆莱特》（福克纳）	134
布里安.S.哈蒙德	149n
托马斯·汉默	103,152n
罗伯特·哈普古德	138n
塞缪尔·哈斯内特	30
约翰.A.哈特	152n
理查德·霍金斯	31,79,80,147n
托马斯·海斯	29
约翰·赫尔姆	35–40
约翰·赫明	9,15,20,50,52,53,79,98
作为莎士比亚对开本（1623年）编辑	54–55,57–60,67–69,71–78
亨利·赫林曼	98
《亨利四世上篇》（莎士比亚）	10,21,31,33,81,85,105
《亨利五世》（莎士比亚）	17,*19*,59,75–76,79,95,120–121
《亨利六世中篇》（莎士比亚）	31,75,79,95
《亨利六世下篇》（莎士比亚）	31,75,79
《亨利八世》（莎士比亚）	67,68,85,99,145n
菲利普·赫伯特	50,71–72
威廉·赫伯特	50,71–72
《希罗与利安德》（马洛）	62,63,144n

亨利·赫林厄姆	148n
彼得·黑林	83–84,148n
托马斯·海伍德	20,24,33,52,53–54,55–57,139n,140n,142n–143n,150n
G. R. 希巴德	129
塞缪尔·希克森	145n
阿伦·希尔	95
芭芭拉·霍奇登	138n
拉斐尔·霍林希德	128
彼得·霍兰	151n,157n
《从良的妓女》(德克)	45
E. A. J. 霍尼希曼	155n
乔纳森·霍普	145n
哈里·霍庇	142n
特雷弗·霍华德-希尔	144n–145n
H. N. 赫德森	88,149n
维克托·雨果	132
T. E. 休姆	116,156n
大卫·休谟	149n
罗伯特.D. 休姆	149n,150n
《钟楼怪人》(雨果)	132
亨斯顿勋爵剧团	54
"理想文本"	3–4,16,117,119–120,122,125,127
互联网	111,113,126,127,128–129,131
格雷斯·约波洛	145n,153n

艾尔弗雷德·杰克逊	151n
麦克唐纳.P.杰克逊	145n
威廉.A.杰克逊	143n,144n
多萝西·贾加尔德	79
艾萨克·贾加尔德	79,143n–144n,147n
作为莎士比亚对开本（1623年）的印刷商和出版商	55,60,61
威廉·贾加尔德	40,55–61,78,80,128,135
帕维尔四开本印刷者	55,57,65
莎士比亚对开本（1623年）的印刷	55,57–61,65,66,68
西蒙·贾维斯	97,151n,152n
哈罗德·詹金斯	129
《耶稣诗篇歌集》	45
阿德里安·约翰斯	155n
阿瑟·约翰逊	76,80,146n,147n
杰拉尔德.D.约翰逊	29,140n–141n,145n
塞缪尔·约翰逊	8,9,53,86,100,101,102,103,107,*108*
	138n,142n,147n,148n,152n,153n,154n
R.F.琼斯	152n
本·琼森	9,55,65,83,84,148n,150n
主张著作的文学权威	17,52,53,63,66,71,77,78
琼森对开本	53,55,63–64,72,84,144n
约翰·乔伊特	145n
迈克尔·乔伊斯	115,156n
西里尔·巴瑟斯特·贾奇	140n
《裘力斯·凯撒》（莎士比亚）	85,99,153n

约翰·济慈	109,154n
托马斯·基利格鲁	90
《约翰王与玛蒂尔达》（达文波特）	16
《约翰王》（莎士比亚）	35,95,99,123
《李尔王》（莎士比亚）	33–35,*34*,75,81,83
	86–88,*87*,91,109,123,*126*,128,130,135
国王供奉剧团	8,14–15,19,35,48,57,65,68,74,83,141n
国王供奉剧团(基利格鲁)	90
弗朗西斯·柯克曼	97,150n
利奥·基尔希鲍姆	143n
安德拉斯·凯泽利	150n
《燃忤骑士》（鲍蒙特）	33,141n
理查德·诺尔斯	157n
卡林·康科拉	139n
托马斯·基德	21
乔治.P.兰度	115,125,156n,157n
理查德·兰厄姆	155n
拉丁文	45,81
约翰·拉瓦格尼诺	133,158n
罗伯特·阿杰·劳	145n
纳撒尼尔·李	150n
锡德尼·李	143n
扎卡里·莱塞	141n
E.A.利文森	137n
吉尔.L.莱文森	142n

图书馆	2,22,72,128,130,139n,146n
出版审查	23,46
林肯律师学院剧场	95
尼古拉斯·林	27–30,44,47,48,140n
《伦敦公报》	98
《伦敦杂志》	153n–154n
《伦敦浪子》（无名氏）	35,37
英国上议院	96,150n
《爱的徒劳》（莎士比亚）	31,32,47,48,55,75,81
约翰·洛因	90,145n
《鲁克丽丝受辱记》（莎士比亚）	6
约翰·黎里	62
《麦克白》（莎士比亚）	68,81–82,95,99,145n
杰罗姆.J.麦根	117–118,137n,156n,157n
D.F.麦肯齐	3,137n–138n,144n,156n
R.B.麦克罗	44,62,73,76,118,141n,144n,153n,156n
兰迪·麦克劳德	156n
斯科特·麦克米林	144n
劳丽.E.马圭尔	24–25,140n,143n
南希·马圭尔	148n
《愤世者》（马斯顿）	45
埃德蒙·马隆	69,76,80,103,107–109,146n,147n,154n
手稿剧本	67,68
出版商支付的价格	22,23,140n
作为剧团财产	17,47,68

与莎士比亚	10,47,69,72–75,82,111,121,124,136,142n,157n
类型	25
蒙图安	81
利亚·马库斯	140n,145n,154n
哈里.M.马德	154n
路易斯·马德	151n
理查德·玛丽奥特	148n
克里斯托弗·马洛	14,21,55,62
琼.I.马斯登	91,148n,149n
约翰·马丁	148n
假面剧	25
杰弗里·马斯滕	147n,154n
喜庆长官	20,64
理查德·米恩	79,80,144n,147n
记忆重构	27–29,46,65,73,76
《威尼斯商人》（莎士比亚）	29,83
弗朗西斯·米尔斯	150n
《温莎的风流娘儿们》（莎士比亚）	75–76,80
托马斯·米德尔顿	31,68
托马斯·米林顿	75,76
约翰·弥尔顿	127
马科·明考夫	145n
《米斯特杂志》	99
威廉.J.米切尔	2,137n
《君主悲剧》（亚历山大）	62
米歇尔·德·蒙田	62

威廉·蒙哥马利	145n
亨利·莫利	151n
汉弗莱·莫斯利	146n–147n
芭芭拉.A.莫厄特	151n,157n
《穆西多罗斯》（无名氏）	21
《无事生非》（莎士比亚）	99
安德鲁·墨菲	142n,158n
阿瑟·墨菲	97
新目录学	44–45,47,73–74,101,157n
新批评	3
阿勒代斯·尼科尔	149n
尼古拉斯·奥克斯	33
安茨·奥拉斯	145n
斯蒂芬·奥格尔	8,138n,145n,154n–155n,157n,158n
《疯狂的奥兰多》（格林）	47
劳里.E.奥斯本	150n
《奥瑟罗》（莎士比亚）	9,27,35,80,81,83,85
《推罗王子配力克里斯艰辛历险记》（威尔金斯）	65
纸	3,5,22,50–51,100,107,123
《失乐园》（弥尔顿）	127
A.C.帕特奇	145n
罗伯特.C.巴林顿·帕特奇	146n
《热烈的朝圣者》	55–57,*56*,58
托马斯·帕维尔	55,57,*59*,66,75,80,128,147n

彭布鲁克勋爵剧团	40,54
托马斯·帕西	107–109,154n
表演，表演剧目	121,129,133
剧本标题页广告	7–8,19,*19,32,33,34*,35–40,*36,37,38,39,41*
	42,43,47–48,*59*,71,*94*,96
新古典时代的改编	91–96,100,109
其中的作者意图	14–15,86,88,91
短暂性	7,8
与印刷相比较	6–9
王朝复辟时期的改编	84–91,124,134
莎士比亚的兴趣	5–7,9,10,11,64,69,71,88,111
亦可参见表演剧团	
《配力克里斯》（莎士比亚）	64–66,89,123
《菲拉斯特》（鲍蒙特和弗莱彻）	31
伊恩·菲利普斯	146n
安布罗斯·菲利普斯	95
约翰·皮克林	155n
盗版	24–25,27,29,30,44,46,140n
戏单	150n
剧作家参见作者，作者权	
亨利.R.普洛默	45,142n
《诗集》（德雷顿）	48
诗歌，莎士比亚对其印刷的承担	6,138n
A.W.波拉德	73,76,83,143n,146n,147n
威廉·庞桑比	61–62,144n
亚历山大·蒲柏	91,97,99–101,102,119–120,151n,152n

理查德·波森	103-107
《虔敬之笃行》（贝利）	10
印刷，印刷书籍	1-13
其中的作者意图	3-4,5,17-20,26,73,113,116,118-119,120-123,135-136
固定性与自足性	15,114-115,116,124-125,127,129 130,132,133-134,135,136,139n
作为抑制力量	112
蕴涵的历史	5,7,9,15-16,17,116,122-123
产生意义	2-3,4-5,137n
作为文本的中立载体	3,4,5,117,119
与表演相比较	6-9
有形的安慰	113-114
预言的死亡	1,2,5,111,112,113,131,155n
"真实在场"	112-113,135,155n
技术	1-2,5,115-116,131-132
文本	4-5,8-9,26-30,45-46,95-110,112,116,117-120,124-125,135
与"作品"相比较	4,117
印刷剧本：	
金融风险	21-23,76
数量	20-22,23,83
印数	22-23
出版商的营销	31-40
出版费用	22-23,143n
零售价格	23,31,72
单个剧本对开本版本	51
二流文学的地位	17,21,22,26,31,46,48,49,72

亦可参见具体版本和剧本

合作印刷	45
舞台演出本	69,73
威廉·普林	5,21–22,138n,139n
《公共信仰》（弗莱彻）	50

出版商：

定义	60
承担的金融风险	143n
营销策略	31–40
投机式的剧本出版	22–23,50
与盗版	24–25,27,29,30,44,46,140n
利润目标	22–23,24,25,26,30,48–49,75,124,135
出版莎士比亚对开本	40,55–63,65–66,77–78,79–80
与未授权出版	20,23–24,25–26,27,29,33–35,47,52,73,74

亦可参见具体出版商

女王供奉剧团	35,141n
沃尔特·雷利	55
《鲁克丽丝受辱记》（海伍德）	55
读者	3,4–5,31,49,82–83,130,132,135
与电子文本	113,127,155n
莎士比亚对开本（1623）	20,63,71,72,77–78
艾萨克·里德	103

转述文本，参见记忆重构

约翰·罗兹	89

R．克朗普顿·罗兹	61,143n
约翰·里奇	93–95
《理查二世》（莎士比亚）	10,21,31,33,91–92
《理查三世》（莎士比亚）	10,21,31,33,75
版本权利	23–24,27,29,40,44,45–46,47,75,76,140n,146n
莎士比亚对开本出版	61,64,65,66,79–80
亚历山大·罗伯茨	140n
詹姆斯·罗伯茨	27–30
本·罗宾逊	142n–143n
罗切斯特伯爵	88
火箭书	114
马尔科姆·罗杰斯	139n
《罗密欧与朱丽叶》（莎士比亚）	31,40–48,*41,42,43*,73,75,86,91,98,142n
马克·罗斯	150n,158n
尼古拉斯·罗	93,96,98–99,100–101,103,*105*,124,151n,153n
理查德·萨克斯	128
埃里克·萨姆斯	141n
《学者的炼狱》（威瑟）	140n
抄本	10,25,67,69,73
彼得·希瑞	152n
《自帕纳塞斯山归来第二部分》（无名氏）	22
《西亚努斯的覆灭》（琼森）	17,66
布道文	21–22,25–26
马赛厄斯·沙伯尔	80,147n
威廉·莎士比亚：	
作者手稿	10,47,69,72–75,82,111,121,124,136,142n,157n

与合著	64–72
文化声望	10,13,14,77,82,84,97–98,109
象征	10,14
演出作为其关注所在	5–7,9,10,11,64,69,71,88,111
作为国王供奉剧团的股东	14–15,16,54,67–68,147n
独立创作	14–15,16,68–71,77,78,111,145n
彩绘玻璃表现的	10,11
对于剧本出版的漠不关心	5–7,10–11,15,16,20–21,33–35, 48–49,52–54,74,78,111,118,135,136
遗嘱	54

威廉·莎士比亚作品：

新古典时代的改编	91–96,100,109
"坏四开本"	26–30,44,45–47,72–76,134
畅销剧本	10–11,20–21,22,65
圣经印刷用纸质量更差	5
剑桥寰球版	82,124
摹本	107–109,123,128,154n
电影版本	14,53,121,127,128,133
约翰逊与斯蒂文斯版	86,101,102,103,107,*108*
现代拼写版本	80–83,84,85,91,99–100,123
版本数	20–21,22,33,65,83
作为"过时"的作品	84–95,90,97
牛津版	65,120–121,124,128
诗歌	6,22,138n
蒲柏版	91,97,99–101
王朝复辟时期的改编	84–91,124,134

修订	68,142n
罗版	96,98–99,100–101,103,*105*,124,151n,152n,153n
标题页署名莎士比亚的剧本	*28*,30–31,*32*,33–34,*34*, *37*,*39*,*43*,47–49,55–57,*56*,64,71,93,*94*,134
莎士比亚对于剧本出版的漠不关心	
	5–7,10–11,15,16,20,21,33–35,48–49,52–54,74,78,111,118,135,136
萨克林肖像中的	11–13,*12*
西奥博尔德版	97,98,100–103,152n–153n
集注版	103–107,*106*
亦可具体参见各版本和剧本	
"莎士比亚电子档案"	128–129
莎士比亚对开本（1623年）	8,21,40,49,50–78,79–83, 99,101,128,135,153n
书商广告	60,61
省略的合著剧本	64–67,68–69
赞美诗	9,52,54,69,71
镌刻的肖像	52,69,70
赫明和康德尔的献辞	9,15,20,50,52,55,71–78,98
物理尺寸	50–52
演员名单	71
出版联合体	40,55–63,65–66,77–78,79
文本质量	72–77,80–83
读者	20,63,71,72,77–78
零售价格	72
剧本所有权	61,64,65,66
出版承担的风险	57–60,61,63,77–78

莎士比亚的漠不关心	52—53,78
标题页	64,69,*70*,71
莎士比亚对开本（1632年）	63,79—83,101
对第一对开本的改动	80—83
出版联合体	79—80
剧本所有权	79—80
莎士比亚对开本（1664年）	64,83,84,85
莎士比亚对开本（1685年）	84,85,98
《莎翁情史》	14,53,121
托马斯·谢尔顿	62
阿瑟·舍伯	152n
彼得.L.希林斯伯格	156n
菲利普·锡德尼	62
《围攻罗得岛》（戴夫南特）	90
史蒂夫·希尔贝曼	155n—156n
拉菲勒·西莫内	135,158n
《约翰·奥尔德卡斯尔爵士上篇》（无名氏）	57
《托马斯·莫尔爵士》	64,66,121,136
《六部宫廷喜剧》（黎里）	62
约翰·斯梅瑟威客	29,40—44,47—48,60,61,78,79,80,147n
托马斯·史密斯	48
冈纳·索瑞琉斯 (Gunnar Sorelius)	148n
《西班牙悲剧》（基德）	21
詹姆斯·斯佩丁	68,145n
黑兹尔顿·斯潘塞	148n
埃德蒙·斯宾塞	62

西蒙·斯塔福德	66
彼得·斯塔利布拉斯	154n
《新闻批发栈》（琼森）	144n
伦敦书业公会	11,23–24,45,46,47,48,57,66,72,75,80
乔治·斯蒂文斯	80,86,103,107,*108*,147n,148n–149n,154n
乔治·斯坦纳	112–113,155n
约翰·斯蒂芬斯	140n
罗杰·斯托达德	115–116,156n
乔治·温切斯特·斯通	154n
约翰·萨克林	11–13,*12*,51
苏塞克斯伯爵剧团	40
阿尔杰农·查尔斯·斯温伯恩	57,143n
乔治·斯温豪	63
《驯悍记》(*The Taming of A Shrew*)（莎士比亚）	20,48
《驯悍记》(*The Taming of the Shrew*)（莎士比亚）	31
G.托马斯·坦瑟勒	117–118,122,137n,156n,157n
内厄姆·泰特	86–88,*87*,91,154n
加里·泰勒	65,120–121,138n,143n,145n,151n,154n,158n
尼尔·泰勒	129
《暴风雨》（莎士比亚）	99
文本批评，参见编辑理论	
剧院团体，参见表演剧团	
皇家剧院	96
刘易斯·西奥博尔德	91–95,96–97,98,100–103,149n,151n,152n,153n
对蒲柏的批评	91

《理查二世》改编	91–95
安·汤普森	129
托马斯·索普	138n
爱德华·蒂尔尼	64
《雅典的泰门》(莎士比亚)	99
标题页	26,27–29
作者署名	17,*18*,19–20,*28*,30–31,32,33–34,*34*,*37*,*39*,*43*, 47–49,55–57,*56*,64,71,93,*94*,134
演出情况标注	7–8,17,19,*19*,31,*32*,33,*34*,35–40,*36*,*37*, *38*,*39*,*41*,*42*,*43*,47–48,*59*,71,*94*,96
莎士比亚对开本(1623年)的	64,69,*70*,71
变体	40–44,57,141n
《泰特斯·安德洛尼克斯》(莎士比亚)	31,40,44,46,79,81
雅各布·汤森	98,99,100–101,151n,152n
汤森家族	152n–153n
菲利普·唐尼森	144n
《道德哲学论》(鲍德温)	10
《特洛伊罗斯与克瑞西达》(莎士比亚)	8,23,33,64,85,91,141n
《约翰王麻烦重重的统治》(无名氏)	35–40,*38*,*39*,141n
《利尔王的真实编年史》(无名氏)	35,*36*
约翰·特朗德尔	27–30
《两位高贵的亲戚》(莎士比亚和弗莱彻)	64,66
活字,字体	3,5,22,31,45
约翰·厄普代克	113
《论对开本版的〈阿格劳拉〉》(布罗姆)	51

安东尼·范戴克	11–13, *12*
《维纳斯与阿都尼》（莎士比亚）	6, 22
布赖恩·维克斯	30, 86, 141n, 148n–149n, 151n, 154n
萨缪尔·维克斯	144n
弗吉尼亚公司	54
《关于十二女神的幻象》（丹尼尔）	25
J. W	143n
托马斯·沃克利	35, 40, 80, 147n
埃德蒙·沃勒	88
马库斯·沃尔什	97, 151n
威廉·沃伯顿	102, 103, *104*, 149n, 153n
约翰·沃德	83–84, 148n
奥斯丁·沃伦	3, 137n
约瑟夫·沃顿	89
约翰·韦伯斯特	7–8, 17–19, 150n
罗伯特·魏曼	8, 138n
雷纳·韦勒克	3, 137n
斯坦利·韦尔斯	6, 65, 120, 138n, 145n, 157n
保罗·沃斯坦	146n, 153n
爱德华·怀特	44
《上帝的全副盔甲》（古奇）	139n
《追捕野天鹅》（弗莱彻）	84
乔治·威尔金斯	65
乔治·沃尔顿·威廉姆斯	141n
W. P. 威廉姆斯	144n

J. 多弗·威尔逊	118,156n
约翰·温德特	24
《冬天的故事》（莎士比亚）	81,154n
安德鲁·怀斯	75
乔治·威瑟	23–24,140n
路德维希·维特根斯坦	129,158n
威廉·华兹华斯	4
《作品集》（迪林）	61
《作品集》（鲍蒙特和弗莱彻）	88
《作品集》（莎士比亚）	95–110,*104,105,106,108*,152n–153n
W. B. 沃森	138n
理查德·温和欧文·温	143n
《约克郡悲剧》（无名氏）	57